사 师任堂的 임 红绸包袱 당

The Red Cloth of Saimdang

人的一生，总要为某个人、某件事，奋不顾身一次

〔韩〕权志羿 著
千 日 译

陕西新华出版传媒集团
陕 西 人 民 出 版 社

著作权合同登记号　图字：25－2019－303

First published in Korea by Jaeum & Moeum Publishing Co.
This Chinese simplified language edition is published by arrangement with KL Managemen through Qiantaiyang Cultural Development（Beijing）Co.，Ltd
This book is published with the support of the Literature Translation Institute of Korea（LTI Korea）

图书在版编目（CIP）数据

师任堂的红绸包袱／(韩)权志羿著；千日译.
—西安：陕西人民出版社，2020.9
ISBN 978－7－224－13530－5

Ⅰ.①师…　Ⅱ.①权…　②千…　Ⅲ.①长篇小说—韩国—现代　Ⅳ.①I312.645

中国版本图书馆 CIP 数据核字(2020)第 033289 号

总 策 划：刘景巍
策划编辑：管中洑
责任编辑：杨舒雯
整体设计：杨亚强

师任堂的红绸包袱

作　　者　〔韩〕权志羿
译　　者　千　日
出版发行　陕西新华出版传媒集团　陕西人民出版社
　　　　　（西安北大街 147 号　邮编：710003）
印　　刷　陕西建明印务有限公司
开　　本　880mm×1230mm　1/32
印　　张　11.25 印张
插　　页　1
字　　数　232 千字
版　　次　2020 年 9 月第 1 版
印　　次　2020 年 9 月第 1 次印刷
书　　号　ISBN 978－7－224－13530－5
定　　价　39.00 元

目录

第一章 招魂

是在水面上随波逐流的树叶，还是在空中乘风比试高低的纸鸢？

啊！

我怎么感觉身轻如燕？继而又感觉到沉重，身体仿佛慢慢地沉入水中。这时从后背传过来的有规律的振动，让我从睡眠中醒了过来。

碧波粼粼，散发出淡淡的腥味。

珥的意识逐渐清晰起来，犹如吸满墨汁的韩纸那样。船！这是在船上。端午已过，仲夏的圆月也已逐渐变得残缺，拂晓时分的清凉空气似乎能渗入他的肌肤当中。一个多月前，这艘帆船从平安道出发，载着满满的漕粮在汉江逆流而上。

与以往不同，在一种不可名状的气氛中，今日晨曦初露，日光熹微。

珥还困在模糊不清的梦境中，东边的天空已开始变得湛蓝，而船头正对着的西边天空仍是灰蒙蒙的，在清晨的一抹亮色中，他的脸上泛起了红晕。离开家，离开母亲，跟随官拜水运判官的父亲和年长十二岁的大哥出门月余，年方十六岁的珥在水面上的梦境常常与喜悦、虚无和羞涩有关。然而，今天清晨的梦却十分怪异，梦境虽不十分清晰，但那肝肠寸断的哀伤仍旧记忆深刻。这到底是为什么呢？没有确凿的不祥之兆，但这莫可名状的忧心如焚到底是为什么呢？当他环顾四周时，发现父亲和大哥不见了，这时他才想起昨天父亲说过的话：今天清晨船会到达西江码头。太好了！终于回到了汉阳，终于可以回家了，终于可以见到母亲了……

珥这时才恍然大悟，让他感到困惑的那一阵阵揪心原来是因为长久的思念，虽然不能表现出来给外人看，但这股思念之情却在他的心里整整齐齐地堆积在了一起。

平生第一次离开家，离开母亲，这一个月时间是多么的漫长啊！不知为什么，这次的漕运母亲执意让他与大哥、父亲同行。走出书房离开案头，体验完全不一样的人生境遇，这难道是母亲的苦心和初衷吗？离开家时，母亲只是对他说：你已经十六岁了，不再是小孩子了。说完这些，母亲面带笑容安静地凝视着他。现在回想起来，那时母亲的言行应该有着某种更为深刻的蕴意吧。

在中途靠岸的礼成江码头，珥曾收到过母亲托人送过来的信函，虽然他很期待母亲的亲笔信，但这封信却是写给父亲的。展开信笺，映入眼帘的正是母亲所特有的自由奔放的草体字，而信笺的有些地方偶见洇墨的痕迹，如果不是豆大雨点般的泪珠，乘雷欲升天的蛟龙般雄健的气势不会大打折扣。字里行间，除了遒劲有力的笔力外，更渗透着母亲恳切而激烈的情愫。

珥很是奇怪，他向父亲问道：

“父亲，到底发生了什么事情？”

没想到，父亲边折信笺边回答道：

“没什么！”

父亲淡淡地回答之后，随之到来的是几声干咳。

珥不明所以，模模糊糊地认为这些都是人与人之间的思念在作怪。那天终于熬过漫漫旅程的一半，珥隐约看到读完家信的父亲脸上布满了悲伤的思念。

也许是船快要靠岸了，外面突然传来船工们的叫喊声，岸上嘈杂的声音也越来越近了。珥简单地收拾了一下被褥后走到了舱外，站在左右摇晃的甲板上面放眼望去，映衬在冉冉旭日中的西江码头犹如一幅画卷一般。足足有几十艘黄布帆船争先恐后地靠岸，在朝阳的照射下，黄色的布帆像是巨大蝴蝶的翅膀。父亲和大哥在船舷看着账本，二人显得很是疲惫，脸色通红。难道是因为朝阳的缘故吗？会不会是因为马上要到家而过于激动呢？

“咦？你起床了？从现在开始我得协助父亲将税粮卸到漕仓，肯定忙得不可开交。你去整理行李，做好下船的准备吧。”大哥璿对珥说道。

平时不怎么细心的父亲盯着账本连声干咳，即将完成任务的紧张在这个时候凸现了出来。虽然到了晚年才得到这么一个小官职，父亲却对此十分满足。只要安然无事地将税粮运至仓库，就可以回家了。从久居的寿进坊乔迁到更宽敞的三清洞宅邸还没一个月，他们就为了这次漕运任务不得不离开家。搬到带有庭院的房子居住后，家人中最高兴的当属母亲和大姐梅窗。母亲和大姐不仅钟爱各种花卉，连虫子也十分珍视。刚搬过来二人就在院子里播撒蔬菜种子，甚至还种起了花苗。等鲜花盛放时，蜂飞蝶舞；当瓜果成熟时，蛴螬也会过来凑热闹。这时母亲会像在外婆家里做的那样，安静地坐在那里完成粉本写生。想到这里，母亲聚精会神地在光线下捕捉鲜花的各种表情、观察虫子一举一动的侧影，就在珥的脑海里一次次地浮现出来。异常惨白的脸色，挺立的睫毛，让人联想起海鸥那对翅膀的蛾眉，如裁剪好的布袜尖一样灵动的鼻子，如初绽的花蕾般整齐地叠在一起的嘴唇，母亲的形象在珥的眼前伸展开来。母亲是那么的端庄优雅且沉静地投入自己的世界中，而只要珥一迈入大门，母亲一定会满脸乐开花，像小时候经常做的那样把珥揽入怀里，不停地说着“我家宝珥回来了”。

积压在心里的这股模糊不清的哀伤竟是对母亲的思念啊！

明白到这一点的刹那，珥的心海里泛起一圈圈涟漪，同时还伴有一阵阵刺痛。虽然母亲育有七个子女，但她不知不觉中给予珥的偏爱却是最多的。年幼的珥不是不知道这一点。对其他人来说，母亲是一位绝代佳人，对于刚刚年满十六岁的珥来说，至今也没见过比母亲更漂亮的女人。

珥收拾起被汗水和水汽浸湿的衣物和碗筷，将它们一一放进包袱里。船已靠岸，人们开始把税粮卸到仓库。正在盘点数量的大哥抬头望了一眼珥，继而低头又看起了账本。父亲已下船，正与漕仓的官员交接公务。

东方渐白，红彤彤如秋柿一样的太阳已升起数丈高，发出耀眼的光芒。

已时稍过一点，父子三人终于交完差事，他们迈开脚步，大步流星回到了三清洞。仅过一个月，三街六巷已然绿树成荫，连三角山也变得郁郁葱葱。远处的家门终于映入眼帘，三个人不约而同地加快了脚步。

然而，当他们走到家门口时，迎接他们的却是简陋的饭桌，上面摆放着三碗饭、酱油碟儿、三两铜钱和三双草鞋。面对这些，珥一头雾水。这时，站在他旁边的父亲突然惊叫一声瘫坐了下去。

珥惊慌失措中推开大门一看，院子里已是哭声一片，家人们正披头散发号啕大哭。

在庭院迎接父子三人的坡州媳妇恸哭着，断断续续地说道：

“哎——呦——哎——哟，老爷，少爷！只要早回一点点，只消一点点就可以见到夫人最后一面了！就在今天凌晨，夫人撒手人寰了。”

听完坡州媳妇的话，珥瞬间觉得头发都竖了起来，他浑身战栗着，因为他终于明白今天清晨那肝肠寸断的哀伤到底是为什么。在离开人世前的最后一刻，母亲进入他的梦境，哀切地喊着他的名字，就在今天清晨……

见到三人后，大姐梅窗光着脚跑过来扶起了父亲。

“为什么不及早送信来呢？”

父亲哭不出声，簌簌地颤抖着双肩问道。

“母亲卧病才三天……中间睁开过一两次眼睛……没想到……”

梅窗哽咽着，好不容易清了清嗓子接着说道：

“母亲好像是在做一场奇怪的梦，我以为她很快就能痊愈呢，可做梦都没想到母亲会走得这么匆忙……不过她走得很安详。”

听完梅窗的话，大哥璿号啕大哭起来。珥仿佛置身在梦境一般，在大姐过来抓住他的手之前，他还愣愣地站在那里，死死地盯着庭院里的深粉红色牡丹，它们像贴边长裙那样盛放着。梅窗一把抓住直挺挺站在那里的珥，拽着他的衣襟痛哭起来。直到这时，珥那双黑色的眸子中才渗出泪水，顺着脸颊流了下来。华丽盛开的牡丹像是钻进了珥的眼睛里。

牡丹象征着富贵。“这次我要种牡丹。”一向更钟爱小花小草的母亲从别人那里讨来了牡丹花种子，当她在院子里播撒种子的时候，珥还觉得有些不可思议：“牡丹盛开后，将吐出金色缨子般的花蕊，这花会不会有点不检点呢，母亲？”记得那时她回答道：“看来我也老啦，不检点就不检点吧，让人一眼就能看透自己的内心，这样也很美啊！盛开不就是为了招蜂引蝶吗？花儿首先得漂亮啊！”

母亲接着说道：“提到牡丹花，我想起了前朝诗人李奎报作的《折花行》。你要听吗？”母亲微微闭上眼睛回忆道：

牡丹含露珍珠颗，

美人折得窗前过。

含笑问檀郎，

花强妾貌强。

檀郎故相戏，

强道花枝好。

美人妒花胜，

踏破花枝道。

花若胜于妾，

今宵同花宿。

“怎么样？是一首很可爱的诗吧？听完是不是能想到一位娇嗔着、转身离去的女人呢？”说这些话时，母亲仿佛摇身一变，变成了一个俏皮可爱的小女孩。可是不知道为什么，在珥看来，那一朵朵被五月熏风微微吹拂的牡丹花看起来那么妖娆魅惑，犹如娇媚女人的笑脸那般生硬陌生。

安置在里屋的母亲头朝东平躺着。

白百合会是这种颜色吗？白菊花会是这种色彩吗？这不是人的脸色，是几近于绝对白色的惨白，母亲像是熟睡中的人那样沉静。珥伸手抚摸了一下母亲的脸，然后摩挲着她的手。母亲的身体已经变得僵硬冰冷，珥觉得自己像是在触摸冷冰冰的白瓷。沉浸在自己的世界时，母亲不给任何人留出一条缝隙，谁都无法迈脚踏入母亲的个人世界一步。现在，眼前的这个女人正沉浸在属于自己的世界里，这个世界被称为死亡。面对突然降临的死亡，母亲张开双臂拥抱它，欣然投身到那个世界里。迎接只属于自己的死亡的母亲，不多一分也不少一分，恰如其分地冰冷美丽。

这时，珥突然想起了母亲悄悄保管着的红绸包袱。母亲是怎么处置里面的东西的呢？不知从什么时候开始，珥偶然知晓这个红绸包袱的存在后，他便像窥探过母亲隐秘的人生片段那样忐忑。母亲已飘然去了自己无法走进的世界，站在母亲的肉身前，珥对那个包袱感到越发地好奇。身着素服的母亲，犹如一尊完美的白瓷。离世后，母亲也要像守护这尊无瑕疵的白瓷那样保留完美的人生呢还是……

对母亲来说，那个红绸包袱会不会像那些牡丹呢？有朝一日，它会不会像葳蕤的牡丹敞露花瓣那样，解开包袱给人看看里面藏着的东西呢？想尽早打开那个包袱的疯狂冲动使得他咬紧了牙关。

母亲去世后，珥对那个红绸包袱的行踪一直有着强烈的疑问，但是家里的各个角落都找不到它的踪迹。曾几何时，母亲打开那个包袱，把装在里面的书画一一拿出来，着魔似的看着，母亲当时专注的神态牢牢地印刻在了珥的脑海里。珥读书读到不明白的地方，打开里屋门要请教母亲时，母亲正全神贯注地盯着那些东西，连他走进来都没有

面对突然降临的死亡，母亲张开双臂拥抱它，
欣然投身到那个世界里。

意识到。像一尊石佛那样背对着自己的母亲，她的背影显得有些奇怪，她的双肩甚至都在轻微地抖动着。从那时候开始，虽然不很明确，但珥打心底认为这个红绸包袱和母亲的隐秘悲伤有关。

珥的好奇终于生根发芽。有一天趁母亲外出，他终于偷偷打开了母亲的文匣。红绸包袱相当沉重，他哆哆嗦嗦着用双手解开了包袱——首先映入眼帘的是一个未曾谋面的男人的肖像，里面还有几张只画着男人脸庞的巨幅肖像画，令他不可思议的是，对画中人珥竟然一点都不觉得陌生——虽然画中人不是家族中人。母亲没画过一张人物肖像，除了图画署的画员外，两班家族[1]的女子可不能随便画男人的肖像。压在肖像画下面的是一幅两棵树巧妙地缠绕在一起的山水画。珥慌忙地打开了下面的纸张，那张纸画的是一对年轻男女一起荡秋千的场面。看到这幅画，珥整张脸"嚯"地红了起来。这是集市上说书艺人写的情色小说中才会出现的插画，一男一女居然一起荡秋千……珥感觉到心脏怦怦直跳，双手也在哆嗦着。这或许不是母亲的画作吧，画纸下面压着一叠淡青色的布，展开后发现是一条旧裙子，上面画着盛放的牡丹花，而原来的红色已经变成绀青色。正在这时，珥突然听到姐姐梅窗向里屋呼叫母亲的声音，他只能急急忙忙地把那些尚未看完的画作放回包袱、恢复原样后，遗憾地从里屋退了出来。之后，他再也没有找到重新打开那个包袱的机会。

1 两班家族：指古代高丽和朝鲜的贵族阶级。"两班"一词指上朝时，君王坐北朝南坐中央，文官排列在东边，武官排列在西边，即"文武两班"。后来两班专指上朝会的官员并延伸到两班官员的家族。——译者注尽管如此，那天看到的奇怪物件久久未能从他的脑海中散去。现在回想起来，唯一能确定的是那个包袱不能再被打开了。就像那些与主人一起被殉葬的奴婢一样，那个包袱要么随着母亲一起埋到地底下，要么一把火变成灰烬彻底消失。珥重新回顾了一遍母亲过世的那个清晨自己所做的那个奇异梦境，可惜的是，他能回忆起来的画面几近全无，母亲是不是为了传达某种信息而飘然飞进了自己的梦境中呢？作为女人，作为人妻，作为母亲，她堪称完美，可她是怎么处置那个红绸包袱的呢？珥真希望在梦中再次邂逅母亲，将这一切一探究竟。

姐姐梅窗说，那天她听从母亲的安排，和老妈子坡州媳妇一起去集市采买东西，回到家中发现母亲倒在庭院里。从那天开始，母亲再没有恢复意识，接连躺了三天三夜后，她就像睡着那样悄然离世。虽然没有意识，但紧闭双眼的母亲像是在做一个长长的梦，她不仅表情丰富，偶尔还蹦出一两句呓语、叹息或呻吟声。母亲仿佛是在展开卷轴般回顾自己的一生，追溯着过去的岁月。大姐说，母亲也许会在某一瞬间突然苏醒过来，就像盖落款那样留下一两句遗言。听完这些后，珥深深觉得遗憾，然而在情绪跌至谷底的葬礼中，他又不好打破砂锅问到底。

“托人给父亲写信时，母亲哭得跟泪人一样。”大姐补充道。

临终时不能陪伴在其左右，突然失去母亲的家人们在天崩地裂般的悲伤中为她发丧。母亲的尸身埋在了坡州祖坟的一处阳坡。出殡那天，老天爷像是在哭泣一样，提前到来的梅雨一直绵绵地下个不停。

从墓地回来后，他们做精致的几筵[1]来供奉母亲的灵位，朝夕上供，犹如母亲还在世那样精诚问安。如果存在凋零后留有更浓馨香的花朵，那么这朵花是不是母亲呢？珥十分怀念母亲，可是，那个包袱……那个包袱如若被他人随意打开的话……每当想到这里，他就感觉到心慌不已，十分迷茫。

一定要找到那个包袱！

母亲，您到底是谁？

珥焦急地为母亲招魂。

1 几筵：指新丧既葬，供神主的灵座。——译者注

第二章 光影

伏案作画的梅窗临摹的正是母亲的画作。红色的萱草上面有两只蜜蜂翩翩起舞，纤细颀长的茎叶向上弯曲着，像是在戏弄这两位不速之客。

梅窗凝视着眼前的画作，母亲的音容笑貌就这样浮现出来。母亲的突然离去，使得梅窗这一段时间的心情一直惆怅低落。作为长女，梅窗从母亲那里学会了如何过日子，她照顾家人们的饮食起居不在话下，但已过婚龄的她，早晚都得嫁出去。七个兄妹都还没有成家立业，仓皇地为母亲发丧后，一家人就像失去妈妈的小狗崽那样失去了生活的重心。恐怕要等到长子璿完婚、长媳过门后，才会有女人当家照顾这一家老少。在这节骨眼上，父亲又偏偏痴迷于酒馆。最初梅窗以为他是在借酒浇愁，可后来发现父亲和酒馆的老板娘关系不一般。每当听到有关老板娘的传闻时，梅窗就不由自主地叹气，但她始终没有勇气和父亲坦白说说这件事。最令她担心的就是珥，弟弟的脸上挂满了忧愁。在诸多子女中，母亲生前最爱的就是珥，弟弟不可能不知道这一点。可是珥脸上挂满的，与其说是失去母亲的空虚，倒不如说是某种混乱生活的征兆。

昨夜，已过三更天，珥过来找梅窗。

踌躇半天后，他突然问道：

“梅窗姐认为母亲是怎样的人呢？”

“当然是不可多得的好人啊。母亲不仅德艺双馨，还是一位充满智慧的人啊。”

“母亲希望后人怎么记住她呢？虽然母亲平时身体是有些羸弱，可也不至于走得这么急促啊！”

“可是，我觉得母亲是知道自己大限已到的。”

“既然这样，她为什么不留下一丝半点的遗物或一句半句的遗言呢？”

面对珥的疑问，梅窗悄悄地叹了口气。

这时，珥自言自语道：

“人生是不是只有通过死亡才完成呢？如果不是这样……人生太虚无缥缈了！”

梅窗也有气无力地应答道：

“母亲生前偶尔对我说起过，人生如梦，似流水，像清风，叫人无可奈何！”

“那……母亲生前珍爱有加的那些书画呢？她是怎么处置的？姐

姐您知道吗？”

听完弟弟的话，梅窗起身打开了壁橱的门，那里面有一个用蓝布包裹着的纸函。

“去世前十天，母亲把我叫过去说，身为女子，自己生前的画作都是徒劳无益的……然后她将这些东西交给我了。母亲或许觉得我在学画画方面有些兴趣吧。她还说，如果我保管这些东西有困难的话，就让我找你商量。从今往后，我会通过这些画作来和母亲的灵魂交流的。”

珥急忙打开了纸函，里面装有母亲生前下功夫所作的很多作品：草虫图、花鸟图、花草鱼竹图、书法作品以及刺绣的绸缎等。

“这是……全部吗？”

珥向梅窗投来的目光充满疑惑。

梅窗冲他点了点头。

珥回到自己的房间后，梅窗久久凝视着母亲的作品。这些画作细腻又不花哨，具有一种收放自如的节制美。画如其人，这些画就像母亲的性情那样正直不阿。梅窗下定决心，从明天开始要从头开始学习绘画。母亲的遗作对梅窗来说仿佛就是一位严格要求的老师。母亲认为，梅窗的才华和性情都很像自己，每当看到梅窗时，她的心中就会既酸涩又不舍。然而，母亲没有一次阻止或指责她画画，她让梅窗自然而然地发挥着自己的天赋。母亲通过卖糕点、给人做针线活等来为儿子们凑足学费，但同时也悄悄地为梅窗购置了价格不菲的画具。

这一天，梅窗从蓝绸包袱中拿出母亲的画作，打算临摹其中的萱草。看到眼前的画卷时，她突然想到了曾经和母亲一起画萱草花的时光。记得当初母亲对她说："传说把萱草花弄干后放进香囊随身携带，就能生出大胖儿子，不过传说毕竟是传说，你的外婆也是尝试过的啊！正所谓母凭子贵，女人只能靠生儿子来向世人告知自己存在的价值。所以，和能生儿子的才能相比，画画什么的只能算是雕虫小技罢了。话虽如此，这绘画的才艺却能为你自己带来喜悦和安慰啊。"

母亲的话平静得甚至有些凄凉。

"母亲，您绘画也只是为了自己吗？"

"又不是七尺男儿身，你还希望一个弱女子通过画作来改变世界吗？"

母亲面带淡淡的微笑说："能安慰自己的心灵就已经很不错了。"

"那么，绘画到底是什么呢？母亲您知道吗？"

"那你认为绘画是什么？让为娘听听你的看法吧！"

母亲转过头来凝视着梅窗的眸子说道。

"世上的萱草和画布中的萱草花不尽相同。"

"哦？它们有什么区别呢？"

"清晨的花朵和黄昏的花朵也不一样。"

"是的，你说得对！荷花在清晨盛开后，花瓣在白天又慢慢地蜷缩回去；而紫茉莉却是从午后开始绽放的；月见草有时在晚上开花，萱草花每时每刻也都会不一样。画布上的鲜花，它们的命运完全取决于为它们作画的人何时拿起画笔。所以说，如何在画布上创作一朵朵鲜花，这就是画家的选择和自由。这时，画家就是主人。”

“在不同的天气条件下，鲜花也会呈现出千姿百态。”梅窗点头称是，“下雨天的花、阴天的花、晴天的花……还有一个问题，在您的画笔下，为什么只见鲜花而不见花影呢？”

母亲微笑着连连点头。

“呵呵，你果然是我的亲生女儿啊！这个问题曾经也让我感到困惑呢。开始学画画时，我力求画得一模一样。所以，我曾把影子也画进了画布。然而，我们眼前的事物每时每刻都在变化，也就是说眼前的事物，只不过是我们在观照它们时印刻在我们心灵中的虚像。既然我们是在画虚像，何必连影子都画进去呢？绘画本身就是事物的影子啊。”

“既然是在画虚像，您又何必那么全神贯注呢？”

母亲放下手中的画笔，她把右手轻轻地放在衣带上说道：

“梅窗啊，活到现在，为娘终于明白，绘画就是写意，也就是说在画心。可谁都没见过心，人们只是把自己最心爱的东西珍藏在心里，直至死亡。然而，每个人的心灵都有一扇窗户，所以能通过眼睛把心灵看到的虚像表现在画布上，也就是说，通过这个方法能画出人的心灵。”

说完，母亲从房间拿出了一本老画册。

“看看这幅画，这两只站在干枯的梅树上的麻雀，你不觉得哪里奇怪吗？”

“啊！梅树没有影子，而且，麻雀怎么这么大呢？”

“对啊！画这幅画时，画家想的是什么呢？他最想画的是不是孟春季节恩恩爱爱、比翼双飞的麻雀呢？梅花树只是在暗示季节啊。”

“啊，也就是说，画家会把自己想画的部分过分地夸大。是这个道理吧？”

母亲边点头边微笑道：

“画画就是画心，认真临摹，你也能别具匠心地表现出自己的心灵。这样，即便是在画同一朵萱草花，在你我的画笔下，也会呈现出完全不同的两朵花。因为萱草花在不同画家的不同画布中获得了新的生命。所以，如果是真正懂得欣赏艺术的人，比起诞下儿子，在画布中重新创造出一个世界、表现出自己的喜怒哀乐，是不是更让人高兴的事情呢？”

“画画一直都能让人如此开心吗？”

“世界上为什么会有影子呢？影子不就是来自光吗？哪有一直开心的事情呢？山高而壑深……此乃万物之理。生儿子的喜悦也是经历生产的苦楚之后才能体会到的。等我们梅窗找到婆家、生儿育女之后就能明白这些道理了。”

“母亲，女儿最后再问一个问题。”

“呵呵，我们家梅窗像一把锥子，怎么这么喜欢钻研……”

“对母亲来说，作为弱女子尽本分的人生和追求艺术生命的人生中，究竟哪一种带来的喜悦更大呢？”

“嗯……很难说……”

母亲没有继续说话，只是埋头专心画着萱草花。

如果母亲还在世的话，梅窗很想再次问她这个问题，可是梅窗已经没有机会了。已是适婚年龄的梅窗偶尔也会感到很困惑：作为弱女子，自己要不要走她那样的人生道路，抑或放弃所有一切，只是作为一个两班家族的女人了此一生。梅窗觉得，这两种人生，母亲过得都很充实；不过这两种人生同时又是一把双刃剑，给母亲带来了撕心裂肺的痛苦。

梅窗突然想起来，有一天母亲见到她所画的花鸟图时曾说过这样的话：

“你画得很美啊……可是绘画就是描绘思念。如同饥馑之人思念食物一样，无法忍受心灵上的饥饿，拿起画笔的人，就是画家。你要重新审视自己的内心，看看你最想要的是什么……”

见到红绸包袱时，浮现在梅窗脑海里的正是鲜血般的苦楚。

梅窗重新见到那个红绸包袱是母亲病倒的那一天。她仿佛见到了母亲的整个人生。可是她保持缄默，不曾向别人提起红绸包袱的存在。比起说谎，梅窗觉得守护秘密更加容易。然而，梅窗的心里仍有一个小小的疑惑。两个兄弟跟随父亲去平安道办差事后没过多久，母亲就悄悄地走出了家门，因之前从没有过这样的举动，独自留守在家的梅窗很是担心，幸好三更天后母亲回家了。虽然梅窗从母亲身上没有发现什么可疑的迹象，但是从那天之后母亲明显地衰老了很多，没过多久就卧床不起了。这件事情她没有对任何人讲，虽然这样做很对不起珥，可到底是无可奈何之举啊！

从母亲倒在庭院失去意识的那天起，梅窗日夜守护在母亲的床头。母亲虽然昏迷不醒，但在梅窗看来，她仿佛是在梦境中徘徊。母亲像熟睡的婴儿那样，有时脸上带着微笑，有时抿嘴，还时不时地喃喃自语。母亲经常说人生如梦，梅窗心想：眼前的母亲也许正是在梦境一般的人生中徘徊着。

三天三夜，母亲或长或短的人生像梦境一般流淌着，梅窗甚至在想：如果躺在母亲的身边，是不是就能汇流到母亲的梦中之河里。

梅窗紧紧地盯着母亲微闭的双眼，三天三夜都在忐忑和焦急中守护在病榻边上，在洪水般袭来的倦意中偶尔进入浅觉，但又被母亲痛苦的呼吸声惊醒。母亲一脸痛苦，然后像咳血般吐出了一句话。她到底说了什么话呢？现在不管多么急切地想知道，梅窗的脑海却一片空白。

吐出那句话后，母亲如释重负，又如顿悟的禅僧那样面带微笑长长地舒了一口气。

梅窗终于知道，母亲从此永眠于世。

啊，我怎么无法睁开眼睛了？

我为什么变得身轻如燕？

难道我变成了一只蝴蝶吗？

化身为庄周的蝴蝶了吗？

有一朵大大的红花，

像火焰那样在眼前澹荡。

是牡丹花吗?

这朵巨大的红花,

像张开一层层裙幅那样逼近到我的眼前。

它要一口吞噬我。

我好像被它吸进去了。

幽静,眩晕,深渊,坠落……

是已经到红花的最深处了吗?

我的眼前怎么模模糊糊的?

再靠近,再靠近些……

眼前的红色张开了一个大口,

本该有的黄色花蕊找不到了,

取而代之的是一堆尚没有烧完的灰烬。

细灰漫天飞舞,

引得我阵阵咳嗽。

每咳一次,我的身子就再次升腾起来。

我又重新飞在了虚空中。

火焰般的红色气韵顿时消失得无影无踪,

眼前白茫茫一片。

我是飞在一张铺展到天际的白纸上空吗?

犹如蘸满墨汁的毛笔在白纸上写了一个大大的"撇",

上面又马上长出了绿油油的竹叶，

啊，是乌竹林。

这时，仿佛从瓦房顶的那边隐约传来外婆的叫声。

外婆的声音真是久违了啊。

“开男，开男，起床了！外面已是白雪皑皑了！”

开男……

啊，多么难得啊！等了多久才又听到自己的乳名啊！

微笑慢慢地爬上了脸颊，

而悲伤在毫无防备中刺进了幼小的心里。

啊！

那时候是九岁吗？……

四十年一晃而过，

我渗进窗棂，

默默地望着斜躺着的小开男。

小丫头像是在做梦，

微闭的眼皮下，

小小的眼珠子在不时地转动着。

第三章 喜鹊风筝

院子里传来了扫地的声音。清晨时分寒气逼人，我把被子往身上一拉，身子一点点地挪到了炕头。这时，从外面传来外婆拉住门环摇晃的声音。

外婆今天这是怎么了呢？

“孩子们，起床了！外面下起鹅毛大雪了！”

听到窗外飘雪，我一下就睁开了双眼。苦苦等了整整一个冬天的雪终于来了！今年冬天，下完初雪后便是严寒，冷得连镜浦湖也结了厚厚的冰。我是多么希望冬天赶紧结束啊！这该死的冬天，让人只能窝在房间里避寒，不能走到外面画花虫，这件事情让我觉得特别难熬，不过还好，这样倒是可以读很多书。

我的心里泛起淡淡的涟漪。我走到吊窗前打开了窗户，希望能早点看到种在后院里的乌竹。每一片竹叶上面都落着一层厚厚的雪，在白雪的映衬下，黝黑的竹子更鲜明地映入了我的眼帘。还是赶紧起床，洗漱完毕后研墨铺纸开始画画吧！用浓墨渲染的画面已经在我的脑海中慢慢成形。

这时，不知从什么地方传来了喜鹊的叫声。很奇怪，从昨天开始那只不见踪影的喜鹊一直在发出欢快的叫声。母亲一脸喜色，静静地倾听它的声音。我知道喜鹊一叫会有喜客上门。每当听到喜鹊的声音，母亲都会兴奋地微笑说："也许是你父亲回来了。"可是夜深人静后，进屋给女儿们掖被子的母亲，脸上却挂着疲惫而失望的表情。

"母亲，天太冷了，父亲可能无法回来了。喜鹊鸣叫，难道是母亲肚子里的小宝宝要出生了吗？"

"是啊，这冰天雪地的，你父亲从汉阳回来确实困难。翻越大关岭时摔伤了那可不得了！"母亲挺着个大肚子喘着气说道。

这声音在我听来仿佛就是一声声叹息。对我来说，无法与我朝夕相处的父亲，和母亲一样都是我非常在意的人。每次回家时，父亲都会给我带回价格不菲的画具，从这个角度来说，我也十分想念父亲。

喜鹊的叫声近了，一只喜鹊轻盈地飞过来翩然坐在了竹叶上面。乌竹好像瘙痒难耐一般，抖了抖身子，面粉一样的白雪便唰啦啦地掉在了地上。喜鹊竖起灵巧的尾羽再次发出了叫声。停在被白雪覆盖的乌竹上面的喜鹊，黑色和白色是如此的和谐鲜明地共存着，看起来像端庄雅致的女子一样。一想到待会儿要将这幅画面画出来，我的心开始澎湃起来。

"仁红，开男，赶紧起床！仁红赶紧起来照看玉男，开男呢，你要管好仁男呐。今天大家都会很忙。哎哟！满德他爹，院子扫完了要往大灶上再添点柴；满德他娘，你再烧点开水。满德去玉溪媳妇那里传口信了吗？”

“是的，大外婆。刚才我已打醒那小子撵去玉溪媳妇那里了。这会儿应该到了。下雪天，老太太小碎步走过来，没有那么快的！”

玉溪媳妇是村子里的接生婆。像今天这样宁谧的日子最适合一个人画画了，可是母亲偏偏要生娃娃，喜鹊报喜，应该是小生命要来到这个世界上了吧。所以，外婆一大早就开始紧张地忙碌着，做着接生的准备。

“仁红、开男！”在屋里忙来忙去的外婆再次焦急地叫了大孙女和二孙女的名字。

我赶紧晃醒还在沉睡中的大姐。“姐姐，快起来！妈妈要生小宝宝了。”

“唉，昨晚我刺绣到很晚啊，能不能再睡一会儿啊？”

“外婆说让你照看玉男，让我看住仁男……大姐，对不起！今天你能不能受点累连仁男也一起照看了……”

“那你呢？”大姐一脸不高兴地反问道。

“如果你今天答应我的要求，我也会帮你做一件事情。”

“那你今天要做什么？”

“嗯……好不容易下了这么大的雪，我等了一个冬天了。趁雪还没有化掉，我打算画一幅雪中墨竹图……”我看着姐姐的脸色说道。

“姐姐，我是多么想画一幅墨竹啊……你就……”

“不要！这不公平，有人得到父母的偏爱已经很让我受不了了，凭什么我得包下全部家务？我是下人吗？不管男尊女卑多么盛行，两班和常人的身份等级再森严，你和我是同父同母的姐妹，而且我还是长女！”

不知从什么时候开始，姐姐开始嫉妒我，时不时地冲我使性子，还经常说自己是家里的长女。她公然和我作对这件事，好像是从我向外公习字读书开始的。虽说是长女，但姐姐在聪明才智方面远不如小自己三岁的妹妹。“天赋面前，你不得不服啊！”外婆看到耍脾气的姐姐经常自言自语道。

大姐对求学没有表现出多少兴趣，动不动就端出“反正我没天赋，天赋异禀的你多学吧”的心态来事事偷懒。加上性情率真朴实的外公在来访的朋友面前经常夸耀我，把我写的毛笔字给亲朋看，还把我叫到厢房当场背诵《四字小学》或《论语》，每当这时，外公的朋友们总把我这九岁丫头夸成是“女中君子”。有时，外公还把我在七岁时临摹的安坚[1]的山水画拿出来端详着，赞不绝口。

每当这时，大姐都不忘揶揄道：“哎哟，那又怎么样呢？你也不能参加科举，也不能谋个一官半职。你看看父亲，读了一辈子的书，也没有出人头地，丫头的命就是贱命一条！”

面对姐姐的冷嘲热讽，开始我也会反击，直到后来有一天母亲把我叫过去安静地说道：“她是你大姐，你就多忍让着她一些吧。你有很多天赋，而且学了君子之德，应该用心体会并做出来。明白了吗？不管怎样，你不会因贫乏而感到孤独的。”

---

1 安坚：朝鲜李朝初期的代表画家。——译者注

之后，每当大姐对我发脾气时，我就回想起母亲的话细细回味着。

“知道了，大姐。”

这次，我也马上向大姐道歉，然后找出理由来安慰自己。雪中墨竹明天再画也可以，如果明天也不能画，那再等下一场雪，如果今年画不了那就明年再画，只要世界上的雪没有全部融化，只要我还活着终有一天能画的，况且我才九岁，多如牛毛的日子在前方等着我呢。这样转念一想，我顿时豁然开朗。这几天是没办法了，起身做事前我要好好看一下墨竹，然后在心里面牢牢地将它们定格下来。就像夜间已结冰的枕边清水那样——在“心器”中先填满眼前的风景吧。我打开吊窗深深地吸了一口冰冷的空气，然后目不转睛地凝视着被皑皑白雪覆盖着的墨竹林。

大姐和我给两个妹妹——仁男和玉男喂了早饭。刚六岁的仁男和四岁的玉男今天不知道怎么了一直在找母亲，而里屋时不时地传来母亲的呻吟声。

雪霁天晴，外面也不是很寒冷。

里屋又传来外婆和玉溪媳妇劝说母亲的声音。满德媳妇正进进出出地忙碌着，她正烧开水做海带汤。当家里的女人们忙得四脚朝天时，厢房中传来外公读书的声音，中间时不时地夹杂着干咳声。

整个屋子都盘旋着莫名的紧张感。小宝宝是男孩子吗？这次母亲再生一个弟弟就好了。单根独苗的妈妈，成亲后一连生下了四个丫头。仁红姐姐十二岁，我九岁，仁男六岁，玉男四岁，这次母亲诞下的宝宝和玉男又是踩着肩膀下来差三岁。有时外公外婆在我面前道："如果这丫头是个男孩子该多好啊！"

照顾玉男的大姐和老幺一起入睡了。在一旁用火钳捅炉灰玩得像男孩子那样泼辣的仁男对我说道："姐姐，我很无聊啊！我们去湖里打陀螺吧。"

一到冬天，我都会到冻得结结实实的镜浦湖打陀螺，玩滑冰。

在江陵扎下根继承宗祧的外公崔家是一个旺族。小时候，我偶尔和外婆家年龄相仿的男孩子一起玩耍，可是从今年开始外公看我的眼神变了，"男女七岁不同席，连衣服都不能挂在一起，更何况……"每当外公说出这些话，我就把小嘴努得高高的。

只有六岁的仁男不但喜欢玩男孩子的游戏，还要我给她做风筝。正月初一过年那天我为她做喜鹊风筝和盾牌风筝，还涂了漂亮的颜色。她没有跟着男孩子到镜浦湖或海边去放，大家怎么擦亮眼睛看也没有发现一个穿裙子的女孩子。"一个女孩子从新年第一天就开始贪玩！"外婆和母亲冲我瞥了个白眼。好不容易得到允许，我们终于可以在院子里放风筝了。别的孩子的风筝在广阔的蓝天翱翔，而被我和仁男牵着线的那个风筝只能在院墙上空盘旋。满德的风筝也飞到了村口外，作为女儿身，我觉得自己的存在就像手中拉着线的风筝那样处处受到了桎梏；如果是男儿身，我应该像一只只飞翔的风筝那样立志于广阔天地之间……

"今天还是老老实实地待着吧，如果去了湖边，肯定会被骂的……啊！对了，我们去井边玩吧。"

听完我的话，仁男拍手欢呼。我们身着棉袄走到屋外，踮着脚远眺镜浦湖。我从屋檐的地板下面摸出两个陀螺走到了井边。在这个村子里，有自家井的没几户。虽然这一代不是领俸禄的士大夫家族，但上一辈儿的外婆家人不仅官拜参判，还以丰富的学识和德望受到了人们的崇仰。外婆家虽不是很富裕，但房间宽绰，能维持看似有些简陋但又滋润的生活。

走到井边，得绕过屋后的墨竹林。我拉着仁男的小手走在白白的雪地上。每踩下一步，脚底下便会传来嘎吱嘎吱的声音。洁白的雪地上马上印刻出四行小脚印，我们兴致勃勃地走着、跳着。走到墨竹林后，我握住仁男的小手注视着眼前的一株株墨竹，绿色的竹叶上面还留有一层厚厚的雪。仁男握着我的手把我拉向了井边。

十一岁的满德已经在那里打着陀螺。打水时流下来的水已经把井边变成了冰场。满德用衣袖把黄黄的鼻涕一擦，然后冲我们笑了笑。他穿着一件没有添棉花的粗布短上衣，乌黑锃亮的袖子脏得已经看不出本来的颜色。井水外面已是层层厚冰，而那口深井里面，只有白茫茫的水蒸气却没有结冰，这件事情让我百思不得其解。

我把陀螺递给了仁男，这丫头拿起鞭子就抽起了陀螺，像是不想输给满德那样。我也开始转起了陀螺，可是一点兴致都提不起来。我的眼神不由自主地瞄向了墨竹林。如果明天雪还没融化，我就可以把这株顶着雪的精致竹子画下来。这时，一只不知道是老鹰还是喜鹊的大鸟突然从我头顶上方掠了过去，稍顷，那东西在天上摇摇晃晃后一头扎在最大的那棵墨竹上面。它继续扑腾着，竹叶像是打着寒战，洁白的雪簌簌纷飞下来。定睛一看，那东西可不是什么鸟，而是一只风筝，是一个巨大的喜鹊风筝。在墨竹林外，风筝的主人焦急地扯着丝线。随着一次次的扯晃，整个墨竹林都为之颤抖。顿时，雪花四散，眼前一片空蒙。这是何人所为？刚才我还想着明天要画雪竹图呢！可是眼前的这个不速之客和它的主人竟然把我的素材毁得荡然无存。我强忍着怒火，走进墨竹林想看是哪个捣蛋鬼破坏了我的好事。拨开竹子，通过缝隙，我发现了一个和我年龄相仿的少年边抬头望着竹梢，边收紧着手中的线车。

眼前的陌生少年身着干净的衣裳，像是两班子弟。我们的眼神在空中短暂交会。竹林的缝隙中突然出现一个女孩子的脸，他睁大眼睛愣愣地望着我，然后马上露出白玉般的门牙冲我笑了笑，可能是在换乳牙，他的犬牙处是一个大豁口。

"嗯，你住在这里面吗？"

我冲他点了点头，然后马上退身隐去。站在远处的满德看到这个情景，手里拿着长长的棍子走了过来。不管他怎么用长棍晃来晃去，风筝始终牢牢地缠在那里。不对，好像是被长棍扯断了线。

"呀！风筝断线了！"

满德冲竹林外面喊道。

从外面传来少年的声音。

"看来这家伙喜欢那里，就让它在那里吧，没我的同意不要让它下来！"

一脸惋惜地望着竹梢的少年任性地命令道，然后没有丝毫留恋地转身离去。

满德从竹林的缝隙望着少年的背影，耸了耸肩膀，不屑地哼了一声。

他对那个男孩子的态度有些不逊，我一脸诧异地望了望满德。

满德看都没看我一眼说道：“他是今年秋天从汉阳过来的郑大人家的少爷，和我同岁。听说是庶子，也不是两班家子弟，还对人呼来喝去，真是的！听我妈说他还是妓女所生……”

我已通过外公知道，这个世界不仅只有两班和常人之间等级森严，嫡庶之间还存在着天壤之别。世上的一切，都已经定好了，我不知道这到底是幸运还是不幸，只是突然觉得心里很憋闷。

仁男开始流鼻涕了。我生怕她感冒，便拉着她的小手和满德一起往回走。刚进到院子里，满德老爹就对他大喊：

“你这小子，又去哪里撒野了？还不赶紧去仓库拿些干净的稻草！”

“拿稻草来干吗？要编草鞋吗？”

“这愣小子！得做挂篮绳啊！”

母亲终于生了小宝宝了。是男孩儿吗？我马上抬眼看满德老爹的脸色，这时满德也一脸好奇地问道：

“爹！生的是什么？有没有带把儿？”

满德老爹攥紧拳猛揍着他的脑袋说：

“臭小子哪儿学来的口气？赶紧去仓库再拿些收拾好的木炭，然后再去后院折点干净的松枝。”

我感觉双腿一软。

啊！可怜的母亲和外婆！

我很想看母亲和刚生下来的妹妹，可是我早已知道，如若没被允许，往后的二十一天之内我是不能随意进入里屋的。这时，走到檐阶处的外婆一脸疲惫地对我们说：

“妈妈要好好休息,你们不要在附近随便走动了,和我去厢房吧。”

仁男问外婆：

“外婆，母亲又生了妹妹吗？”

外婆没有说话，只是握住孙女们的小手走向厢房，快到时她深深地叹了口气。

外公好像已经听到了母亲生产的消息，面无表情地拿起纸笔小心翼翼地把妹妹的生辰八字写了下来。然后想了片刻，挥毫写了两个字。

“这个女娃的名字就叫它吧。”

洁白的纸上，铁画银钩般的楷体字赫然入目：

末姬。

第四章 恒我

外公给新生的女婴取“末姬”这个名字，分明有它的意义。家里的老人希望作为独生女的母亲为家族多添几个男丁，但母亲一连生下了五个丫头。生下大姐后，外公说长女是生计的本钱，就为她取名为“仁红”，大家无不期盼母亲再生一个男孩。当我出生后，外公虽然给我取名为“仁善”，但家里却一直都叫我的乳名——“开男”，这个俗气的名字蕴含着外公想要外孙的一片苦心。当第三个出生的婴儿还是女孩时，外公仍然在名字之后加了“男”字，取名为“仁男”。谁承想老四还是个丫头，于是外公不忘初心，为她取名为“玉男”。给老五取名为末姬，我想这次外公应该彻底放弃了想要外孙的期望，因为三十颇有余四十尚不足的母亲，身体本来就很羸弱。

末姬出生后的第七天，我去了厢房。一路上我早已下定决心。外公正展纸握笔誊写着《论语》里的句子，他盯着笔端说道：

“哦，是我们家开男来了。”

我故意没有回复外公的问话，噘着嘴站在那里。见我没有回答，外公抬眼望着我，他的眉毛往上挑动了一下。

“从现在开始，请您不要叫我开男。”

“这是什么话？开男不叫开男叫什么？”

“我不喜欢这个名字，真的很不喜欢！该努力的我也都努力了，该忍的我也忍了很久啦。外公，从一出生开始，我被叫成这个名字，我一直都在忍着，因为我知道这个名字里寄托着全家人的愿望。可是开男这个名字有没有灵验，您比谁都清楚，虽然您取了这些名字，但妈妈并没有生下弟弟啊。现在，外公您也希望末姬是最后一个孙女吧？求您为我改名吧！”

“呵呵，你这放肆的丫头！”外公的眼神里仿佛道出这句话。

他缓缓地放下手中的毛笔，说道：

“你是要改名？”

“是！”

“你不是有一个名字叫‘仁善’吗？”

“我有一个比‘仁善’更喜欢的名字。”

“丫头的名字反正不很重要！”

“可是我希望家里人叫我喜欢的名字,哪怕只是在出嫁之前……”

“呵呵，怪事！那你想叫什么？”

“恒我！”

“呵呵，你竟然知道这个名字？住在琼楼玉宇里的美丽公主——

恒我，这是我给自己取的名字。

在懂事之前，曾经有一段时间我被叫成这个名字。

然而，女人的一生从摒弃自己的名字才算真正开始。

月宫姮娥[1]，丫头们应该都喜欢这个名字吧？”

我摇了摇头。

“不是住在月宫里的姮娥公主。”

“那么……”

我觉得口干舌燥，但我不想中途打退堂鼓。我再也不想被人叫成是开男——这个所谓带有招弟功能的名字。

“从现在开始，我不是开男，我也不是月宫姮娥。我希望自己是永恒的自我。”

外公满脸好奇地把纸和笔往我面前一推，说道：

“好，把你自己取的名字写下来吧。”

我屏气凝神，提起毛笔，笔酣墨饱，重重地写了下去：

恒我。

很快，这两个字便印刻在纸上。

外公的脸上弥漫着困惑的表情。

“你真的要用‘恒我’这个名字对吗？”

“是！”

我斩钉截铁地回答。

“我希望不管在任何时候，我都是我！”

“你的生辰八字原本就像是男孩子，这个名字对一个丫头来说有点重了，而且强调自我，会让别人看来觉得不舒服啊……”

外公凝视了我片刻，然后冲我点了点头。

1　“恒我”和“姮娥”在韩文中的发音相同。——译者注

“外公，谢谢您！”

开心的笑容在我的脸上绽放，我低下了头。

“也不用上京赶考，也不用像男子汉大丈夫那样名垂青史，既然你那么喜欢这个名字，家里人就满足你的愿望吧。”

“好的，那么请您和家里的其他人说一说这件事吧。”

说完，我开心地站起了身。

这时，外公把我叫住说道：

“开男，先别走，坐下来。”

“……”

我假装没听到，也没有回答，静静地站在那里。

“开男，你坐在外公身边帮我磨墨吧，然后再背一背之前学过的《四字小学》。”

“外公，我可不知道谁叫开男。您难道忘记了吗？我叫……”

外公恍然大悟，马上改口叫道：

“哎哟，对啊！恒……恒我……”

外公有些生硬地叫了我的名字。

一想到健忘的外公，我抿嘴偷笑。然后，我在外公的身边坐下来小心翼翼地研起了墨。外公安详地望着我，脸上满是复杂的表情。他肯定又在想我要是男孩子的话那该多好啊。

不久之后，外公向家人们宣布了我的新名字。姐妹们抚摸着肚子咯咯大笑。

“恒我？干脆叫缸好了！”[1]

姐姐大笑，喘着气取笑我。

从那天开始，妹妹们一起起哄管我叫“缸姐姐”“缸姐姐”。有一段时间，外公、外婆和母亲也是开口叫“开男”后又犹犹豫豫地改口为“恒我”。当他们叫我“开男”时，叫我“缸姐姐”时，我一律没有回应。每当这时，大人和姐妹们都说我是犟脾气，可是没过多久他们都开始叫起了“恒我”这个我自己取的名字。

年仅九岁的丫头，
我生平第一次感觉到了一股饥饿感。
那到底是什么呢？
当时的我，把这种感觉等同为饿肚子那样的缺失感，
现在当过完这一生时，
回想起来，那也许是无法填满的、不断涌入的思念吧。
思念，
就是水中月影，是虚妄的贪念；
思念，
犹如为了抓住自己的影子而团团转的小狗；
思念，
像一片垂在我心灵深处的影子，

1　“恒我”韩文为“항아”，“缸”韩文为“항아리”，两个词只差一个字。——译者注

像即将崩坏的雪山那样岌岌可危。

不能一辈子都只是一个倒影，

于是，

我追寻光明。

然而，

越是光亮，投到我心里的阴影也就越大越猛烈……

如果，

没有那个迷惑……

我为什么被那种虚空感捕获了呢？

为什么越是这样，

越想要更加完美的人生呢？

第五章 月影

喜鹊报喜，大雪纷飞，“最后一个丫头”末姬降临的那天过后，我体会到一种奇妙的感觉。很奇怪，那种感觉仿佛就是模模糊糊的饥饿感。可是，至今在珍馐美味面前我也没有感觉到多么强烈的饥饿感啊。我仿佛成为外直中空的竹子，这种空落落的寂寞感就像一股空虚的寒气般渗在那里。

每次看到墨竹时，这种感觉尤为迫切。油纸做的喜鹊风筝，原本翱翔在苍空中的它，那天突然来到我们家的墨竹林落脚。任凭东流逝水，叶落纷纷，时光荏苒，它依旧停留在那里，断了线的它还缠在竹梢上随风飘动。每当抬头望见它，我的心就会扑通扑通直跳，久久不能平息。那个人，那个露出洁白而整齐的牙齿、冲我灿烂微笑的他……“让它在那里待着吧，没有我的同意不要让它下来！”像大人那样说话痛痛快快的他，面如冠玉、气宇轩昂的他，和同龄的普通淘气鬼男孩完全不一样的他……居然是庶子？满德说他们同岁，也就是说比我年长两岁。唉，如果有像他那样的哥哥那该多踏实、多有意思啊？只有五姐妹的家里，如果有这么一个哥哥……

我们五姐妹像豆荚壳里大大小小的豆子,如果有这样的一个哥哥，那么不管是外公外婆还是父亲母亲，他们会多么的自豪而踏实呢？如果母亲是男儿身，她也不会和父亲分别在家里尽孝道。作为独生女，为了奉养父母，母亲没能和父亲生活在一起。虽然没有生下儿子延续香火，但她生了五个闺女。不过女儿们迟早都会出嫁离开娘家，那么在不久的将来，只身守住空巢的母亲会依靠谁呢？女人必须要嫁人吗？不能边奉养父母边做自己想做的事情吗？

出身庶子的他，会强过我这样的女儿身吗？“喜鹊风筝少年”让我有了心痛的感觉。如果他的母亲真的如传闻所说是妓女，那么他的前程肯定会乌云密布。我不禁想起了去年在外婆家一位叔叔的花甲宴上看到的那些妓女们。她们面凝鹅脂，眉如墨画，唇若点樱，神若秋水，着一身华丽的衣裙，在伽倻琴的旋律中载歌载舞，她们一登场，我的视线就被她们完全吸引了过去。她们是那么的娇艳美丽。我和大姐抑制着自己的惊叹接连发出感叹，争相说自己指的那位妓女更为俏丽婀娜。她们的衣着、容貌、姿态和寻常百姓家的女人们全然不同。筵席结束，曲终人散后，我们问外婆怎样才能成为妓女。一听我们的话，她老人家马上不屑地说道：“那些贱货！”大姐继续问道：“那些贱货为什么能穿上皮鞋，身着霓裳，佩戴金银首饰呢？”外婆继续说：“再华丽也不过是路柳墙花！”“路柳墙花？”我们侧着小脑袋不解地问道。“你们想想，开在路边或者墙垣外侧的花！被多少人摸过嗅过啊！她们就是一群会吃掉男人的坏女人。”“吃掉男人？可是看起来她们没那么可怕啊……”她们脸上抹粉施脂，眉梢眼角皆是春意，一双双水汪汪的眼睛仿佛要滴出水来，在那里似笑非笑着。歌终舞罢欢无极，酒足饭饱的男人们瞪着醉醺醺的眼睛，为了霸占更加貌美的妓女而贪婪地望着她们。那样的妓女所生的子女，是不是也继承了那种才能呢？

再次见到他是在元宵节那天的晚上。

吃完晚饭后，整个村子的人们都出来赏月。今天，不管是两班还是贱民，无论男女老少，不管是妇女还是闺中处子，众人都走到屋外。除了末姬外，我们也背着、牵着小妹妹们来到了举行“踩桥”活动的南大川，人们肩膀一耸一耸地跳着农乐舞，我们跟在后面路过镜浦湖时抬头望向夜空，发现静如铜镜般的湖面上映着一轮满月。

“哇！竟然有两个月亮！”

刚四岁的玉男口齿不清地大喊一声。到南大川的三兄弟桥，孩子们在点鼠火或者点篝火，一路上都能闻到呛鼻的味道。野火中四溅的火花，像流星一样装饰着夜空。

到达南大川桥后，我们按自己的年龄转完大桥，我的腿疼了起来。妹妹们过来哼哼唧唧地黏人，我和大姐分别把她们背在后背上。人们正聚集在小溪边放纸船，他们在祈祷出海满载而归。元宵节是纳福除厄的日子。要想再次从桥上通过时，我感觉到双脚又麻又疼。

“开男，不！恒我，咱们要不休息一会儿再走？”

姐姐的话正中我的下怀。大桥上人满为患，大人们没有再过大桥原路返回，而是选择了能走捷径的垫脚石路。可是背着年幼的妹妹走在湿滑的垫脚石路上面是万万不能的。而且，背上的妹妹们已经酣然入睡了。姐姐和我只好背着她们，坐在桥头歇脚。玉盘似的满月在云中穿行，银雾般的月光洒向大地，把大地照得一片雪青，树木、房屋以及人们的脸上都像镀上了一层水银似的。阳光是灿烂的，而月光则是隐隐的。我沉浸在月光中如痴如醉，愣愣地望着桥下的涓涓溪水。比起斜挂在夜空中的圆月，在溪水中轻歌摇曳的月影更让我无法自拔。

这时，我听到一位少年吟诗的声音：

胡孙投江月
波动影凌乱
翻疑月破碎
引臂聊戏玩
水月性本空
笑尔起幻观
波定月应圆
尔亦疑思断
长啸天宇宽
松偃老龙干

我不由自主地转头看向那里。前方不远处，有一位公子手牵着一个和我年龄相仿的少女，边望着水面边吟诗。吟完整首诗后，他再为那位少女重复解释每一句诗。少女像是在上私塾那样，逐字逐句地跟着诵读。听完这首诗，我的心忽地一下刺痛了。这首诗怎么能如此恰当地写出眼前风景和我的心声呢？是那位公子自己写的诗吗？他们说话的声音越来越近了。

“水月性……下面是什么来着？”

“草笼[1]啊，你连这个都记不住，得改名了！‘水月性本空’，水中之月就是一个虚像。”

那个公子吟诵的诗，让我感受到无穷的美感，我不由得在心里面跟着默念，不一会儿，整首诗就牢牢地印刻在了我的脑海里。如若我吟诵给外公听的话，他应该知道这首诗的作者吧。不过年纪轻轻就能忆起这首诗并能吟诵全文，他是多么强闻博识、多么才华横溢啊！我想把这首诗抄下来贴在床头，因为最近我经常觉得世上万物神秘莫测，充满天机造化。

公子和那个叫草笼的少女越走越近了。很是奇怪，我的心居然跟随他们走近的步伐跳动得厉害。一股娇羞之情油然而生，但我一定要看公子的面容，哪怕只是短短的一瞥。那个少女仿佛觉察到了我在注视着他们，她把目光转向了我，颤悠悠的娇嫩身子，让人能顿生爱恋之心的杏眼桃腮映入了我的眼帘。而若无其事的睥睨的眼神又好似在说自己不是一般人。那位公子紧紧地握住她的小手，略微俯下头专注

1　草笼：风铃草。——译者注

地吟着诗句。

当我的视线直视他的清秀脸庞时，他的脸像是拨开云雾的月亮般发出柔美的光芒。啊！这张脸！他居然是在墨竹林中见过一回的喜鹊风筝的主人。那一天，那一刹那，那一张脸居然在我的脑际留下了那么深刻的印记。在皎洁的月光下，我一眼就能认出低着头的那张脸。兄妹二人从我面前经过，唯有草笼转过身来死死地盯着我，我们的视线在空中交会缠绕在了一起。在那一瞬间，那位公子似乎也感觉到了异常的气氛，他扭过头来望着身后。虽然只有几步之遥，但我感觉到他的瞳孔瞬间放大了。难道是因为月光的缘故吗？我感到他的眼睛发出了一道光芒。一直以来，我在任何男孩子面前都是大大方方的，而现在的我，顿时觉得面颊燃烧着，泛起鲜艳的红晕。一想到自己正背着玉男，弓着腰站在路边，以往的自信便马上消失得无影无踪。草笼身上的彩袖小袄和紫色花鞋，好像也比我的漂亮多了。我毅然决然地扭过脸，把背上的玉男往上一提，然后迈步往前走去。

公子和草笼已经走到了溪水边的过河石那里。草笼喊着脚疼，磨缠着公子的撒娇声从远处传了过来。公子背起她过了溪水。我默默地走上大桥。

"缸，你许了什么愿？我许了……"

姐姐跟在身后向我说着什么，可是我没有听清楚。

"恒我，恒我！你生气了吗？你到底怎么了？"

姐姐一路追着我，执拗地问道。

天上的月亮映照在水面上，浮光跃金，摇摇摆摆地也跟在我的身后。

父亲，自我呱呱坠地的那时候起，

您是不是已经知晓我的内心充满空虚——

像淙淙泉水那样，

时刻不停地喷涌而无从填满我的刻骨相思。

啊！至今我似乎已经明白，

您给我画笔的缘由……

曾几何时，

无论如何我都无法理解您，

也怨恨过已驾鹤西去的您，

当您闭上眼睛撒手人寰时，

心中沉甸甸的负担依旧没有放下吧？

现在，小女求您宽恕我，

父亲！

第六章 红梅

从后院的梅花树桩中伸展出的枝丫上，一朵朵梅花开始绽放。田野上到处弥漫着泥土解冻后的味道。正午时分，还能看见湖面上升腾的影影绰绰的水汽。望着那闪闪动动的水汽，我有些头晕目眩，走到后院，长长地伸个懒腰，然后视线逐一停留在了红梅花上面。如此粗糙而土里土气的枯树枝，一到春天居然能绽放出如此细腻的鲜花，她们到底是藏身在哪里的呢？这一问题令我百思不得其解。外祖父曾说，眼前的这棵开出淡红色花朵的梅花树，自他们在这里安家落户的时候就已经在那里生根发芽、如期绽放了。我仔细观察着梅花，然后细致地在纸上画出了底稿。在四君子中，我最喜欢画梅花和竹子。

静观花瓣和花蕊，我仿佛看到了她们的表情。如果说树干是身体，那么花朵则是脸庞。一阵春风拂过，长长的花蕊在风中颤颤巍巍，酷似面带微笑的少女那微微颤抖的睫毛。这时，有人从身后蒙住了我的眼睛。用手一摸，这双手厚实、温暖，而且是男人的手。啊！喜悦之情顿时爬上了我的心头，是父亲！我强抑着心中的激动说道：

“阁下是不是在汉阳以学识高而受人尊重的申进士大人？”

我着重强调着“进士”这个词。

父亲缓缓地松开手对我哈哈大笑。不久前，我们通过口信已经知道父亲顺利通过了进士初试。在兴奋和喜悦中，全家人都在等待他的归来，而我则用刚才的方式向父亲表示了祝贺。转身一看，父亲还没有脱掉长袍，头上戴着斗笠，一脸微笑正望着我。

“嗯，画画真的那么有趣吗？”

“是的，专注于画画时，仿佛忘记了世间的所有苦恼。”

“哈哈，你能懂得世间的什么烦恼呢？既然你喜欢，那为父也深感欣慰。聚精会神地观察眼前的花朵，从远处看你的背影，真是犹如一幅画一般啊！赶紧回屋去吧，这次爸爸给你带来了很多颜料和画帖。”

大关岭蜿蜒绵亘九十九道弯，日夜兼程一路跋涉九天九夜，父亲终于从汉阳回到了家中。大关岭重峦叠嶂、山势险峻，一跌跤只能一路滚下来，因而又被戏称为“打滚岭”，这一别称蕴含着被这群山险峰隔绝的乡亲们的无奈和谐谑之情。为了和家人短暂团聚，父亲避开酷暑和严寒，每年都要两次回到这里。每次回来时，他都不忘给岳父岳母和女儿们带礼物。父亲为女儿们准备的礼物以漂漂亮亮的花鞋、染色头绳等为主，而父亲专程为我带了颜料和画帖，可以说这是父亲对我的额外关爱吧。

看来外婆已经下令宰鸡了，不慎放掉母鸡的满德老爹手拎着菜刀正追着那只侥幸逃脱的母鸡。它扑腾着翅膀到处乱窜，满德老爹除了跟在鸡屁股后面趺趺撞撞外，似乎也没有什么其他的方法。看到眼前的情景，家人们纷纷拍手大笑，穿着围裙站在厨房里的母亲也抿嘴而笑。七个女人围着一个老男人转的这个家庭，因父亲的回归而变得生机盎然，令人心潮澎湃。尤其是母亲，她的脸像红梅花那样灿烂地绽放。十几年来，他们一直在江陵和汉阳两地分居。温情脉脉、不善唠叨的母亲，平素对我们很是严格，但只要父亲一回家，她就会变得很温暖柔顺。父亲一手抱住六岁的末姬，一只手抚摸着缠住他不放的妹妹们的小脑袋和脸蛋，然后去了厢房。

我抬着摆着晚饭的小桌走到了厢房门口，这时从屋里传来了外公和父亲谈话的声音。

"嗯！你已经通过了进士初试，下一步打算怎么做呢？"

"就目前的时局来说，走上仕途似乎没有多大意义，所以，小婿想在学问上再下一番功夫。住在京城的家母身体尚安康，所以我打算这次多留一些时日读读书、陪陪孩子。仁红今年十七岁，过婚龄之前我想多陪陪她；仁善今年十四岁，我想在她们身边静静地看着她们一天天长大。"

"仁红的婆家也得抓紧找媒婆问问了。先不说别的，仁红这丫头的料理水平可不一般呀，以后肯定能好好持家。仁善呀，是一个才气出众的孩子，我已经没什么再教她的了。如果是男孩子，可以送到私塾去，也可以请先生过来教，这样她的学问肯定是日益精进啊。前些日子，这丫头缠着我把她送到私塾去，这几天倒是不提了。自学了"四书”后，她最近又迷上了“三经”，尤其喜欢背诵《诗经》。绘画就更不用说了，十里八乡的人都有耳闻，而且这丫头精明稳重、心如渊泉。唉，如果是男孩子的话该多好啊！真是越看越心疼、越想越可惜啊！一个丫头如此才气过人，想想她的未来，应该会很凄婉啊！”

“即便是丫头，有学问总比不识字强吧。只是骋志行道有别于他人罢了。对丈夫和孩子来说，贤妻良母可以算是最好的老师啊！”

“这丫头刚出生时，生辰八字也不是很好……”

“这个，泰山大人您也……”

“对了！你还不知道这江陵地区还有一个女孩子不亚于我们家的仁善吧。听说这丫头文采斐然，善于写诗作赋，是远近有名的神童，她就是三代都官拜判书之职的青松沈家的丫头。咱们和沈家，在江陵地区都算是名门望族，但我们无志于仕途，他们却三代为官，两家家境毕竟不一样，他们请了一位先生给那个女孩子教学问。仁善不知从哪里听来这个消息，缠着我也要送她上私塾。她对学问可真是如饥似渴啊！你既然来了，就安抚安抚她的心吧！替我好好教教她。”

我抬着小餐桌在门外弄出了一些动静，外公和父亲也随即停止了对话。我边打开汤碗和铜饭碗的盖子边对他们说：

“请你们用餐。”

这时，父亲轻声在我耳边说：

“从明天开始，为父就是仁善的老师。”

我是多么地嫉妒草笼啊，

不，是多么地轻蔑。

和怜悯混为一体的嫉妒把我陷在了一片混乱之中。

不可怜你，

我有时真不能守住那微不足道的自尊心。

“唯有在翩翩起舞时，我才觉得自己的生命是活的！”

你不应该对我讲这句话。

你的身体里居然蕴藏着和我一样的饥渴，

我无法接受这个事实。

“你的饥渴，只是一阵阵花心！”

彼时彼刻，我强压着即将破口而出的冲动，

那时我的真心，你是不会明白的。

当你对我说爱上了一个男人时，

我无法对你讲什么。

对于爱情，

我们能知道什么呢？

啊！

我内心深处的双重性……

你所认识的我，

我认可的自己，

是同一个人吗？

即便如此，

我是那么的爱你，

而你又确实比我自由得多。

也许，

我最嫉妒的并不是你心中的饥渴，

而是你的自由。

第七章 草笼

端午已过，夏至将至。

种在庭院里的花苗越长越壮实。庭院中央的秀菊和萱草花已经盛开，凤仙花和草杜鹃也开始一朵朵地绽放，像盛得满满的白米饭那样冒出圆圆尖头的佛头花和火花般吸引眼球的芍药花也早已盛开且已凋零一阵子了。

晌午的太阳骄阳似火，吃过午饭后，妹妹们正横七竖八地躺在大厅的地板上舒舒服服地睡午觉。每当这个时候，带着妹妹们玩草娃娃或抛石子游戏的我也难以抵挡袭来的阵阵睡意。在后屋，母亲正给姐姐教授《内训》，因为姐姐的婚期不远了。偶尔我也会跑过去有一搭没一搭地偷着学一点，但我怎么也无法接受有朝一日我也得嫁人的事实。嫁到别人的家庭，“杀死”自己后重获“新生”，只要选一次就不能再更改的命运，在我看来，那作为人伦大事之一的婚姻，似乎不太符合人的本性。姐姐心不在焉地听母亲讲《内训》，只要一有空就在屏风、衣架帘、枕套和坐垫上刺绣，贪婪地准备着嫁妆。虽然不是不能理解贪心的姐姐，但像作业那样有些女工活也分配到了我的头上，所以最近都没空画画的我，只能通过给刺绣品画底稿聊以自慰。因为家里要准备姐姐的嫁妆，我也不能专心致志地向父亲学书法，这件事情让我很是沮丧。作为测验，父亲不让我背诵已经学过的书，而是让我提笔将它们写出来，并教会我运笔法、了解各种书体。父亲让我从楷书开始练，但真正吸引我的却是龙飞凤舞的草书体，听说中国的王羲之和世宗大王的儿子安平大君都是书法大家，究竟练多久才能达到他们的境界呢？父亲却说，书法不是技艺，而是修行，所以也叫“书道”。

父亲居住的外屋里传来朗朗的读书声，继而厢房里也传来外公读书的声音。听到两个男人的读书声，我觉得很是踏实。真希望父亲能在家多待些日子啊……天气开始变得炎热的初伏之前，父亲一般是要回到京城的。只要一想到父亲即将离开，我的心顿时就觉得空落落的。两人读书的声音单调地此起彼伏，怀里抱着末姬低声吟唱催眠曲的我也开始打起盹来。

突然，我感觉到有人轻轻地触摸着我的脖子，睁眼一看，居然是草笼。她手里拿着狗尾巴草正对我嘻嘻笑着。

“咦……怎么是你？不是说你父亲回来后禁止你出门吗？”

“是啊！我父亲好不容易才回来的。他对我特别严厉，害得我都不敢大声出气，我也没有能护住我的母亲。”

草笼低着头微微叹了一口气，然后又猛然抬起头看着我，双目闪烁着光芒。

“今天，我的身份可是特别使者。”

“使者？难道你的父亲邀请我父亲喝酒吗？”

“不是！今天我过来不是为了这件事。你难道不知道吗？你们家也应该受到邀请了啊！”

“什么邀请？”

“后天是沈府大排宴筵的日子。就是三代都官拜判书之职的那家，老爷叫大判书、儿子叫小判书的江陵地区的名门望族，老爷已经告老还乡，过几天就是六十寿辰的大日子。我父亲派我过来请问令尊要不要参加沈府的花甲宴。我父亲和令尊不是朋友嘛！俊瑞哥哥曾对我说，两位都是心怀凌霄之志的有识之士，所以他们的思想和性情比较接近，同属一派。哥哥还说，虽然他对父亲不是很满意，但父亲的抱负还是很让他心服口服的。”

所谓的“甲子士祸”“戊午士祸”等我也曾听说过。学成后，如果只走正道，在参与治国时不以私心起念，怎么会招致如此杀身之祸？父亲不走仕途真是万幸！这个派，那个帮……分朋树党，拉帮结派，互相倾轧，尔虞我诈……所谓心怀天下的男人们互相诋毁诽谤，弄得你死我活，想想都觉得不可理喻。草笼的父亲郑大监[1]虽然和家父志同道合，但他却在京城为官。他纳金氏女为妾所生的孩子就是草笼和她的哥哥俊瑞。为了和住在老家的妾室团聚，郑大监还是经常会回来的。只是去年草笼的母亲病逝后，往来次数就不那么频繁了。

1 大监：朝鲜李朝时期正二品以上官吏的尊称。——译者注在几年前的元宵月夜邂逅草笼，现在想起来应该是命运的安排。后来我才知道郑大监和父亲在京城早已是老相识了，郑大监和正室尹夫人，与父亲在京城南山谷里比邻而居，而那里也是父亲的家宅。

第一次见到草笼和俊瑞后，他们兄妹的影子久久不肯从我的脑海中褪去。看到草笼的姿态后，我的第一感觉是他们可不是一般的关系啊！而这似是而非的“不一般关系”又着实让我不安。不安，想起那时候的心绪，我不由自主地羞愧起来。为什么会对第一次见到的女孩子存有嫉妒之心呢？因为俊瑞？就因为草笼陪伴着俊瑞吗？无论如何，我都无法忘记那个圆月之夜俊瑞和草笼的亲密模样。草笼像春风中摇曳的垂柳那样的纤细腰肢和步态，总是不问缘由地浮现在我的脑海里。第二年春天，我跟随父亲去镜浦湖散步时，在那里还与郑大监及草笼不期而遇。这真可谓是偶然中的偶然。两位大人热情地寒暄问安，草笼紧紧地依偎在郑大监身边。那时的我惊讶不已，当我知道她是“喜鹊风筝公子”的亲妹妹后，甚至感觉如释重负。之后，我经常能见到草笼，也许是性情和想法迥异，所以我们在一股奇怪魅力的影响下互相吸引着对方。在双方父亲的默许下，我们很自然地成为好朋友，我觉得草笼十分可爱，虽说是同岁，但她经常会像妹妹那样向我撒娇。

“可是，沈判书大人的政治倾向和你我两位父亲是不一样的。我是不知道这些，只是听我哥哥说过。我甚至不明白他们为什么要分派争斗。又不是掷柶游戏[1]，这样走和那样走又有什么区别呢？对我们

1 掷柶游戏：朝鲜民族的传统游戏。通常有两名以上参加者，通过掷出四块特制的木板，来决定各自在棋盘上所走的步数。——译者注

丫头来说，这些党派纷争又有什么意思呢？家父说，‘作为同乡两班，参加老大人的花甲宴应该是人之常情吧’，所以派我过来问令尊要不要赴宴。这个是我父亲写的信函，麻烦你呈给令尊，然后告诉我结果吧。你也听说过沈家的孙女是一位神童吧？她好像叫佳然。老大人大摆筵席，说不定就是向世人炫耀孙女的才气呢。不管怎样，我们也和父亲软磨硬泡去参加吧，我倒要看看她到底是何方神圣，说什么出口成章，她敢在我们家仁善面前撒野吗？哼！咱们一定要去看看！好不好？仁善……”

草笼紧握着我的手，抖动着弱小的肩膀向我撒娇。我想草笼真正要见到的并不是佳然，而是想见见宴席上的那些青楼舞姬。她经常在我面前把青楼女子的舞姿模仿得惟妙惟肖，跳舞时她的身体仿佛是春风中摇曳的泛着淡淡新绿的柳枝，煞是美丽。我自己也感觉到心跳加快，很想见到这个叫佳然的女孩子，如果父亲能同意赴宴的话那可就好了。

“而且，他们家居然有九十九间房。沈府到底有多大，我真想亲自去看看。我父亲说，他小时候经常去那里和佳然的父亲一起学习、玩耍。还说这个时节，沈府荷花池里的荷花应该非常好看。荷花池中央还有一座亭子，所以十里八乡的文人墨客经常聚在那里吟诗作对附庸风雅。真羡慕佳然啊！听说她有两个哥哥，是家里的金枝玉叶。她的家境丰裕，有权有势，又是独女，还有什么不能满足的呢？唉！我怎么就摊上了这样的……”

草笼噘着小嘴愤愤不平。

作为庶女的悲伤和孤独有多大，我没有切身的体会。为了躲避住在京城的正室，草笼的母亲带着她和哥哥俊瑞迁到江陵后没过几年，可恶的病魔就夺走了她的性命。和母亲阴阳相隔，草笼只要一想到就心痛不已。和其他人那样，完婚后嫁到婆家，我也会和母亲“生离死别”吗？“出嫁外人”，正如这个词那样，女人一出嫁就脱离了母亲的怀抱。有一天，五个女儿相继出嫁，家里只留一个年老的母亲，一想到这个就觉得母亲很是可怜，更别论母亲去世了。我喜欢明事理、心思沉稳的母亲，所以总是对她百依百顺。她虽然嘴里不说什么，但经常用眼神传达着对我的信任。我的心也因她的信赖而从容。失去母亲，也不能回京城本家的俊瑞兄妹，他们的境遇引起了我的怜悯之情。所以，每当草笼向我诉苦时，我都像大姐姐那样静静地听她诉说。与其搜尽枯肠找出安慰她的话语，不如像现在这样紧紧地握住她的小手，传达体恤之情。

妹妹们相继醒了过来。

“啊！草笼姐姐！”

妹妹们都很喜欢草笼，因为我一得空要么教她们识字断文，要么一个人静静地画画，而草笼则给她们编一头漂亮的辫子或者陪她们一起玩耍。

“姐姐，跳……一旦（段）舞吧！好不好嘛？”

末姬用口齿不清的童声向草笼撒娇，其他妹妹们开始鼓掌。有一次，草笼在开满鲜花的围墙边的紫薇树下翩翩起舞。在修长的白色紫薇树干和优雅的弯曲垂下的枝叶下面，草笼的舞姿时而像蝴蝶般轻盈，时而又像展翅高飞的白鹭那样曼妙。

“不，不要啦！”

草笼捏着末姬胖嘟嘟的小脸，嘴里细细地嚼着衣襟，左右摇晃着肩膀推辞。啊！这娇媚的姿态，我一边微微地向她翻白眼，一边伸手把放在地板上的擦汗手巾递到了她的手里。看到我的举动，妹妹们发出哄堂大笑。草笼半推半就，手里握着手巾站起身来。她的表情顿时变得凝重起来，她轻轻地压低视线，用一副冷漠的表情顺了顺气，然后缓缓地将握住手巾的手举了起来。无须艳羡丝巾，草笼握住擦汗手巾在空中高傲地挥舞着。手巾一会儿垂下，一会儿提起，一会儿又盘旋在肩膀上方，草笼的舞姿轻盈曼丽、柔美欢快。这段叫作“辟邪舞”的舞蹈，令妹妹们看得如痴如醉，她们张大嘴巴，用视线捕捉着曼舞的手绢。在一段寂静中，只传来手巾撩拨孟夏空气的细微声音。望着灵巧地舞动着身子的草笼，我的怜悯之情也像决堤的洪水那样泛滥开来。

记得有一次我问她：

“跳舞真的那么好吗？”

草笼梦魇般回答道：

“嗯！”

然后，她又补充道：

“唯有在翩翩起舞时，我才觉得自己的生命是活的！”

她的回答像是晴天霹雳，使我久久无法释怀。因为在我的内心深处也有这样的感觉，每当画画时，这种感觉就在我的灵魂深处蔓延开来。

草笼还在后屋的地板上翩翩起舞，我把视线转向了庭院。日头偏西，阳光不像刚才那样刺眼了。种在庭院里的紫茉莉也正默默地望着还在跳舞的草笼和妹妹们。啊！难道都过了申时了？来传达重要信函的特别使者居然陷在舞蹈之中无法自拔。在夜晚来临之前，草笼应该拿着父亲的复函回去。我拿起草笼为了跳舞而掉在地上的信函走向父亲居住的外屋。

至今都历历在目。
是的，我记得很清楚。
佳然的血，
还有那仿佛望着彼岸般的眼神……
你是被关在黄金笼中的金丝雀。
我的右边是草笼的身体；
左边是佳然的精神。
佳然和我的人生如此迥异，
是智慧上的差距，
还是没有把握好平衡的缘故？
若我当初脚踏实地，
着眼于周边的事物，
佳然是否还会因遥望远方的天空
及憧憬想象之鸟的罪，
从这片土地上遭到驱逐。

“唯有在翩翩起舞时，

我才觉得自己的生命是活的！”

第八章 佳然

沈府的花甲宴可以说是江陵地区的大喜事。乡间传闻为了招待宾客，沈府宰杀了一头牛和五头猪，做打糕的米都用了二十石。据说除了赴宴的贵客外，沈府还给乡里的普通人家都送去了糕点，连流浪僧人和乞丐都受到了施舍。这些传闻虽有些夸大其词，但从喜宴的规模上看还真让人咋舌。

当天，我跟随父亲赴沈家参加花甲宴。草笼的父亲郑大监也同意草笼赴宴，所以会在那里见到草笼。为了在那个叫佳然的富家女面前不失尊严，我特意拿出过年时新置办的淡绿色上衣和艳红色绸裙，收拾得干干净净穿在了身上。初夏时节，穿这一身虽有些热，但我的夏装都是些染色的布衣，我别无他法。我站在镜台前，扭转着身子望着映在镜子里的自己。能诗善赋的佳然，如果还拥有出色的美貌的话，我觉得自己会很难受的。老天爷不会那么不公平吧？我安慰着自己，轻轻地叹了口气。

眼前是一片茂密成林的赤松，或参天高耸，或老态龙钟，沈府就被这些树木所包围着。不知有九十九间房的传闻是不是真的，但从远处看，沈府确实朱门拱梁、雕栏玉砌，气势非凡。位于很多层石阶上的大门敞开着，透过大门可以看见里面的歇山式屋顶；沈府门口拴着客人们骑过来的马匹，停着轿子。戴着斗笠、身穿道袍的男人和妆容俏丽、身穿霓裳的两班家的女人们陆续进进出出。

经过厢房往里面走，草笼和郑大监像是特意迎接我们似的站在外房的院子里。草笼也穿着过年时才穿的彩袖小袄。看来自从去年母亲去世后，草笼今年没置办过年新衣，她身上的衣服略微显得局促。也正是如此，本来就单薄的草笼更显得细高轻灵。草笼笑逐颜开地冲我招着手。父亲们也捋捋胡子，面带微笑相互问安。

一个看似管家、头戴宕巾的中老年男人给父亲和郑大监带路，引领我们来到了厢房。

“小姐们，你们可以先去后堂。先享用美食，等民乐声响起时去荷花池附近就可以了。过一会儿，亭子那边会上演一场欢快的宴会。”

草笼握着我的手，愤懑道：

“我原本都不想来，也没有合身的衣服。你看我身上这件衣服，都穿了三年了。一想到自己的处境，我还得伤心难过地哭上一会儿呢。我和哥哥说让他来替我参加宴会。可是以我哥哥的性格，怎么会参加这种宴会呢？再说我也和你事先约好了，所以还是过来了。你今天可真美啊！瞧瞧这身绿衣红裳，看着都像是待嫁的大姑娘，你都可以找婆家了。唉，你再看我身上的彩袖小袄，看上去还像是一个乳臭未干的小屁孩吧？”

看来草笼真的哭过，她的眼睛微微肿着。

“哪里的话？你很可爱啊，就像一朵五彩斑斓的草杜鹃。”

“哼，原来像草杜鹃啊！”

“草杜鹃多漂亮啊？五彩斑斓的草杜鹃……那么，说你像罂粟花好了。”

日光耀眼，草笼用湿润的眼睛佯装瞪我一眼。我们挽手走向后院，在路过通向内堂的中门时朝里面看了一眼，内堂的院子里开满了牡丹花。我和草笼不由自主、异口同声地大发感叹。在孟夏的日光中，茂盛的绿叶衬托着盛开的牡丹花，向世人展示着什么才是极致的华丽。盛放的牡丹和府邸的规模让我们顿觉自己的渺小。草笼盯着雍容绽放的牡丹和我说道：

“仁善，今天我才发现你很像一朵牡丹，身着绿衣红裳就更像了。之前我一次都没有把你看成是牡丹，因为你更像是梅花，酷似一枝雪中梅。真没想到，你身上居然还隐藏着如此华丽的样子。”

夫人们都走进了内堂。走到后堂，有两个小丫鬟把我们引到了大厅屋檐下。那里聚集着和我们年纪相仿的少女们和年轻女人们，另外还有佳然家的年轻女亲眷们。虽然气氛不是很欢快，但大家也都三五成群、交头接耳地窃窃私语。八仙桌上摆放着各种糕点、煎烙饼和素菜。就连手艺精巧才能做得出来的凉粉，也盛在洁净的白瓷器皿里。用五味子浸泡出杜鹃花颜色的水后，搅拌用筛子筛出的绿豆细粉做出的凉粉，味道也很醇正，面汤里漂着几粒松子，冰凉而清爽的口感堪称一品。碟子里装着用各种颜色的豆粉装饰的糕点，铜饭碗里满满地盛着仿佛堆砌着一粒粒白玉般的大米饭，散发出温润的光泽。刚出锅的宫廷烤牛肉也很美味。从东海捞出来的海鱼新鲜美味，蒸鱼上面撒着五颜六色的野菜。眼前的景象可以说是山珍海味了，小丫鬟们满头大汗地送来肉汤。草笼和我也大快朵颐，吃得香汗淋漓。看来这桌美食很合大家的口味，四处传来添加肉汤、甜米露和凉粉的吩咐声。

这时，一位有年纪的夫人带着一个女孩子出现在屋檐下的木地板上。

“啊！是佳然小姐！”

不知是谁在低声细语。

夫人先是感谢大家赴宴，然后嘱咐大家吃好喝好，客人们也点头向她表示敬意。夫人和佳然面带微笑，一一向客人们行注目礼，然后又向亲戚们逐个问安。夫人端庄文静，而站在她身边的佳然却显得很腼腆，要么略微低下头看下面，要么红着脸按照母亲的吩咐和亲戚们打招呼。看来，她不喜欢在众人面前抛头露面。佳然的容貌并不出众，而身上的衣服却很奢华。像蝴蝶的翅膀那样，穿在身上就能飞起来的黄色夹衣和深蓝色的裙子显得很华丽，而她却是一脸沉思的表情。比起漂亮华丽带来的第一印象，更让人印象深刻的是她耐看的容颜后所藏的影影绰绰的气韵。佳然的母亲也身着三饰边的夹袄和浅玉色裙子，显得文静而高雅。

这时，草笼忍不住抿嘴而笑。

“她呀，容貌一般啊！而且，她的脑袋怎么那么大！南北头，大脑门，前后顶，三千里！看来脑袋太重了，你看她老低头。”

我怕别人听见，轻轻拍了一下草笼的肋腹。

佳然稍稍抬头望着周围的客人们，这时我们的视线在空中碰撞到了一起。我紧紧地盯着她看：有点婴儿肥的小圆脸、宽阔的额头、圆乎乎的鼻子和紧闭的厚嘴唇。虽然不是细腻、俏丽的脸蛋，但那一汪湖水般深邃的眼神，仿佛能一眼戳穿别人的心思，锐利而聪敏。

呼！

我在心里面短促地吸了一口气。穿透我的眼睛，一眼能洞悉我不能看见的世界，这个不寻常的眼神仿佛向我发起了挑战，我也不甘示弱，死死地望着她。两股视线在空中碰撞，仿佛擦出了火花。

这时，不知是谁大喊一声：

“妈呀，这可怎么办？我的裙子弄脏了！”

在佳然的不远处正吃饭的一个姑娘用哭腔说完，开始放声大哭。站在她身边的一个小丫鬟不知所措地连忙用抹布擦拭着裙子。

“唉，我该怎么办啊？我姐过几天就嫁人了，今天偷偷穿姐姐大婚的衣服出门……我该怎么办啊?!”

“你没有受伤吧？还好掉的是凉粉，如果撒的是肉汤，别说弄脏裙子了，连你都会被烫伤的。”

虽然佳然的母亲好言安慰，但这倒霉的姑娘还是不停地哭泣着。

“你这死丫头，怎么连端盘子都不会，往好端端的裙子里扣碗！赶紧走开，用湿抹布再擦的话，污痕不是变得更大吗？”

看来这是一个性格泼辣的姑娘，哭着也不忘向惊慌失措的小丫鬟大发雷霆。可怜的小丫鬟低着头不敢说什么，只是用手捂着嘴巴哭泣着。

“大事不妙了！这孩子家境不怎么好，她妈和姐姐也不是省油的灯。把没穿出门的新裙子弄成这个样子……”

坐在倒霉姑娘旁边吃东西的一位年轻夫人护着她说道，宴会的气氛顿时被这突如其来的骚乱打破。佳然母亲和佳然的表情也变得复杂，我抬起头望着正跺脚哀叹的那个姑娘的裙子：浅粉色的漂亮裙子上点着几处五味子的汁液。如果裙子干了，污点会变成黑色。这时，我的脑海里突然展开了一张杜鹃色的画布，被浸染到裙子里去的五味子汁液或浓或淡，正变成一串葡萄，用葡萄和枝叶掩盖住那些污点的话……

草笼好像也和我想到一起了，说道：

“仁善啊，与其那样费一条裙子，还不如你在上面画上一幅画……”

草笼的眼睛忽然灵光一闪，我都来不及制止她。

“恕我冒昧说一句。众所周知，佳然小姐被称为嘉陵地区的神童，而不亚于她的绘画神童就在这里，大家要不要看她的才能……”

急性子的草笼虽然起身开口了，但话还没有说完，就羞涩地坐回了椅子上。这个冒失的孩子……大家被草笼的话弄糊涂了，纷纷侧着头嘟哝着。万般无奈之下，我只能起身道：

“神童之美名，我是愧不敢当的，只是喜欢绘画，经常和笔墨为伍，做做画画的样子罢了。这么好看的裙子，如果就这样扔掉了太可惜了，如果可以的话，索性给我笔墨吧。用我不成熟的画笔，在裙子上画上几笔，如果不满意，到时候再扔也不迟啊！”

稍顷，笔墨准备妥当。为了静心，我慢慢地研磨，草笼在身边帮忙，把裙子平整地展开在我面前。画画时，往往是下第一笔很难，我在脑海里已经完成了构图，因此我没有丝毫的踌躇和后悔，在裙子上面自由地挥舞着毛笔。顿时，杜鹃色的裙子上出现了栩栩如生的一串葡萄和藤蔓。

看到眼前惟妙惟肖的葡萄，夫人们赞不绝口。

“天哪！真像啊！”

“来，也给我画一串葡萄吧。”看这架势，夫人们都想解开裙带。

“那个小姑娘居然能让我们这些规矩端正的内室夫人们都想解开裙带。哎哟，这可怎么办啊？我可是晚上只在相公面前解开过啊！”

女人们七嘴八舌开起了玩笑，说完自己都觉得不好意思，发出咯咯的清脆笑声。宴会的气氛重新又变得轻松起来。刚才还哇哇大哭的倒霉姑娘也张着嘴巴，破涕为笑。

佳然的母亲问道：

“是谁家的千金，小姐如何称呼？”

“回夫人话，小女叫申仁善，家住北平村。”

“啊！你外婆是不是崔参判家的……”

“是的！”

“原来如此，你的年纪应该和我家佳然相仿吧。”

“小女今年十四岁了。”

“母亲，她和我同岁！”

站在一旁的佳然兴奋地说了一句，然后又害羞地红着脸看着我。

“往后经常来我家玩吧，我想你应该和佳然成为好朋友。”

“咦？我也是同岁……”

草笼也不甘示弱，插嘴说道。

佳然面带微笑望着草笼。

“小姐是谁？”

佳然的母亲问道。

“小女叫草笼。”

“是谁家的千金？”

“我是……我是……”

草笼变得吞吞吐吐的，应该是不想和外人说出自己是庶女吧。

“她的父亲是在京城任左参赞的郑运教大人。”

我替草笼答道。

“哦……”

佳然的母亲点了点头，没有再往下询问。然后叫一个丫鬟过来，吩咐再往佳然的房间送些茶点和水果。

我们跟着佳然来到了她的闺房。房间里面摆放着很多书册，也不知道是不是佳然写的文章，有不少装订成册的文集。佳然说，虽然有先生上门授课，但她自己更喜欢诗歌、道家故事和从大国拿来的记载趣闻逸事的故事书。她的学问境界与正在自学的我不相上下。

“道家故事的话，是指《庄子》里的……”

“嗯，《庄子·逍遥游》里的大鹏鸟很神奇啊，住在北冥里的叫作鲲的大鱼变成鹏鸟，振翅飞越九万里。这个故事你也听说过吧？而且我还喜欢神仙的故事，不是发生在这个天地里的故事，而是遥远的天国……”

说着说着，她的眼神望向了天际。稍顷，她转过头望着草笼问道：

“草笼，你喜欢什么啊？”

草笼冷漠地说道：

“佳然，你是文采非凡；仁善，你是画功了得。唉，要说我呀，拿得出手的也只有美貌了！”

听完草笼的话，佳然忍不住笑了起来。

“要说才艺，我只有动动身体的。”

“谁不动动身子呢？书法、绘画都得动动身子啊！”

“我得动动全身啊！”

“那是什么？”

佳然一脸好奇地问道。

“我喜欢跳舞。哦，对了！今天会来很多舞姬助兴吗？”

“应该是，我祖父很喜欢这种场面，听说交了很多艺伎，应该有很多舞姬吧。”

“哈哈，真好！待会儿我要坐到最前面好好欣赏。”

我很羡慕佳然的闺房里有这么多书，她还给我看了从中国拿过来的故事书。之前，我是看着草笼来安慰自己的处境，而在家境富裕的佳然面前，一股羡慕之情油然而生。我的内心笼罩着一片阴影，犹如暮色降临。看来佳然几乎没有和同龄的孩子交往的经历，一直是一个人待在闺中，所以显得很腼腆。而这种人往往也会很固执，所以我心想和她相处肯定不会很轻松。佳然虽然很害羞，但也很想了解我和草笼。

“你俩关系很亲密吗？平时都爱玩什么？”

“我经常去仁善家找她玩，她们家有五姐妹。我会看仁善画画，和妹妹们玩耍，也会和仁红姐姐一起做料理。很有意思的，她们家除了爷爷以外，没有其他男人哦。所以很方便的，而且她妈妈也很仁慈。”

“真好！我也偶尔去找你玩可以吗？我家不让我出大门，大人们都很严厉，而且哥哥们都比我大很多，也都已成家了，所以我只能与书为伍了。”

“真可怜！我们才不管那么多，想做什么就做什么。如果管这管那我们会得病的。别看仁善一副窈窕淑女的样子，她有时候也有像男人一般粗犷的一面呢。在仁善家，大家是把她当儿子养的。如果你有这心愿的话，我们欢迎你加入。”

草笼用施舍般的口气和佳然说道。

“等你得空来我家玩吧，虽然不能很自由地到外面玩耍，但春天到了可以去田野挖野菜、登山采杜鹃做花饼，端午节时荡秋千，中秋和元宵佳节与人结伴赏月，如果想看外面的景色了，就在围墙旁边跳跳板，这样就可以看到围墙那边的世界了。夏天酷暑难耐时，甚至可以在夜间去河里洗澡，有一处只有女人们才去的秘密地点。虽然我不怎么讨厌学习，但最受不了关在鸟笼里受束缚。我们女流之辈，通过求学认识世界的大门已经被封死，就连进入这世界的道路也被无情阻断了。所以啊，我们虽然苟延在这世上，哪里懂得世道呢？这一点最让我郁闷。随心所欲地做自己想做的事情、自由自在地生活，也就是还没离开父母的怀抱，待在闺中之时。所以啊，要珍惜和享受这段时间。”

一直很安静的我突然行云流水般吐露心扉，佳然用羡慕的眼神望着我。

“你的生活还是很多姿多彩的！”

“为了写好文章，你首先也得洞悉处世之理吧？”

“我再妙笔生花又能怎样呢？一找到婆家不就都完了吗？对了，家里人有没有跟你们说过出嫁的事情啊？”

见草笼和我齐刷刷地摇了摇头，佳然轻轻地叹了叹气。

“因为老来得女，所以我父母和爷爷不想把我早早地嫁出去，可是哥哥们很执拗，经常提起一些京城的名门望族，说要尽快把我嫁出去。按我自己的意愿呢，十八岁之前我可不想嫁人。”

草笼向她伸出手说道：

“我们能满足自己的意愿吗？”

佳然露出一脸不自信的表情。

“我要自己做主！”

草笼边点头边说道。

“好，就这么说定了！”

我和佳然异口同声说道，发出咯咯的笑声。

“然后把我们的少女时光过得有滋有味，好时光还剩四年。”

我轻轻地握了握草笼的手，佳然紧紧地握住了我俩的手。

佳然带着有些兴奋的声音说道：

“好，就这么说定了！我们三个人成为好姐妹吧。即使我们以后嫁人了，即使以后死了，愿我们的友谊永不变心。”

“可是，我们三个人当中，谁会第一个找到婆家呢？”

听完我的话，她们像是极力否定似的摇了摇头，然后望了望对方的脸，发出开心的笑声。

这时，从外面传来欢快的民乐声，看来宴会已经开始了。

花甲宴在荷花池那边的楼阁上举行，餐桌上已经摆满了美酒珍馐。荷花池虽不宽广却是十分美丽。楼阁上悬挂着的匾额上写着“红玉楼”三个大字，听说建造楼阁的木材是当地优质的红松，所以楼阁取名于此。绿油油的荷叶显得很是繁茂，清晨绽放后开始卷边的荷花，在夏天的烈日下像是一盏盏莲灯。荷花池的后面远远望去是一片墨竹林。以楼阁为中心，两边是乐队。寿宴的主人公——佳然的爷爷身着用细夏布裁制的崭新衣裳，像一位鹤发的神仙一般。池上有一座小桥连着楼阁和铺路石的后花园。隔着楼阁和荷花池，客人们坐在沿着池边架起的白帐篷下面。

“果然是权门的寿宴啊！今天应该能尝一口那有名的莲叶酒吧？”

“那么贵重的东西，能轮到我们吗？”

客人们用手指了指荷花池。水面上疏疏落落地漂浮着一圈圈圆圆的莲叶，将蒸煮的米饭和酒曲用莲叶包好，自然发酵得到的就是莲叶酒。在清风阳光的酝酿中，莲叶中的米饭自然而然地变成美酒。含着美酒的莲叶，我怔怔地望着这神奇的植物。采下精心系好的莲叶，将其中美酒倒入酒盅，不管小口浅尝还是一饮而尽，其滋味都可称得上是天下一品，难怪在场的男人们纷纷咂嘴吞咽着口水。

沈判书老爷携夫人坐在北边宴席桌的中央，周围是华丽的屏风。屏风的南面就座的是家族的男人们，女人们则坐在屏风的西面。佳然的父亲作为长子主持着寿宴，子孙们给老寿星敬酒献寿，男人们行再拜礼，女人们则行四拜礼。儿孙满堂的沈判书接连接过酒杯一饮而尽，不一会儿就变得满面红光。祝寿仪式结束后，客人们开始觥筹交错，交杯换盏，宴会正式开始了。

在欢快的民乐声中，酒过三巡菜过五味后，身着霓裳头戴花冠的艺伎们走上台来翩翩起舞。镶嵌五色珠子的华丽挂冠和在空中摇曳的各色汗衫令在场的人眼花缭乱。草笼痴痴地望着台上艺伎们闲婉柔靡的舞姿，像是丢了魂似的。一曲舞罢，艺伎们弹奏伽倻琴一展歌喉，真可谓舞势随风散复收、歌声似磬韵还幽。中间还穿插着剑舞和辟邪舞。

鼓乐齐鸣，轻歌曼舞，宴会的气氛正浓烈之时，有人下令准备笔墨纸砚。有几个宾客当场挥毫写下祝寿诗文呈给沈判书。沈判书满脸喜悦，斟酒回敬。这时，有人说道：

“满堂子孙和在场的宾客们皆祝愿沈老爷万寿无疆，能否欣赏一下令孙女的祝寿诗呢？她可是神童，聪明伶俐，以小小年纪善作诗而远近闻名。”

听完宾客们应声鼓掌。

不胜酒力面色红润的沈判书带着满意的微笑，连连点头。佳然的小脸也变得红彤彤的，只见她马上低下头沉默不语，场上氛围顿时变得有些尴尬。我在一旁焦急地望着佳然心想：虽被称为神童，但不分场合在人们面前被要求施展才华，这和玩偶有什么区别呢？和这些在场的妓女们有什么区别呢？见醉意盎然的大人们开始煽风点火，佳然毅然决然地走到台上坐在准备好纸笔的书案前，露出一脸生气的表情。她提起笔在纸上一阵挥毫，然后连头都没回径直走下楼台。已醉酒的沈判书向她有些夸张地张开双臂，说：“我家宝贝，爷爷抱抱。”佳然却不留一点情面地走下楼阁。她的无情举动使我愕然，还说什么爱害羞的孩子？对在五姐妹中无奈的磕磕绊绊、自然而然地学会谦让和宽厚的我来说，佳然的固执和冷若冰霜固然有些无礼和放肆，但一股怜悯之情却从我的心底油然而生，让我相信即便是很小的一件事情也能让佳然受伤。

为了缓和尴尬的氛围，一位客人拿起佳然的诗稿朗声吟起来，他先是读汉文，然后再逐字逐句地解释：

天上老人星，

光芒照南极。

人间武夷君，

虹桥开寿席。

子孙满四座，

群仙同宴席。

侑以王母桃，

酌以琼霞液。

一千年一醒，

三千年一熟。

维南长不崩，

坐看东海涸。[1]

宾客们边鼓掌，边对佳然的诗文赞叹不已。我的视线随着佳然的身形移动，我听到背对着我的佳然似乎在哭泣。在消失在后屋之前，我仿佛看见她用衣带拭了拭眼泪。我不由自主地站起身来走向后屋，果不其然，佳然木然地坐在廊台上。我慢慢走近她，而她依然陷入在沉思之中，眼神朦胧。过了好一会儿，她那长长的睫毛一闪，几滴晶莹的泪珠掉落在蓝色的裙子上面，浸染成几粒葡萄。

佳然缓缓地对我说道：

1 引自金诚一《鹤峰集》第一卷歌咏清溪亭八大美景之诗中描写寿宴的诗歌，经作者遴选变形后，成了以上诗文。因歌颂花甲宴的古诗不多，不得已借用，视为出自佳然之手。——作者注

“这该死的神童，真的不想再听了！我真想变成一只鹏鸟，逍遥在蓝天白云之中……”

啊，那时候真是幸福满满。

诗文、舞蹈和绘画，

佳然、草笼和我。

女子无才便是德，

在往后的岁月中，

我曾抱怨过我们身上的才能，

心想那些都是命运的捉弄。

但是，

那时我们像是一口三足鼎，

关系如此融洽，

直到各自走向自己的命运之神之前。

人只能屈服于之间的命运吧？

不管你怎么紧紧捂住胸口，

恋慕之心，

总会从指缝中流向他那里……

第九章 红花

在沈府初会后，我们三人经常见面。我家成了三个少女的乐园，草笼的家有些寂寥，佳然家里规矩森严，令人喘不过气来。同住一个村的草笼有事没事常常到我家来，沈府到我家的路途虽不很远，但也不是佳然可以随随便便出门就可到达的路程。在得到母亲的应允后，佳然每次都是坐轿子出行，可是她觉得轿夫们在外面等候着很不自在，不知从哪天开始，她也开始步行赴约，这件事她肯定没有得到家人的同意。

初伏已过，父亲仍旧没有回京。他说到处暑时会一直待在江陵，我的心早就乐出了花。父亲在家我固然很开心，但他在家的话，结成同盟的三个少女就不能自由自在地在院子里玩耍了。

在酷暑难耐的三伏天，我们也只能关紧后屋的门来以讲故事为乐。草笼讲那些不知从哪里听来的稀奇古怪的传说，佳然则爱讲新奇的仙界故事。这些知识在书里是学不到的，十四岁的我们对男女相悦之词也是感到非常好奇。世上万物，皆源于阴阳调和。我们相互分享自己所知道的爱情诗，大家一起背诵着。相比于爱讲故事的她们，我主要是背诵诗歌。《诗经》中收录了很多无名氏怀念情人的诗篇，虽然我还不能充分理解那种恋恋不舍、情真意切，但作者把那种依恋和深情用自然景色和常见的动植物抒发出来，我们都觉得很有意思。世上万物蕴含着人生的所有秘密，想到这里，我越来越迫切地想了解眼前的这个世界。

草　虫

喓喓草虫，
趯趯阜螽。
未见君子，
忧心忡忡。
亦既见止，
亦既觏止，
我心则降。

陟彼南山，
言采其蕨。
未见君子，
忧心惙惙。
亦既见止，

亦既觏止，
我心则说。

陟彼南山，
言采其薇。
未见君子，
我心伤悲。
亦既见止，
亦既觏止，
我心则夷。

我们开心得像唱歌那样，你一句我一句地背起了这首《草虫》。“喓喓草虫，趯趯阜螽。未见君子，忧心忡忡……”

佳然给我们讲起了宋朝一首禅诗里的故事。

相传远古时代，有一个国王外出打猎，捕获到一只鸾鸟。此鸟绝非一般的鸟类，不仅形状雄伟，羽毛艳丽，而且在山林之中的鸣叫声也清脆悦耳，非常动听。国王捕到这样一只珍贵的动物自然喜不自禁，以为不但可以天天观赏到鸟的优美仪态，还可以时时听到鸟儿那动听的鸣叫声。可事与愿违，该鸟被捕获后，精神萎靡不振，无精打采，形状自然不同往昔，更让国王扫兴的是，这只鸟自打被捕获后就一声不吭，每天都以沉默相对。为让鸾鸟鸣叫，国王可谓绞尽脑汁想尽了办法，他让人用金子制作了一个华丽珍贵的鸟笼，将鸾鸟置于其中，并且每日玉食珍馐，让鸾鸟吃遍美味佳肴。但这一切作为都是徒劳的，鸾鸟还是不肯开口，这样一过就是三年。皇后见国王无计可施，便对国王说："听说鸟见到同类就会鸣叫，何不挂个镜子让鸟照照自己呢？或许见了镜中的自己它就会叫起来的。"不料，鸾鸟见到镜中自己的形象后悲鸣不已，那凄厉的声音响彻云霄，叫了一会儿，鸾鸟便气绝而亡了。[1]

佳然怎么懂得这么多呢？我很羡慕她有自己的私塾先生，还有那么多藏书。虽说都是两班，但家境富裕的佳然还是引起了我的羡慕之情。即便如此，我也没有向她借过一本书，不！是不会向她借书，因为我不想因为这些事而丧失自己的颜面。不是也有像草笼这样比我更可怜的孩子吗？也许佳然才是那只失去自由的鸾鸟，她博览群书，提笔能文又能怎么样呢？黄金鸟笼里的鸾鸟有什么可羡慕的？和她相比，我应该是一只可以飞翔在蓝天里的喜鹊吧——比起在沉闷压抑的

1 本故事取自南朝·宋·范泰《鸾鸟诗序》："昔罽宾王结置峻祁之山，获一鸾鸟。王甚爱之，欲其鸣而不能致也。乃饰以金樊，飨以珍馐，对之愈戚，三年不鸣。其夫人曰：'尝闻鸟见其类而后鸣，何不悬镜以映之？'王从其言，鸾睹形感契，慨然悲鸣，哀响中霄，一奋而绝。"孤鸾三年不鸣，临镜后以为见到同类，便慨然悲鸣，展翅奋飞而死。——译者注

豪宅里的生活，我更喜欢自由，我这样安慰着自己。

有一天，佳然给我们背了一首诗。

东飞伯劳西飞燕，
黄姑织女时相见。
谁家女儿对门居，
开颜发艳照里间。
南窗北牖挂明光，
罗帷绮箔脂粉香。
女儿年几十五六，
窈窕无双颜如玉。
三春已暮花从风，
空留可怜与谁同。[1]
……

听完我问佳然：

“这又是从哪本书里看来的啊？”

我觉得诗里描写的正是我们这个年纪少女们的故事。

“空留可怜与谁同……这句说的不正是我吗？这首诗的作者到底是谁呢？怎么能如此明白我的心意呢？”

1　本诗取自《玉台新咏》，作者假设是佳然的作品。——译者注

草笼也跟着问道。

“嗯……这首诗的作者就是……我！”

佳然通红着脸低声说道。不愧是佳然，我的心里有些酸酸的，她的才华还是让我强压下去的嫉妒之心又悄然抬起了头。怎么能如此细腻地描写怀春少女的爱怜之心呢？在文采方面我真是难以望其项背啊！如果说她是一支细毫，我只能是一支秃笔吧！这种落差使我久久无法释怀。

“嗯，我只是依葫芦画瓢，模仿了中国的艳诗……”

见我们三个丫头最近老是聚在一起，母亲觉察出我们有些放肆，所以暂时禁止我们出入后屋，她令我们在里屋背诵《内训》。我们三个和仁红姐姐一起，在母亲的指导下学习了《内训》。母亲用《内训·夫妇章》压制了我们对阴阳调和的强烈好奇心。

夫妇之道，参配阴阳，通达神明，诚天地之弘义，人伦之大节也……阴阳殊性，男女异行。阳以刚为德，阴以柔为用；男以强为贵，女以弱为美。修身莫如敬，避强莫若顺。故曰：敬顺之道，为妇之大礼也。夫敬非他，持久之谓也；夫顺非他，宽裕之谓也。持久者，知止足也；宽裕者，尚恭下也。夫妇之好，终身不离，房室周旋，遂生媟黩；媟黩既生，语言过矣；语言既过，纵恣必作；纵恣既作，则侮夫之心遂生矣。此由于不知止足者也。夫事有曲直，言有是非，直者不能不争，曲者不能不讼；讼争既施，则有忿怒之事矣，此由于不尚恭下者也。侮夫不节，谴呵从之；忿怒不止，楚挞从之。夫为夫妇者，义以和亲，恩以好合。楚挞既行，何义之存？谴呵既宣，何恩之有？恩义俱废，夫妇离行。

读完《内训》，走出里屋后，我们又变得自由自在。当时正值仲夏季节，后院百花争艳，别院的围墙上爬满了从百年古树中开出的紫薇花，相传这花能绽放百日。叶子尖尖的红花也开满了红色和黄色的花蕾，花蕾一开始是黄色的，然后逐渐变成红色，这花朵颜色的变化真是神奇。红花通常叫作红兰，又因它是胭脂的原材料，所以也被叫成胭脂花。有待嫁女的人家，一般都在院子里种些红花，以备胭脂和朱砂痣之需。爱画画的我为了解决颜料，也央求母亲在庭院里种了红花。一旁的凤仙花也开出了一层层红色的花朵，不甘示弱的紫茉莉也张开粗壮的枝丫，上面长长的花朵正含苞待放呢！庭院的最边缘是一排排矮矮的、五色玲珑的草杜鹃。

“我要不要用凤仙花汁涂指甲呢？听说如果下初雪那天还没有洗掉的话，就能遇到帅气的郎君。”

草笼说道。

“啊！那我惨了，我的指甲长得太快了！”

佳然向我们张开自己的双手无不遗憾地说道。

“都说‘姑娘不想嫁人’是谎言还真是的！你们都那么想要找到帅气的郎君吗？那怎么能熬到十八岁呢？”

我假装咂舌道。

“难道你不想嫁人吗？”

佳然一脸好奇地问道。

“她是申家的儿子，所以不能嫁人！”

听完草笼的玩笑话，我也谐谑道：

“对，是不会嫁人，只能让男人嫁过来！”

这时，草笼噘着小嘴说道：

“和一个素未谋面的男人结婚，想想都很可怕，我还是喜欢帅气的男人！”

“哪个女人不喜欢帅气的男人呢？老话不也说嘛——‘好看的糕点也好吃！’”

听完我的回答，佳然尖厉地顶了一句：

“我的郎君，我要亲自看过他的脸之后再做决定！”

“我的郎君，我也要自己选！”

我也应声附和道。

“哎哟，别说得那么轻巧，在朝鲜大地我还没听说过哪个姑娘自己选过郎君。不管怎样，到时候我们要看看谁的郎君长得更帅气哦！”

草笼笑道。

我们蹲在地上一起采凤仙花。

我伸手正要摘一朵花，这时我的手突然停在了半空中——我看到地面上有两只长额负蝗黏在一起，准确地说是一只骑在另一只的后背上，正要摘花的佳然悄悄地问我：“它们在做什么？”

"它们在传达爱意！"我把食指竖在嘴边，喃喃低语道。

真神奇，这些鸣虫和飞禽走兽也为了繁殖后代在做那种事情吧！可是它们是怎么知道这种事情的呢？我们人类又是怎么知道的呢？难道是到了某一时刻就能自己洞悉自己身体的奥秘吗？不需要别人教也能自己明白的对吗？

"姑娘们，摘这些应该够了吧？"

一直只顾着摘花的草笼，一屁股坐在了凤仙花树的前面。骑在上面的那只蝗虫受到惊吓仓皇而逃，留在地上的那只被突如其来的变故惊得东奔西跑、彷徨不定。

"小心！瞧你干的好事！"佳然责怪草笼道。

见草笼有些尴尬，我像是安慰她似的说道："世上万物真是很神奇！看看那只蝴蝶，她正在犹豫要坐在哪只花朵上面。哎哟，这么早，蜻蜓已经出来了。有花朵的地方就有飞虫，没有它们花朵们什么也做不了。能独自繁衍生息，对这个世界上来说可真是奇妙。"

"所以，万物分阴阳，人类也分男女啊！"心情变好的草笼朗声回答道。我把那只左右摇摆的蝗虫捧在掌心仔细观察着。

"那只是公的还是母的？"

"哎哟！仁善啊，你不觉得恶心吗？"

草笼和佳然同时向我问道。而我正全神贯注地观察着这家伙没有回答。

"啊，真是漂亮！"

我把这可怜的家伙轻轻地放回地面后才回答道。

“别看它们微不足道，但如果仔细观察它们的一举一动，就会觉得它们很美很神奇。静静地盯上它们一会儿，就会有一种能与它们心灵相通的感觉，我要好好记住它们的模样，回头找机会画下来。”

“记得上次在灶间突然有一只耗子蹿出来，你也没有大喊大叫，也没有找东西将它打死，只是安安静静地凝视着这个不速之客。你真是一个奇怪的孩子！”

听完草笼的话，我向她歪着脑袋回答道：“那是因为它们是那么的可爱啊！”

见凤仙花采得差不多了，我起身搬来小石臼，将凤仙花倒入其中用石杵细细地捣碎。从不把自己当外人的草笼去老妈子那里要来了白矾，绑指甲的叶子和丝线也都准备好了，我们轮番着将捣碎的凤仙花放在指甲上面用细线精心地捆绑。要过上一夜，凤仙花汁才能漂漂亮亮地染在细细的指甲上面。

过了好半天，等紫茉莉都张开花瓣时，仁红姐姐过来说道：“哎呀，你们还没回家啊？这都到了做晚饭的时候了。草笼，你不用回家做饭吗？听说你家的老妈子生宝宝了？还有佳然，天色马上要黑了，你不早点回府，不会挨骂吗？”

素来嫉妒我们三人的姐姐冲着我们说个没完。

“知道了姐姐，我马上回去。姐姐，你的脸怎么都像是一块白玉！有什么秘诀吗？”有眼力见儿的草笼马上拍姐姐的马屁，微笑顿时绽放在姐姐的脸上。

“能有什么秘诀？天生丽质罢了。仁善的皮肤也很好啊，只是她的脸没有血色过于苍白了。”

“我还以为姐姐每天都施粉呢！”

“瞧这孩子说的，姐姐哪有粉啊？”

“姐姐，要么我给你点粉吧。你还不知道吧，收集点紫茉莉的种子，等晒干后把里面的掏出来碾成粉末就可以了。我从去年开始攒了一些，都装在小桶里呢，本来打算自己出嫁时用。你看，我的脸黑黑的，我真不喜欢……”

“这孩子懂得可真多啊！”

姐姐瞧不起草笼，在心里面一直厌恶她，觉得她不像是两班家的子女，时常卖俏，媚态毕现。因此，姐姐经常到母亲那里告状，说我又和草笼在一起。母亲虽然没有十分欢迎草笼，但也没有公开表现出嫌弃她。草笼虽然知道这些，但她一点都没有介意。我居然有些羡慕这样坚韧的草笼。如果换作是我的话，假如感受到有人讨厌自己，我的自尊心肯定会受打击，肯定会怯生生地不想再接近那个人……

眼前的草笼仿佛一生下来就洞悉捕获人心的秘诀。

日落西山，晚霞点点，百鸟归巢。我们也像那些鸟儿那样，得各自回到自己的家里。我们及时把缠在指甲上面的花瓣揭了下来，然后走到泉水旁边用力地搓了搓小手。我们纷纷把双手伸了出去，六只用花汁染红的手，犹如花瓣那样完美地绽放在夏日的黄昏中。指甲的颜色不怎么浓艳，看起来恰到好处，我肤色最白，所以显得我的指甲最是红彤彤的。

“哎哟！仁善肯定能和帅气的男人结婚。你看我俩的，染得太浅了，估计还没熬到初雪时分就都褪色了。”

草笼满心羡慕地说道。悬挂在东边天的初三蛾眉月冲我们微笑着。

有一天，一位年轻书生骑着马到家里来拜见爷爷和父亲，后来才知道那是佳然的大哥。父亲把佳然叫过去托付给了他，后来一段时间佳然很少再来我家了。听说，从那天以后佳然被限制出门了。不仅佳然不能出门，连草笼也很少过来了。

我重新沉浸在笔墨丹青的乐趣之中。为了挥毫，我在细细研墨时努力使自己的心灵安顿下来；为了逼真地还原事物的本色，我在色彩的世界中汪洋恣意，水彩绘画带给我的幸福是无法比拟的。当我完完全全地投入到一件事情的时候，我感受到了无以复加的幸福；而未能进入这种状态时，我顿感无穷的虚无和无尽的孤独。

为了躲避正午的酷暑，我从一大早开始就在厢房的地板上聚精会神地写着楷书。母亲走到地板上，认真地观察着我写的字，然后又抬起头仔细地盯着我的脸说道：

“得采点红花，做颜料……”

“这么早就采红花吗？得过一阵，在清早采那些顶着晶莹剔透的露珠的鲜花啊！”

“嗯……你今天去过花圃吗？”

“没有。”

母亲发出低低的叹息声。

在我人生的每一页，
像落款那样留下烙印的，
是他那炯炯有神的双眼……

“您怎么了？”

“不知是谁，趁着黑夜把红花都采走了……”

“难道是谁要用这些红花做颜料吗？”

“希望如此，可是……”

母亲一脸的难为情。

“你是不是有心仪的男生？”

面对母亲突如其来的问题，我的脸顿时变得通红，我都没回答便急忙摇摇头。

“不要和任何人说起红花被盗的事情。”母亲急于得到我的承诺。

“俗话说，如果家里有待嫁的姑娘，而谁家的小伙子又采了姑娘家种的红花，就能得到姑娘的芳心。当然，可以忽视这个传说，但红花被采的事情传到坊间的话可没什么好处。如果那个小伙子又信口雌黄，姑娘家最终只能委身于他，说是得到了姑娘的芳心。依我看，肯定不是仁红，妈妈担心的是你……你现在也不小了，所以处事需要一再谨慎。女人的幸福也没什么，遇到一个好男人，一辈子把那男人的怀抱当成整个世界，最终死在那里。现在采花为时过早，就当作是咱们全采下来做了你的绘画颜料吧。”

母亲淡定而低沉的声音传到了我的耳边，而我却听出了母亲急切的心情。我紧紧地咬住嘴唇，冲她点了点头。

是谁采走红花了呢？

如果那些传说是真实的，那么我的心已经被那个人盗走了吗？可我的心明明就在这里啊……

像是护住这颗心，我用右手紧紧地压着衣带。咚咚乱跳的心脏，仿佛要跳了出来，我再次使劲地压住了胸口。

心灵之眼能洞见心对吗？
人心能用画笔画出来吗？
心是不是像高空的浮云？
在大千世界，散落成雨滴雨丝，
又变成千朵万朵的云飘在空中，
似有似无，白云苍狗变化多端，
时有时无，日月经天一成不变，
在九重天凝视如云的人生轨迹，
顿觉自己只是随缘，
信步在这所到之处，
此去经年终于明白，
都不过是美丽执念，

有生之年，在我的心中，
一直下着那天的那场雨，
淫雨霏霏，
雨滴沾染庭院中被翻开的泥土，
散发出一股土腥味，
玄鹤琴发出的凄然委婉的余韵，

一直扣动着我的心弦。

还有，

在我人生的每一页，

像落款那样留下烙印的，

是他那炯炯有神的双眼……

第十章 俊瑞

末伏已过，酷暑却依然不减。

我在拂晓时分起床读书，或是等到午后酷暑下去后，才开始画画或写字。

佳然和草笼好久都没有过来玩了，不过这种寂静和孤独却使我很受用。我的心情变得平静，眼光所到之处，见到的都清澈无比。没有朋友来访，也没有兄弟姐妹陪伴，一个人写字作画，我似乎也慢慢变得无欲无求。我希望自己就像空空的亭子那样，自己孑然一身度过漫漫人生路也没什么不可以，那种自由自在、闲适充盈的生活也很好。当然，和姐姐一起刺绣也不错，这些女红不但能给自己带来快乐，也能为别人的生活增添色彩。小玩物、香囊和烟袋等物件上绣上美丽的图案赠送给别人，大家都很开心地笑纳。

这两种快乐，到底哪种更能让我开心呢？我偶尔也会思考这一问题。一种是只让自己开心，那样会感到无比充实；一种则是为周边人做出牺牲和奉献、取悦他们。本质上，我深以为自己很自私，不！我想自己比任何人更爱自己，我很明白别人心目中的、期待中的自己是什么样子——具有天赋，深沉稳重，善解人意，关心他人，被当成儿子来养的女儿……我不想让他们失望。因此，违背家人的期待让自己沉沦下去，不想让家人看到这样的自己估计也是一种自私吧。在自设的条条框框和别人的视线中，我没有自由可言。一想到这个，我终于明白人人都有自己的枷锁，谁也不能随心所欲地挣脱这牢笼。这，也许就是人生吧！

骄阳似火，酷暑逼人。

草笼派丫鬟过来说她正在患足疾。难怪好动且步态轻盈的草笼最近很少过来呢！如果脚没受伤的话，她应该会时常进进出出我家的大门吧。草笼传话来跟我说自己太无聊没趣，恳请我过去她家陪陪她。至今，草笼的家我只去过两次，第一次是三年前跟随父亲登门拜访，第二次是草笼的母亲去世时我们过去哀悼。

时隔这么久，独自上门拜访草笼，一种尴尬油然而生。我手里提着一个菜篮，里面是新摘的南瓜和茄子，为了防止茄子打蔫儿，我用南瓜叶子包得很好。我的另一只手则牵着末姬的小手出了家门。末姬手里拿着用玉米棒做的娃娃，开开心心地跟着我。闷热难当，玉米娃娃散发着阵阵馊味儿，我不由得想到，应该用布料给末姬做一个新娃娃。

烈日如烧，正午的村子空空如也，唯有树上的蝉鸣叫声此起彼伏。

没走几步，我已经热得喘不过气来，好像要窒息一般。我走进湖边小路，湖水像是盛在药罐中的热汤药那样黏黏稠稠。如果下一场骤雨的话，天气会变得清爽吧！脑子里刚有这一想法，我马上就后悔了，因为伴着阵阵雷声，豆大的雨点突然从天而降。这湖边小路才走了一半，我陷入进退两难的境地，掉头回家吗？不容多想，我一把背起末姬猛地往前冲，跑了一阵才发现我居然跑向离家越来越远的方向，也就是朝向草笼家跑了过去。突如其来的雷雨，把我变成了落汤鸡，我急忙跑进路边的一家茅草屋的屋檐下避雨。出门前熨得平平整整的衣服，此刻湿漉漉地黏在了我的身上。这副狼狈的模样，怎么好意思去草笼家呢？

去见草笼，我既兴奋又有些担心。兴许是能见到俊瑞吧！一想到他，我的心就变得忐忑不安，激动和焦灼轮番涌上心头。而现在，我却被这出乎意外的雷雨淋透了。这副模样去见草笼的话，如果和俊瑞偶遇了，那该是多么尴尬的场面啊！一想到这些，我变得更加焦躁不安了。原本梳得整整齐齐的秀发被这雨水打乱了，浑身上下的衣服也都浸透了，如果俊瑞见到这副模样……我都不敢想下去。

我不能去！

草笼躺在病榻上盼着我过去陪她谈心解闷，虽然我能理解草笼的心情，但内心深处还是觉得这样子不能前去拜访。幸运的是，雷雨说来就来说走就走，云消雨霁，天色澄明。

当我要调转脚步回家时，末姬似乎猜到了我的心思，撒娇道：

“姐姐，我们去找草笼姐姐吧，我不要回家！我要看她跳舞。”

“草笼姐姐的脚受伤了，不能跳舞了。我们回家吧，我找最漂亮的布来给你做新娃娃。”

末姬用小拳头哐哐地捶着我那湿漉漉的后背。我感到一阵羞愧，草笼，对不起啊！我像是给自己打气似的，鼓足勇气迈开步伐向草笼家走去。

草笼家的老妈子和丫鬟们都不大有规矩。她们只是冲着里屋喊了一声：“小姐，来客人了！”并没有把我领到草笼的房间门口。这大概是因为家里没有长者，加上失去妾室的郑大人也不经常过来的缘故吧。按草笼的说法，郑大人不常过来是因为和俊瑞有龃龉。草笼家的口粮和日常开销皆由郑大人调拨，看似富余却时常捉襟见肘。草笼认定这是下人从中做了手脚，她本想质问他们，但却遭到了俊瑞的阻止。俊瑞说，他们和我们有什么两样呢？大家只要能不挨饿，就睁一只眼闭一只眼吧。

“赶紧进来吧！”

草笼把右脚放在书案上，斜靠着褥垫半躺在炕上。

“你这是怎么了？”

“郎中过来施过针了，说也奇怪，估计是天热的原因吧，老也不见好转啊！而且老是这么肿痛着……真快把我憋死了！过几天就是处暑了，可这天怎么还这么热呢？虽然现在勉强能下地，可是只要多走几步，情况又恶化了。”

“姐姐，能给我跳舞吗？”

末姬向草笼纠缠道。

“姐姐以后不能再跳舞了。姐姐很担心这脚一直好不了，担心以后永远也不能再跳舞了。前几天正好是月圆之夜，晚上还很闷热，我和哥哥一起去了溪谷，我想用溪水泡脚。哥哥坐在一块岩石上弹起了玄鹤琴，琴声萦绕在山川溪谷中，我的身子不由自主地动了起来，我像是变成了佳然整天念叨的那些故事中的月夜仙女。但是很不幸，我从岩石上滑下来，扭伤了脚，还好只是伤到了脚。我哥哥扛着琴，背着我下山真是很辛苦。幸亏是月圆之夜。现在回想起来，那个夜晚，哎……我真幸福啊！我要赶紧康复再和哥哥去一趟，那里柔美的月光、嶙峋的岩石和流水潺潺的溪谷是那么的美……此时此刻，那天的景色仿佛还在眼前，久久难以忘怀呐。仁善，麻烦你一定要给我画一张月夜起舞图，好不好吗？我想面对琴声、绘画和舞姿在月光下融为一体的情景，桃花源也只能是甘拜下风吧。”

啊，原来俊瑞会弹琴啊！

望着草笼那一脸徜徉在梦境般的表情，我的脑海里慢慢浮现出在月圆之夜、抚琴的俊瑞和翩翩起舞的草笼。

这时，丫鬟用果盘托着几个刚摘的香瓜进了屋。

“天这么热，削完果皮的瓜也给我哥送过去吧。”

藤蔓分枝藤根情，看来，兄妹之间确实情谊很深。

“他去捕鱼了。”

听完丫鬟的回话，草笼的脸色变得复杂起来。

“我哥哥，对我来说有情有义、有趣又帅气的好男人……我真替他难过，他和父亲的关系越来越差……他说身为庶子也不能踏上仕途升迁高官，所以要放弃读书科考，他和父亲发誓：既然这样的话，索性就像清风那样自由自在地活在这个世界上。他的文采从小就被父亲所认可，比起那些本家的哥哥们不知要强多少。所以，以他的实力，科举及第应该是很轻松的事情。然而，他却整天扛着琴，以山川为伴在外逍遥，时而去靶场射箭，时而去打猎，但在我看来，他却整天心神不宁，抑郁不安。而且，哥哥最近还偶尔喝起了酒。也难怪，他空有一身才能却无法在广阔的天地施展……对我来说，我哥哥就像郎君那样亲切多情呢。如果我能遇到像我哥那样的男人，马上就会把自己嫁出去的！”

我用果刀削着香瓜皮，切下一块放进口中，甜甜的香瓜汁马上溢满整个口腔。去河里捕鱼？我想起了几年前他吟诗的情景。去年，我匆匆见过他一面，身着丧服的他虽然显得比平时成熟，眉宇间满满的却都是悲伤。年逾十六，作为两班家族的子弟，应该正是科举考试发愤图强的年纪。作为热血青年，他应该也想通过科举及第来扬名立万吧。听完草笼的话，恻隐之心油然而生，这时草笼脸上带着欢快的微笑说道：

“不管怎样，晚上弄不好会有新鲜的河鱼吃了。你要留下来吃完饭再走啊！”

久未谋面的我们开始窃窃私语，不知时间过得飞快。

顿时，乌云密布，电闪雷鸣，暴雨骤降。

望着如注的雨水，我担心该怎么回家。虽然不动声色，但我的心中也开始隐隐担心出去捕鱼的俊瑞，而草笼却一脸泰然自若。

这时从远处传来了马的嘶鸣声。

“呀，我哥回来了。为了让父亲给自己买一匹马，他央求过父亲却遭到训斥，不过最终父亲还是给哥哥买了一匹马呢。呀，我才想起来！我可以骑马去你家找你玩呢！你看我只想着自己脚疼的事情，怎么把这个方法给忘了？”

说完，草笼用拳头用力地捶了捶自己的脑袋，惹得我也不由自主地挺起腰身来，用手摸了摸自己的头。俊瑞会进到里屋吗？他的身影始终没有出现。刚才还哼哼唧唧的末姬，这一会儿已经入睡，从窗外传来的雨滴声和湿润的泥土味也不恼人。

这时，我听到一曲低沉而隐隐的琴声伴着雨声传了过来。这琴声犹如俊瑞的低吟，令我的心扑通扑通乱跳不已。雨天的哀伤琴声，悠悠地飘进我的心田，不觉间令我神往。到底技艺有多高超，才能弹出如此动人心弦的曲子呢？

玄琴的拨片仿佛在拨弄着我的心弦，一阵茫然和感动的情绪交替着涌上心头。这一刻，我突然有些理解当初草笼在月下曼舞的心情了。

“你也听到那琴声了吧？俊瑞哥哥好有才啊！任何东西一上手就会，也不知道有什么是他不会的。据说这首名为《灵山会相》的曲子很难弹的……”

琴声还在持续，那琴声宛如被雨水浸湿一般，透出一股哀愁。而我的心则随着琴声起伏不定，时而悲伤，时而恐惧，时而感动。哎，天要黑了，而我也将归去……可是我的心为何如被雨水打湿的纸张一般软绵无力呢？我不禁感到有些迷茫，怔怔地望着窗外的雨幕黯然伤神。草笼干脆靠着身子坐在方垫上，伴着曲子摇晃着纤细的双手，跳起了民俗舞蹈。

这时，琴声戛然而止。

我如梦初醒般说道：

“啊，我得回家了！”

“还下着雨呢，你怎么回去呢？再说末姬还没睡醒呢，不如等雨停了再走吧。”

“不了。今天我没有跟家人打招呼就出门了，家人们会很担心的。”

这时，突然有人走进了内宅。事实上，当他走进院子时，我就已经认出了他。只是不知他是否也认出屋内草笼身旁的那个人是我呢？我仿佛看到他的瞳孔在闪烁，他是在欢迎我吗？因为天在下雨，天色还是很昏暗，只能依稀辨脸的轮廓，但我们还有“心眼”可以视物。也不知他的“心眼”是否同样看到了我？或许在那一刻，两人的“心眼”中都出现雷鸣闪电了吧。大雨渐渐变细了，他从容不迫地走了过来，像是瞄着猎物的弓箭，目标非常明确。此时此刻，在我的眼中，他的形象宛如一束从天而降的光柱，驱逐着我心中的阴霾。

这个人会是他吗？那个在顶着积雪的墨竹林里挂上喜鹊风筝的少年；那个在数年前的元宵月圆之夜，站在桥上吟咏诗词的少年；那个去年失去母爱，穿着丧服悲痛欲绝的少年……然而，现在正向我走来的人却有着成年人的体魄，已经无法再用“少年”这一词来相称。不知不觉间，岁月已然将俊瑞磨砺成一名顶天立地的男子汉。突然，俊瑞停下脚步向我看来。漆黑的眉毛、挺直的鼻梁，鼻子下长着细黑的胡须，被雨淋湿的皮肤白皙异常，这根本不像是男人该有的皮肤啊。在我害羞地垂下头时，他可能也觉得有些窘迫，露出尴尬的微笑。

“别傻站在那里淋雨了，赶紧上来吧。正好仁善也过来了。”

草笼向他递了一条粗布毛巾。似是感到有些不好意思，他接过毛巾，转身胡乱地在脸上擦拭了几下。

“收获如何？莫非今天又能吃到鲤鱼或鲫鱼了？”

“我可没去钓鱼。下雨天鱼都不会咬钩的。”

“没去钓鱼？那你究竟去干什么了？”

“自然是赏雨去了，顺便在池塘边上聆听雨滴击打莲叶的声音。也不知怎的，一听到那声音就想起玄鹤琴的声音来，心痒难耐就跑了回来。”

听了一会儿他们兄妹之间的聊天后，我礼貌性地提出了辞行。

“等雨停了再……”

俊瑞有心挽留，但也不知道该如何开口。可能是处于变声期的关系，他的声音显得有些不稳定。五年前的月圆之夜，吟诵诗词的少年那动听的声音，似乎已经再也无法从他的身上找到了。至今我还把那位少年吟诵过的诗背得滚瓜烂熟呢！直到很久之后我才知道，原来那首诗是世宗时期一位名叫姜希孟的文士所作。也许正是从那时起，我对吟诗背诵产生了别样的兴趣。

“也许再等一会儿，雨就能停下来……”

俊瑞再次开口挽留，我却故作没有听到，自顾自地说道：

“我得叫醒末姬了。末姬，末姬，快醒醒！”

末姬一动不动，睡得很死。

“不如哥哥骑着马送仁善回去吧？”

我登时吓得大惊失色。要是被村里的人看到，还不知道会传出什么闲言碎语呢。我把快蹦到嘴边的话咽了下去，不露痕迹地瞪了一眼草笼。

“我倒是无所谓……”

俊瑞含糊其词道。

突然被人叫醒，末姬开始哭闹起来，叫我感到很为难。见窗外，雨虽然下得不大，但四周已经开始变暗了。

“我这就让丫鬟准备晚饭。干脆你就在我家吃完饭，等天黑了再走吧。到时候让哥哥骑马送你和末姬回去吧。这大雨天儿的，又是伸手不见五指的黑夜，没人能看到你们。再说，看到了又能怎么了？有什么好怕的？看到你就干脆当我的嫂子好了。”

草笼仿佛遇到什么有趣的事情那样，笑得腰肢乱颤。尽管草笼的冒失让我暗暗恼怒，但鉴于俊瑞在场，我没能当场发作。更何况，眼下还有更重要的事情在等着我——那就是要哄好哭闹的末姬。作为家中最小的孩子，末姬从小娇生惯养，她的脾气很倔强。草笼一哄她说吃完饭可以骑马回家，这丫头立刻就破涕为笑了，甚至瞪大眼睛拍手叫起好来。刚好这时，草笼家的丫鬟端着饭桌走了进来。万幸的是，外面的雨已经停了。

我背起末姬走出了草笼家，俊瑞不顾我的百般推辞，硬是拉着马跟了出来。我坚决扭头不去看他，迈步走在昏暗的村路上。俊瑞骑着马，缓缓地跟在后面。末姬吵着要骑马，让我感到不知所措。

“还是让我骑马带着你们吧。”

俊瑞从马背上跳下来提议道。末姬听到后，在我的后背扭来扭去非要上马。无奈之下，我只能将末姬递给俊瑞。俊瑞看向我，眼中带着询问的神色，但我对此视若无睹，垂着头默默地走在前面。俊瑞在马上抱着末姬，静静地跟在我的身后。

雨后的夏夜很是清凉。走在湖边小路上，青蛙的鸣叫声此起彼伏。陷入黑暗中的四周一片死寂，看不到一丝火光和人迹，还好俊瑞骑马跟在一旁，让我心中踏实了不少。不过，我们之间再没有一丝交流，只是闷头赶路，这气氛确实有点令人尴尬。

这时，俊瑞突然开口道：

“对了，那是什么时候来着？记得那天还下着鹅毛大雪，还有那只喜鹊风筝……”

那天正是末姬出世的日子。

“那天是末姬的生日……”

听到我的回答，俊瑞低头朝末姬问道：

“哦，是吗？末姬，你几岁了？”

“我六岁了。”

末姬张开双手，掐了六根手指给俊瑞看，但紧接着意识到自己还在晃悠的马背上，便又手忙脚乱地重新抓回缰绳。

“这么快就六年过去了。那时是我们第一次见面。你还记得吗？”

啊，他竟然也记着那一天！

我点了点头表示还记得。

“是啊。也不知那只喜鹊风筝在墨竹林里‘活’了多久……我以前偶尔也会去看那只喜鹊风筝……只是过了一段时间，那只风筝就突然不见了。你不知道当时我有多失落。料想它或许是被人拿走了吧。”

每次去井边的时候，我都喜欢去看一眼那只喜鹊风筝。直到有一天，它突然消失了。我有些怅然若失。喜鹊风筝消失的那一天，墨竹林那空荡荡的竹梢，至今我都记忆犹新。那是一个万里无云的明媚春天，井水边的樱桃树上挂满了红油油的果实。

又是一阵沉默。还好咯噔咯噔的马蹄声和青蛙的鸣叫声穿插在其中，倒也不算太过沉闷。

“玄琴声……很好听呢。”

我若有所思般说道。

“早就听草笼说仁善姑娘你秀外慧中、风华绝代，尤其对画画……只是不知能否有幸欣赏到姑娘的墨宝……”

“草笼央求过我给她画一张画，就是那次因跳舞而受伤的月圆之夜的山涧图。”

从嘴里蹦出来的话，令我自己都感到有些出乎意料。

“哦哦，不如哪一天我们大家一起在那里聚一聚如何？如此一看，我们三人正好是舞蹈、音乐和绘画的组合。大家可以聚在一起探讨一下艺术的境界……”

不知不觉间，我们已经来到了家门口。将末姬抱下马背后，俊瑞默默地望着我。在黑暗中，“心眼”往往能够看清心中最渴望的东西。

“听说你笔精墨妙，如此妙手丹青应该能画出人的内心吧？”

似乎是要装出开玩笑的样子来，俊瑞在最后发出了一道多此一举的笑声，随即头也不回地调转马头，如离弦之箭般消失在黑夜中。

那天见过的碧玉色的东海，
在怀珥时的胎梦中也曾见过。
大海，第一次教会我孤独，
现在回想起来，
我是从大海那里看到了错位命运的底图，
身在咫尺，却不能呼叫，
茫然地望着远去的背影，
有比这更为残忍的事情吗？

第十一章 东海

种在后堂围墙里的紫薇树变得姹紫嫣红，紫薇花又名木百日红。

耀眼的阳光正照射在像女人的白皙胳膊那样的枝条上。我坐在后堂望着紫薇树，它和红梅树一起，在这宅第里度过了漫长的百年岁月。整整一百天都能绽放出红花的紫薇树，用指甲挠挠树皮就能晃动叶子的痒痒树，优雅但又不失色气的花树，我为什么没有想到将它们入画呢？我陷入了一阵沉思之中。

难道以前我只是盯着微小的生灵吗？脚下的土地和近处的花花草草，盘旋在周围的蝴蝶和其他昆虫也会经常出现在我的画卷之上。我喜欢那些能展现阴阳和谐的情景，我喜欢去展现那些你侬我侬、情意绵绵的场景。高傲的竹子和梅花不能长久地吸引我，将四君子画进白纸，对我来说没有多少兴趣。

不知何处传来了久久的蝉鸣声。听到这声音，我顿觉脑中一片空白。自从昨天草笼来过之后，我的心时不时地变得迷茫起来。原本脚受伤的草笼，现在已经可以走动了，昨天她手里拿着绣绷来到了我家。她说自己脚受伤之后很是无聊，所以开始学习刺绣，可是绣到最后怎么也不满意，所以特意来找我帮她绣完。草笼是拿着我之前给她画的藤蔓葡萄为底图绣的，有些地方返工的痕迹很明显，布面上不仅起了球，丝线也缠绞在了一起，我出手相助，把这些地方修复得看不出一点痕迹。

“你打算用它做什么呢？这么小的布块，难道是做枕套吗？”

“嗯……做烟袋？要么做香囊，送给我哥哥。”

草笼面带着微笑，盯着我的脸。

“别再画藤蔓葡萄了，你再给我画一幅鲜花蝴蝶之类的图当底图吧。要么干脆你自己绣一个得了，我想我哥会很喜欢的。”

我像是被针扎到一样，冲她大喊道：

“你……你疯了吧？”

“疯？真有能让人疯掉的事情倒还好了，这一天天怪无聊的！”

刚刚还挂着百无聊赖的神情呢，这丫头突然兴致勃勃地问我：

“喂，说真的，你觉得……我哥哥怎么样？”

“你说什么？”

草笼一把抓住我的手说道：

“我真不知这些话要不要对你讲……如果哥哥知道了会饶不了我的。昨天，我去哥哥的房间找东西时，不小心打开了壁橱，结果……我的天！我发现了用韩纸裹得里三层外三层的小包裹，里面居然是一把红花，应该就是你家种的红花吧。你还记得吗？有一次我来你家，说院子里种的红花都被人盗走了。包裹里还有一些写有字的纸张，虽然不能十分准确地说出那些文字的意思，但字里行间洋溢的都是实实在在的恋慕之情。”

我的大脑顿时变得空荡荡的，心也在哐当哐当地乱跳，以至于衣服的前襟猛烈地上下起伏着。我仿佛丢了魂似的愣了片刻，然后假装什么都没听见，不停地摆弄着手里的针线活。

“妈呀！看看你的小脸，都变得没有血色了。你们二人可是骗不了我的。从很久之前开始我就明白了。我至今都忘不了那个元宵节晚上，在过南大川桥时，你那双一路跟随的眼神。我想哥哥也是从很久之前开始，心里就有了你吧。错不了的！最近我哥还时不时地问你呢。他总是一个人弹琴弹到深夜，一直不能入睡，就在庭院里来回踱步，变得奇奇怪怪的！有一天还跟我说，中秋节后找一天想和我一起去赏月。还说什么十五的月亮十六圆。”

我马上想到苏东坡的《赤壁赋》中也说过，比起“望月”来，“既望”更有韵味。

草笼接着轻声道：“其实啊！我哥真的很好的！不仅长相出众，心胸宽如大海，学问和才能更没的说。只是有一点和你不相称，那就是他的出身……但这也不是他的错呀，也不是其他人的错！只是……这种事情无论放在谁身上都会觉得委屈罢了。”

我一言不发，手里的针线反复地穿梭在白色的绸缎上面。不一会儿，一朵金莲花赫然出现在了眼前，啊！随着一声惨叫，其中的一个花瓣上渗出了红色的血迹。我不小心将绣花针深深地刺进了指头里，疼得急忙将手指放进了嘴里，一股血腥味伴随着苦涩在口中蔓延开来。

离中秋节还剩一个月，像手中的绣花针那样刺痛皮肤的烈日也逐渐变得温和起来。听到蝉鸣声，我总是感到一阵眩晕。我闭上了眼睛，俊瑞的音容笑貌仿佛一张张画那样在我的眼前一闪而过。

“听说你笔精墨妙，如此妙手丹青应该能画出人的内心吧……”我想起了俊瑞头也不回、策马回去时所说过的最后一句话。我感觉到那天穿过雨丝进入我耳中的哀伤琴声，那琴声和着这句话一直在我的脑海里盘旋。

他的心究竟长成什么样子？

我的心又是何等面貌呢？

人心怎么能画得出来呢？

这时，从后屋传来父亲的叫声：“仁善，你是否已准备妥当？”

我这才回过神来开始梳妆打扮，做外出准备。

今天是和父亲一起去海边的日子。父亲说，处暑过后天气不再炎热了就回京，在老家参加中秋节祭祀。如果和俊瑞、草笼一起赏月的话，那时刚好父亲回到了京城——我长长地舒了一口气，然后紧接着被自己的这个想法吓了一跳，怎么能想着和俊瑞一起赏月呢？不过这只是想象而已，又有何妨呢？作为女儿身，受到各种条条框框的限制，但人心可是比天高、比海宽的啊……

父亲说，想带我去看看海，他见我整日窝在家里，画一些草虫图和花鸟图，就想带着我去看看外面更广阔的世界。或许，他已经察觉到我那颗想了解大千世界的心。

父亲借了一匹马，他还想给我弄一头驴，但我更想和父亲一起骑在马背上一路驰骋。父亲让我坐在了他的身后，他的后背是那么的宽实稳健。父亲的长袍迎风飘扬，散发出隐隐的体味，像汗味，也像墨香。我仿佛看到在夜色中骑马驰骋的俊瑞。如果骑在前面的是俊瑞，那么他身上会散发出怎样的体味呢？我闭上眼睛，在脑海中浮现着和俊瑞同骑一匹马的情景。然后，缓缓地摇头睁开了眼睛。在颠簸的马背上，我眯着眼看到了阳光下的江陵风光。在这里，我还能生活多久呢？如果嫁人了得离开这里吧。到那时，我又会生活在哪里呢？会不会像秋天里的那盆被霜打的菊花一样，只能按照主人的心意挪来挪去呢？

我讨厌这样的人生！

"江陵是个好地方！"

爸爸开口说道。

"那和汉城相比呢？"

"汉城是陛下居住的地方，也是男人们大展宏图之地。大关岭像屏风那样围护着这里，东面是一望无际的东海，还有那镜面似的大湖……这里民风淳朴，人们懂得礼仪谦卑。如果汉城没什么让我牵挂的事情，我打算到这里来安度晚年。怎么，你想去汉城吗？要不我在汉城给你找婆家？"

“哈哈哈……”父亲发出了爽朗的笑声，对于眼前这个把耳朵紧紧地贴在他后背的我来说，那笑声仿佛从幽深的古井里传来的声音那样回荡开来。

“不，不是的！父亲，我喜欢这里，我会守在这里。”

“如果你是男孩子，这是理所当然的事情，也没什么可担心的。为父的心里，一直把你当成儿子。可即便这样，我也绝对不会做出让你为难的事情。这并不是因为你是我的女儿。身为女儿，在狭小的世界里静静地到来、默默地离去，实在是可怜！女人也是人，别人我是管不了，但我想让你好好看看这大千世界。听说学识高、见闻多反而会让女人的人生变得崎岖坎坷。但是，我想，这些都会因人而异吧。如果她的器量足够大，那么不但是她自己，还能给子孙后代带来深远的影响吧。这样说来，女人的一生不单单是她自己的一辈子。如若母亲优秀的话，子孙也会跟着优秀的。”

“女人的人生最多算是花肥吧，为夫君和孩子们……”

“怎么……仁善不喜欢这样吗？”

父亲转过头来看着我。我紧紧地咬着双唇默不作声。

到底是为什么呢？最近经常有一股无名之火憋在心里难以发泄，让我变得喜怒无常，还经常会掉眼泪……

“那这就是女人的喜悦吗？”

“你母亲怎么跟你说的？你母亲才是贤妻良母，她说自己不幸吗？”

我悄悄闭上了嘴。这十年来，母亲因供养年老的父母、照顾膝下子女，都没有好好和夫君过着一天舒心的日子。母亲每天都面带温和的表情，说话轻声细语，从不向我们发火。她没有在我们面前慨叹自己的人生，更没有发牢骚说过自己的不幸。

然而，这就是幸福吗？

“如果你是男儿身，我会经常带你一起骑马，培养你的浩然之气。你听说过‘镜浦八景’吗？”

“听说过。”

“都有哪些呢？”

“嗯……绿豆日出、竹岛明月、江门渔火……”

“好！今天为父就让你好好见识见识。来，第一景——‘绿豆日出’。位于京浦台正东方向的绿豆亭，即寒松亭看到的日出极为壮观。从东海冉冉升起的大红太阳，庄严而神秘，至今为父也只看过两次。

“第二景——‘竹岛明月’。位于镜浦湖东侧的小山，因山竹茂盛而被称为‘竹岛’，从东侧的地平线升起一轮明月后，皎洁的月光、天空、大海和湖水会连绵数十里，造就一个很长很长的光柱。你可以想象一下，这个景象会有多奇妙多庄严。

“第三景——‘江门渔火’。江门是镜浦湖的东口，也是湖海相连的地方。茫茫夜色中，捕捞八爪鱼的渔船穿梭在江门附近，渔船上的灯光映照在水面上十分好看。

“第四景——‘草堂翠烟’。对了，你知道草堂村吧？沈判书大人的花甲宴你不也去过吗？那个村子位于凹地，四处草木繁盛，长松挺拔。当夕阳挂在蒸笼峰时，袅袅炊烟和晚霞余晖交相辉映，展现出一幅奥妙平和的山村景色。”

草堂翠烟。我突然很想念佳然。在浓雾中下凡的仙女那样迷失方向的佳然，她显得那么的孤独。你过得还好吗？是不是远离俗世，痴迷于仙界之梦、正在某一处仙境舞文弄墨呢？

最近，我都没有听过有关佳然的任何消息。

“第五景——‘红妆夜雨’。以前有个妓女叫红妆，有一天，江陵府使为招待监察使朴信在湖上设宴，泛舟时姿容娇美的红妆深得朴信的宠爱。后来，余情未了的红妆坐在湖边的岩石上，思念着已远去的朴信。有一天，在浓雾中她仿佛听到朴信的声音，于是跳湖而亡。后来，人们把那块岩石叫作‘红妆岩’。听说，烟雨朦胧的时候，人们就能听到女人凄婉哀伤的哭泣声。”

“哎哟，好可怕！那她成了怨鬼了吗？这样的爱情故事是不是人们杜撰出的？”

“也许吧！第六景——‘甑峰落照’。蒸笼峰的夕阳映在彩云后复照在湖面上，其风景美轮美奂。

“第七景——‘唤仙吹笛’。月明星稀的夜晚，在静谧寂寥的蒸笼峰和上仙峰的夜空云层中，仿佛传来神仙下棋吹笛的声音。

“第八景——‘寒松沐钟’。夕阳西下，寒松亭的钟声和着镜湖的涟漪一直悠悠地传到神仙游玩的镜浦台。怎么样？景致是不是令人沉醉呢？古人们的风流情趣也很厉害吧？”

父亲说着说着，身下的这匹马把我们带到了东海边上，青玉色的大海一览无余，展现在我的眼前。以前我只是远远地偷看过东海的一个小角落，像今天这样站在大海面前，还是记事后的第一次。

我突然感觉到心胸畅快了很多。之前的憋闷，像穿过亭子的阵阵清风那样被吹散得无影无踪。我深深地吸了一口气，一丝盐味刺激着我的鼻尖。一望无际的白沙滩上，浪花卷着无数的白色浪潮冲过来又退下去。一艘艘渔船像一个个小白点一样浮在海面上。偶尔在饭桌上吃到的鲜鱼，应该是那些渔夫捕捞的吧。我不由得感受到和农田里常见的农夫截然不同的异样情感，突然感觉到双眼酸酸的，花卉和蝴蝶的世界，蔬菜和草虫的世界，用文字构成的世界，走出这些封闭的世界走向如此广阔的世界。啊！这世界的尽头在哪里？人生在世，我已知晓和应该明白的世界的尽头又会在哪里？

父亲说日落后会到一个认识的渔夫家里去吃晚饭，还说会让我尝尝刚刚捕捞的海鲜。

“父亲，真的很神奇啊，外面居然有这么广阔的世界。就像坐在凤仙花叶子上的蚂蚁不知有浩瀚的天地，我仿佛觉得自己就像那只蚂蚁呢。”

我从马背上下来，走到沙滩上，索性把鞋子和布袜脱掉，光着脚踩在白色的沙子上面。走在沙滩上，没被太阳晒过的白净双脚陷到了沙子里面。像面粉那样细软的沙子渗进脚趾缝里，弄得我痒痒的。

父亲面带微笑望着我。

没过多久，海水的颜色变深了。看来夜幕马上降临。可能是水雾的关系，马背上父亲的脸像是被稀疏的丝绸方巾遮住一样看起来影影绰绰的。沙滩上，有几个小男孩在玩耍。

“那后面就是竹岛。对了，今天是几号？快到十五了吧？今天有可能观赏到‘月波’吧。如果能见到镜浦八景中的一景，也算了不得了，那景致……”

当我看到父亲所指的地方时，有一个影子从我的眼前一闪而过。难道是獾或者是小鹿什么的吗？不对，从茂盛的山竹丛中骑着马出来的分明是一个年轻男子。他扬鞭策马骑到海边后，继续驰骋在沙滩上。飞奔的马蹄扬起的沙尘比浪花更加扎眼。他如此三番地在海边骑来骑去，紧接着快马加鞭跑进了浪涛四起的海水里。

他不会被海水淹死吗？

一丝担心从心底泛起。

一个大浪打过来，受到惊吓的马儿嘶鸣着，猛地往后退了几步。骑在马背上的他，身体在空中惊险地颠簸了一下。

“血气方刚的好年纪啊！”

父亲自言自语道。

令人称奇的是，那个年轻人马上变得萎靡不振，刚才的豪情顿时消失得无影无踪。他若有所思地耷拉着脑袋，任胯下的马随意地走动。陷入沉思中的他，不一会儿就来到了我的身边。

噔噔噔噔。

随着马的跑动，他的身子也跟着随意地上下颠簸着，从远处看，他的年纪很轻。

他不紧不慢地朝我过来，每走近一步，我的心也跟着怦怦乱跳。我感觉到头顶上方的毛发仿佛要立起来，嘴巴酸酸的，像杏汁一样的东西涌了出来。

他经过了我的身边，但依然没有抬头。

一副灰心气馁的表情。

也像是在一吐心中的不快。

我紧紧地握住衣带，恳切地期望他能回顾一盼。

他的马在经过我的身边时甩了甩尾巴，原本粘在尾巴上的沙子顺势飞进了我的眼睛里。我的双眼即刻疼痛起来，并开始蓄起了泪水。这会儿工夫他已走远，我只能用衣带拭着眼泪。虽近在咫尺，我也只能无奈地望着命运之神让我们如此失之交臂。

在渔家用刚刚捕捞的海鲜当晚餐后，我缠着父亲再次来到海边。在皎洁的月光下，海面发出隐隐的光芒，像是用银丝织成的绸缎那样。海面上，有一叶小舟在浪尖上惊险地漂来浮去。月光依旧影影绰绰，放眼望去，海上的风光竟是如此地静谧。进过沙子的那只眼睛深处，又开始涌起了泪水。

在轻柔的月光下，海面上的那艘孤舟，仿佛道出了此时此刻我的心境。

是啊！他曾说过：人心是能画出来的……

这个人心，指的是他自己的呢，还是我的？

啊！我要把它画下来，然后要给他看，给他看酷似心境的那艘孤舟。

我把眼前这孤独寂寥的情景画在了心里的画布上。

然后，在脑海中一字一顿地写下了这幅画的名字——《月下孤舟图》。

那天晚上，从海边回到家后，我的少女世界永远地关上了大门。

啊，真是压抑得我喘不过气来。

难道是被鬼压身了？

不知是谁，紧紧地压迫着我的身体。

不，是我紧紧地拥抱着什么。

啊，很痛！

尖刺一根根地刺进了我的身体里。

第十二章 连理木

处暑寒来，秋意渐浓，父亲终究还是离开了江陵，只身前往汉城。田野里，四处堆积着秋收后的干草垛，东一块西一块，显得杂乱无章。父亲离开后，家中变得冷冷清清，犹如眼前秋收后的狼藉，哪怕仍有不少地方起伏着金色的波涛，但对于改变家中冰冷的氛围来说却是无济于事。

不过不可否认，父亲的离去也令我产生如释重负的感觉。

天气渐冷，秋燕南飞，绿头鸭等冬季鸟也将归来。自从上次出过海，我便对一些气势磅礴的壮美景观产生了极其浓厚的兴趣，而且颇有一发不可收拾的趋势。这种感觉不同于小时候见到安坚的《梦游桃源图》时的那种心喜，因为它毕竟是“死”的。相比之下，展现于眼前的大自然则是一幅幅“鲜活”的画卷，不由得令人产生一股冲动，恨不得立马将其如实地搬到画纸上，好令更多人欣赏到它所散发的气势和情怀。

然而，别说闻名于世的金刚山，就连相隔不远的江陵前海，我都没有勇气孤身前往。不得已之下，我只能就近来到镜浦湖边上，选择在那里画一些四处游荡的夜鹭和水鸟。

可惜天不遂人愿，最终就连这点小小的乐趣都成了奢望。

一位扎着长辫的俏丽少女在河边作画，一些路过的少爷、汉子们看到之后，免不了会投来种种“不善”的目光。关键是这些目光大多都带着挑逗的味道，这就很令人反感了。

对于顽固的老人们来说，女子出门作画是一件败坏门风的事情，若被家人知晓必然会大发雷霆，所以最好的选择是让它烂在肚子里，永远不要讲出来。

唯一令我担忧的是母亲似乎察觉到了什么。尽管每次出门时，我都以去草笼家里为幌子，但每当这时候母亲都会投来略微不满的目光。甚至不知从何时起，她似乎开始在意起我与草笼的交往来。好在我知道她向来不怎么看重男尊女卑、餐桌礼仪等观念，反而更倾向于培养子女的心性、教导做人的道理。若是姐妹们对下人太过苛刻，她甚至会冷着脸狠狠地训诫一番。

我能察觉到母亲经常会用她那充满睿智的目光，默默地、认真地观察着我。

每当这时候，我便能体会到身为女人的悲哀，而且这种感受随着年龄和见识的增长变得越发清晰。

世界那么大，想做的事情又何其之多……

若为男儿身，这一切都将不成问题，可惜人生没有如果。

要不干脆女扮男装?

如此一来，天下之大，何处不可去？画山水画更不成问题。

草笼不时也会陪伴在我身边看我作画。次数多了，对于我心中的苦恼，自然也就了如指掌。然而，令人头痛的是草笼的存在不仅没有给我减去麻烦，反而令我们变得更加引人注目。每当有陌生男人经过的时候，古灵精怪的她都会偷偷瞄上两眼，但对于一些目光猥琐或出言调戏的男人又会不假辞色地破口大骂。在我作画的时候，要让草笼安静地待在一旁，无疑是一件难事。要是来了兴致，草笼耸着肩膀高歌一曲也不算什么稀奇的事情。最令人头痛的是她经常会打扰到我作画，还喜欢神经兮兮地问东问西：

“仁善，我看你干脆让我哥哥跟着你好了。身边有个健壮的男人，好歹不用担心那些狂蜂浪蝶来骚扰你，而且你还能更加专注地画画。再说，我哥哥最喜欢骑着马到处乱逛了。江陵的山山水水几乎都被他走过，作为领路人他也很合适啊。你说怎么样？”

我又何尝不想如此。

中秋渐近，草笼不断缠着我，让我参加赏月会。甚至不久前，她还塞给我一封来自俊瑞的信，里面写着某篇《诗经》里摘录下来的诗词，笔锋苍劲有力，但诗词的内容却透着细腻的情意，令我倍感温馨。

曀曀其阴，

虺虺其雷。

寤言不寐，

愿言则怀。

这几天秋雨连绵，屋外风吹雨打、电闪雷鸣，而我则在屋内辗转反侧、难以入眠。

每当闭上眼睛，他的容颜便清晰地浮现在眼前，如画卷般清晰可见。不知不觉间，耳边也开始回荡起他弹奏玄琴的声音，仿佛穿过遥远的距离，穿过密集的雨幕，如泣如诉，令人闻之凄然泪下。

俊瑞通过草笼递来的明显是一封情书，字里行间所要表达的情意呼之欲出，可见俊瑞也是鼓起极大的勇气，但我却无法给予他任何承诺。

是的，我害怕了。“民不畏威，则大威将至矣。”

老子的警告始终徘徊在我的脑海里。

尽管我与草笼是相交莫逆的好闺蜜，但这并不意味着我会让她知道自己内心深处我对俊瑞的感情。或许，这也仅仅是一种借口而已，而真正令我感到害怕的则是另一种可能。比如某些“令人害怕的命运”之类的。总之，这件事情就这样不了了之。草笼并没有再劝我什么，俊瑞也没有再给我来信，但怪异的是我的心境却彻底乱了，仿佛一块石头扔进平静的湖水里，那日益加重的思念之情，乘着泛起的水波纹越荡越远。

每当这时，我都会强迫自己打起精神，以苦读经书或吟诵“隐士之歌”的方式麻痹自己。

考槃在涧，硕人之宽。

独寐寤言，永矢弗谖。

考槃在阿，硕人之薖。

独寐寤歌，永矢弗过。

考槃在陆，硕人之轴。

独寐寤宿，永矢弗告。

甚至，念到“独寐寤言，永矢弗谖”和“独寐寤歌，永矢弗过”的时候，我的态度前所未有的诚恳，想来向佛祖忏悔祈祷也不过如此吧。

请不要让我对他抱有哪怕一丝幻想。请让我坚守本心，不要越那雷池一步，不要越雷池一步……

然而，越是想要坚守本心，心中的苦楚就越是厉害，这不由得让我联想到边境的哨兵，他们同样也是一群苦中作乐的样子。

于是，我不住地安慰着自己：

尽管孤单了一些，至少尝到了学习知识和礼仪的乐趣不是？长此以往，说不定还能将自己打磨成利锥，捅出一个更高的境界来。

虽然不想承认，但看着这样的自己，我越发感到害怕了。

我心中的“我”究竟是什么样子？

我只知道自己的内心很空虚，就像流水一样难以剪断，像迷雾一样难以突破，像风儿一样难以捕捉。不知其他女孩的心思是否也与我一样呢？草笼和佳然是否也像我一样，怀着奇妙且不可捉摸的复杂心情呢？

我突然感到有些羞愧和害怕。倘若别人知道，集众人宠爱于一身的我，竟然有着如此脆弱及可恶的一面，大家不知会有怎样的想法呢……

不，这太可怕了！

我再次平复了一番心境。最终，我断然拒绝了草笼和俊瑞想要在中秋节次日相聚的邀请。

佳然家中传来了口信，意思是让我到她家里一趟，跟着口信一起来的还有佳然派来的一顶轿子。我也很久没有见到她了，于是欣然同意，乘坐轿子来到了她的家中。下了轿子，我见到前来迎接我的佳然。看得出来，佳然的气色很差，脸色微微发黄，脸蛋也瘦了一大圈，像一个蔫了的葫芦。我们无声地握住了对方的手。佳然的手很冰，变得更加深邃、凌厉的眼睛上蒙着一层水雾，宛如明亮的宝石微微发亮。尽管没有开口说话，我还是切实地感受到了佳然内心的那份孤独。

佳然告诉我，她没能顶得住哥哥们的软磨硬泡，只能遵从他们的意愿，请了非常严厉的私塾先生，一直待在家里埋头苦读。佳然的两位哥哥作为名门子弟，没有辱没士大夫大人的名声，纷纷通过了进士科考会试，可谓是风光无限、前途无量。然而，家家都有一本难念的经，家中唯一的宝贝妹妹成天只知道胡思乱想，性格又单纯得可怕，以至于他们对这个妹妹的未来充满了担忧。他们认为，作为大家闺秀，妹妹应该乖乖地待在闺房里读书识字，待到出阁年时，再在汉城找个门当户对的士大夫家的子嗣嫁进去，这样也好光宗耀祖。他们作为兄长，也有责任去监督她。最令他们感到气愤的是，坊间竟然有传闻说自己的妹妹与某家大户妾室所生的女儿交往甚密。如此败坏门风的事情，他们又岂能放任不管？于是，佳然几乎被两位哥哥软禁在闺房中，彻底失去了自由。这样做的结果是，成为金丝雀的佳然每天茶不思饭不想，最终病倒在了床榻上。

最后还是她的母亲看不过去，这才有了今天邀请我过来的一幕。不过，佳然也为此付出了不小的代价。那就是日后她必须对两位哥哥言听计从，而且即使与我见面，也只能在她的闺房里。当然，见面的名义也只能是学习。

“我现在简直生不如死。你说我当初是不是投错了胎？我为什么要出生在这样的家庭里？”

当屋子里只剩下两个人时，佳然望着我心灰意冷地说道。

屋外，可能有丫鬟正在熬药，一股苦涩的药味飘进室内，伴随的还有“呼呼”扇蒲扇的声音。

“也许吧，说不定你还是下凡的月中仙子呢。”

一听这话，佳然突然瞪大了眼睛，眼眶中闪烁着晶莹泪光。

“天啊！你也是这么想的？这个世界对我来说就是一座监狱。九重宫阙也不见得会这么压抑。每当看到圆月升起，我就想大哭一场，甚至有种想要在房梁上上吊自尽的冲动。可笑啊！大夫竟然告诉我说这是肺虚的表现。哼，我的病我最清楚不过。早晚我都会回到仙界的！”

当说到要回仙界的时候，佳然的眼中猛然闪过一道光芒。不知为何，在看到这一幕的时候，我的心中隐隐升起一股不安的预感。

“你不知道我有多羡慕你们，尤其是草笼那丫头。即使没有我，你们仍然也能玩得很开心是吧？对了，我不在的这段时间里，有没有发生什么有趣的事情？”

我告诉她，因为草笼扭伤了脚，我们也没能经常见面。

“怎么会扭伤了脚？”

“这个嘛……听说是在一个月圆之夜，她和哥哥找了一个风景秀丽的山涧去赏月。她哥哥弹奏玄琴，她呢，就站在岩石上伴舞，结果一不小心从上面滑落下来。你也知道，这丫头一旦来了兴致，谁都拦不住的！”

佳然一听这话便开始捧腹大笑，吓得屋外的丫鬟还以为出了什么事情，顾不得煎药连忙跑进来想要一看究竟。

“哎呀！小姐！小姐都几个月没这样笑了！天啊，夫人！小姐她终于笑了！”

丫鬟笑得跟花一样，手舞足蹈地跑了出去。

“哎哟，笑死我了。仁善，快帮我看看我肚脐是不是掉在地上了？你刚刚说，草笼那丫头在月圆之夜，听到她哥哥弹玄琴就调皮地爬上巨石跳舞，结果掉进水里了是吗？不用说我也知道，这丫头当时肯定是把自己当成了月下仙子，说不定还噘着嘴，装出一副纯洁高尚的样子。可是到头来呢，还不是喊着‘妈呀’掉进水里了。啊哈哈哈！”

看到佳然笑得好不痛快，再联想到草笼掉进水里的滑稽场景，我也像是受到感染般，笑得前仰后合。

“月圆之夜抚琴起舞，还真会玩，你说是不是？上梁不正下梁歪，真的是有什么样的哥哥，就有什么样的妹妹。”

佳然擦去眼角的泪痕笑着问道。

我有些无言以对。

“或许吧。好像记得草笼说过，她的哥哥年纪轻轻却多才多艺、本事惊人；还说如果不是考虑到他是自己的兄长，她都想嫁给他呢。”

“真羡慕她。也不知道为何，她哥哥与我们家的哥哥差别那么大……”

佳然沮丧地叹气道。

为了安慰她，我跟她讲述了上次我与父亲一起出海的情景。

“天啊！真的吗？我从出生到现在，还没去过海边呢。你快给我说说，大海究竟是什么样子？”

我耐心地向她描述了自己所见到的大海。

东海那翻涌的蓝色波涛，像豆面一样洁白细腻的沙滩，海鸥，海鲜的腥味，忙碌的渔夫们……

特别是那月光下的美丽海面，以及一艘孤零零地漂浮在海面之上的渔船。

至于那天自己回家后第一次经历月事的事情，以及碰巧遇到俊瑞后，在海边失落地创作《月下孤舟图》的事情，我则选择了隐瞒。

“啊啊，同样的月光下，竟然演绎着如此不同的人生。某些人可以在月光下曼舞，某些人可以在月光下作画，而某些人则只能在月光下想着怎么悬梁自尽……”

佳然的脸色再次暗淡下来。

“佳然，人们对于自己的地位和身份是永远不会感到满足的。你羡慕我，但我又何尝不羡慕你呢？你家境富裕，想学什么都具备条件；上面又有两位兄长，你可以对家中之事置之不理；你们家只有你一个女儿，捧在手里怕摔了，含在嘴里怕化了，你被宠爱得不得了。你拥有的已经够多了。你再看看我。一想到将来有可能无法掌控自己的人生，我就觉得自己的存在就是一场悲剧。”

正当此时，佳然的母亲突然闯了进来。

“听说，我们家佳然笑了？天啊！佳然笑起来竟然比花儿还要娇艳呢！说起来，这可都是仁善你的功劳啊。我才发现，仁善你是越看越有富贵相啊！若不是我们家的奎潭和胜潭早已成家，我真是恨不得立马让你进我们家，当我的儿媳妇！”

从佳然的家中回来之后，对于我上佳然家、在她们家私塾先生那里学习一事，外公并不是很认同。我向外公讲了佳然的可怜之处，求他成全我们之间的友谊。他认真地打量了我片刻，扔下一句“多情也是一种病”，便转身离去。这也算是同意了我的请求吧。佳然家的轿子是三天一趟，雷打不动，而佳然的脸色也渐渐找回了原有的色泽。说起来，我还是生平头一次在私塾先生手下学习，那种随时能够挠到痒处的感觉，使得我如饥似渴地吸收着各种知识。私塾先生称赞佳然的文章典雅流利，同时对我的记忆力和洞察力也赞不绝口。

这是什么时候了？我透过树杈间的缝隙估算了一下太阳高度，心中颇为后悔自己起得太晚了。今天恰好佳然的母亲要乘坐轿子去参加亲眷的生辰，使得我只能自己一个人走回家。佳然的母亲也给我提出了几个建议：例如等她回来，或骑佳然哥哥的马并让府上的下人陪同回家等。不过，这些建议都被我谢绝了。因为我觉得伴着秋末的清凉阳光，一个人走回家似乎也是一种不错的享受。往日里，从草堂村乘坐轿子去北坪村的那段路程，我不止一次地觉得待在封闭的轿子里太过压抑。相比之下，我更喜欢一边欣赏漫山被枫叶染红的山岗一边赶路。可惜我不能因这种自私的理由，让下人们将轿子停在前不着村后不着店的深山老林中。

于是，我的秋天就这样过去了。如今，秋收结束，乡间小路和山间小路边上的野草野花也早已枯萎，有些树上的叶子都掉光了，树干光秃秃的，仿佛褪去了外衣。

走完乡间小路，拐进山路之后，原本清澈香甜的阳光瞬间变得昏暗起来。这段路程是回家的路途中需要经过的最幽深的丛林。只要穿过这段丛林，就可以看到熟悉的乡间小路和村路了。卫矛树和盐肤木褪去了翠绿的外衣，披上了火红的新装；胡枝子树则被染成了黄色，在阳光的照射下散发出金灿灿的光芒，宛若戴上一顶皇冠。

空无一人的丛林显得格外阴森和静谧，而这种静谧使得我一阵阵毛骨悚然。甚至有时不小心踩到落叶，发出细微的声音，也会把自己吓得一惊一乍。

妈呀，什么鬼！

一只雉鸡扑腾着翅膀，从脚下飞起，害得我猛然停下脚步，不住地轮番用双手轻抚胸口，安抚着受惊的心脏。

想了一会儿，我开始转换策略，没事跺跺脚或咳嗽一下，或者抱着书包唱首歌来为自己壮胆。

“雉鸡，雉鸡，雄雉鸡！雉鸡，雉鸡，雄雉鸡！你家在哪里？我家在山的那一头！你爱吃什么？我爱吃黄豆粒！你家还有谁？我家还有我的幼崽！”

到了这时，我才发现原来眼前的雉鸡恰好是一对。雄雉和雌雉你追我赶，场面显得很温馨。稀奇的是，雄雉的羽翼要比雌雉的羽翼更加华丽。阳光透过层层叠叠的树叶缝隙，洒落在雄雉的身上，反射出一片绚丽夺目的光彩。

天啊！真漂亮。

这也太神奇了！为什么禽类的雄性要比雌性长得更好看呢？这时，那一对雉鸡开始绕着一棵栓皮栎飞上飞下，玩起了捉迷藏。

不如这次就画雉鸡好了。我得先好好观察一下，好将它们的模样记在脑子里。不过，它们羽毛上那种玄妙的色彩，我应该怎么调出来呢？一想到要开始研究色彩，我突然生出一种怦然心动的感觉来。

然而，我一心只顾着观察雏鸡，丝毫没有察觉到致命的危险正在渐渐向我逼近。直到我听到怪异的声响、疑惑地扭头看去时，才发现一尊漆黑的物体伫立在我的面前。此时，夕阳的余晖透过树枝缝隙照射进来，显得异常昏暗。那个不知名的物体正在向我发出阴森的嘶吼声。究竟是什么野兽？是野狗，是狐狸，还是只狼？这只野兽缓慢地围着我绕着圈，还不时地发出一阵阵威胁性的吼声。我被突然出现在自己眼前的猛兽吓住了，像失了魂魄般呆呆地站在原地，不知所措。我忘记了，发狂的野兽并不像雏鸡一样温顺可爱。在夕阳的照射下，它的眼里不时地闪过一道绿油油的光芒，不禁让我联想到了燧石碰撞时砸出来的火光。

快打起精神来！越是这种时候，越不能乱了方寸。

好不容易唤醒被恐惧支配的心神，我用近乎哀求的语气，开始安抚起眼前的野兽来，如同平时跟蚱蜢、小鸟等小动物们交流时那般。

“乖，听话！我虽然不喜欢你，但也不讨厌你啊。咱们往日无仇近日无怨，你走你的阳关道，我走我的独木桥岂不是很好？”

可惜这头野兽并没有领情，也不知是饿了，还是生气了，它竟然摆出一副想要攻击的姿态。从前，我以为只要是有生命的东西，我都能与它们沟通，但此刻我却平生第一次真切地体会到了死亡的恐惧。

啊！难道我就这样死在山里了吗？

可笑！我自以为读过书、学过画就一定比动物们高贵，却不知在面对野兽时，人也只能沦为食物，这又与野兔、老鼠等弱小的动物有什么区别呢？我感到无穷的荒诞和悲痛，想要尖叫却怎么也发不出声来。

野兽渐渐逼近，我只能抱着书包瑟瑟发抖。野兽又开始围着我打转，嘶吼的声音划过空气，回荡在我的四周。当看到那头野兽猛然向我扑来时，我的脑海变得一片空白，身体也直直地朝后倒了下去。那一刻，我的眼前一阵天旋地转，眼中尽是那头野兽身上的颜色。不过，在倒下去的那一瞬间，我似乎听到什么声音，但自己马上就陷入了昏迷。

似乎有人在呼唤我的名字……我的精神陷入了短暂的朦胧，接着猛地醒了过来。一想到自己还活着，我顿时忍不住轻声抽泣了起来。这时，一只手落在我颤抖不已的肩膀上。尽管无比温暖，但我还是本能甩开了它，接着我用双手撑着地面，直起了身子。

“好了，已经没事了。”

一张似曾相识的脸闯入了我的眼帘。尽管还有些迷糊，但依稀也能看得出这张脸的主人正在微笑。

“看来你现在还没有彻底恢复过来。你不知道刚才你有多危险！”

俊瑞怎么会出现在这里？我不会是在做梦吧？我试着轻咬了下舌头，传来的阵阵刺痛感告诉我这不是梦境。看到熟悉的俊瑞就在自己眼前，我顿时委屈地号啕大哭起来。

“这次吓得不轻吧？没事的，都过去了。这次还真是老天保佑。若你遇到的是老虎或野猪可就糟糕了。快到冬天的时候，山中的野兽缺少食物，偶尔也会走下山来。你遇到的是一头饿急了眼的野狼。不过没关系，已经解决掉了。”

俊瑞拍着自己的胸脯紧张地说。

那是只野狼？可那野狼又去了哪里？刚刚明明还站在我的眼前啊。我发现不知何时，自己的裙摆上落着几块显眼的血迹。

看到我眼中的疑惑，俊瑞笑了笑，转过身子，向我展示了一下自己背后的箭囊。

“当它扑向你的时候，我朝它射了一箭。运气不错，一箭中的，不过还是让它逃走了。我看它饿着肚子挺可怜的，就没有继续追过去。再者，它虽然看起来很虚弱，但我一时半刻也很难追得上它。幸好我平时练过射箭，遇到的还是那种软脚货，要知道平常我也只是猎过雉鸡之类的小动物罢了。若是刚才遇到的是野猪之类的性情暴躁的野兽，结局就不好说了。”

俊瑞得意扬扬地讲述道，可能他自己也觉得很了不起吧。

我点了点头，给予了他足够的肯定。可能是出了一身冷汗的缘故，我突然感到一些凉意。俊瑞脱下自己的外袍，披在了我的身上，还帮我裹紧了一些。尽管知道有些不妥，但我实在没有力气拒绝。外袍上散发着一种味道，不同于我在夏天的海边从父亲的袍子上闻过的味道。这是一种我从未闻过的奇特味道。

“必须在天黑之前下山。”

俊瑞的马就拴在不远处的一棵松树上。

他朝我抬了抬下巴，问道：“这次还要拒绝我吗？”

我的心跳开始加快。尽管有心拒绝，但此刻我的全身僵硬如木，就连动根手指的力气都没有了。我不禁感到有些为难。如果此时能喝上一杯热水，坐下来缓一缓，说不定还能找回失去的体力。孤男寡女在傍晚的山林中相遇，这种事情想想就觉得无比荒诞。俊瑞似乎察觉到什么，他缓慢而又坚定地朝我伸出了手。我并没有顺从，抬起头，但紧接着发现自己头顶的分发线正在隐隐发烫。这是俊瑞的目光，还是夕阳的余晖？

“你这样会让我的手变得很尴尬。真是一位高傲的小姐！难道还有什么东西是比命还要重要的吗？我可以收回自己的手，但你要保证自己一个人就能骑上马背。刚刚经历过这种可怕的事情，你不会无理取闹说要自己一个人走山路吧？”

我心乱如麻。俊瑞终于还是收回了手。片刻后，我睁开了眼睛，抬头认真地与俊瑞对视起来。那一刻，我分明察觉到俊瑞的眼神变得有些慌乱。犹豫了片刻，我仿佛下定决心般朝他伸出了手。我高傲的眼神和唐突的手势，令俊瑞的眼神再次产生了动摇。

俊瑞牢牢地抓住我的手，将我从地上拽起。只不过他用的力气有点大，使得我们两个人的身体都撞到了一起，发出了沉重的声音。我们二人都红了脸，随后纷纷扭过头去，不敢再看对方。

我怎么会骑上俊瑞的马的？我可是一直都在躲着他啊。但偏偏就在这种深山老林里，还以这种抱着他腰的羞人姿势与他共乘一骑。我有点庆幸马蹄声可以掩盖自己的心跳声。可是俊瑞为什么会在那一刻，又恰巧出现在那里呢？我想这也太神奇了。

“为什么，会在那个时候出现在那个地方……”

我耐不住心中的好奇问道。

“所以说这是缘分。”

俊瑞装出成熟的样子，半开玩笑似地说道。

不过，我马上发现我们正在走的似乎并不是回家的路。

“这好像不是回家的路吧？”

“有一个地方，我一直就想领你过去看看。再怎么说，我也是你的救命恩人，你不会连这点小小的要求都不答应吧……放心，那个地方离这里很近。”

我顿时无言以对。另一方面，我有点惊讶于俊瑞的大胆和理直气壮。俊瑞领我过去的地方是离山路有一段距离的树丛。此时的树丛一片漆黑，不禁令我有些害怕。这次令我害怕的并不是野兽，而是人心。我怕的是俊瑞，怕的是被别人撞见。尽管俊瑞是草笼的哥哥，但我其实对他的为人并不是很了解。

似乎是察觉到了我的戒备心理，俊瑞开口道：“听说过‘一切唯心造’这句话吗？意思是一切都取决于你怎么想。现在若不能信任我，那你将变得更加痛苦。”

当抵达某个地点的时候，俊瑞收住缰绳将马逼停，接下来又将我扶下了马背。可能是出于紧张的缘故，我发觉自己的四肢有些僵硬。看到我好几次差点摔倒，俊瑞主动牵住了我的手。有人拽着手，果然好走了很多。我们二人手牵着手，往茂密的树丛里走进了些许。可能是树丛里足够黑的缘故，我竟然一点都不觉得羞愧。至于“男女七岁不同席”的观念则早被我抛到了九霄云外。

俊瑞指着前方的某一棵树介绍道：

“看到那棵树了吗？我以前经常会过来看它。”

我顺着他所指的方向一看，果然有“一棵”长相怪异的树伫立在那里。它们的树叶早已掉光，所以裸露着“身体”，两根粗壮的主干从头到尾牢牢地纠缠在一起，远远地望着就像是两个相爱的男女恋恋不舍地拥抱着对方。

“这叫连理枝。不对，既然它们的整个树干都缠绕在一起，我看不如就叫连理木好了。总之，它指的是一种不同根却同干、同枝的树木。我想整个江陵知道这棵树存在的绝不会超过五个人。或许，只有像我这种风一般四处飘荡的人才会发现它吧！怎么样？是不是觉得很神奇？两个身子结为一体，是不是觉得很美？你说若是将它画出来会怎么样……自然中，存在着很多超过人类想象的神奇景观或道理。如果我有这份才华，一定会将它如实地画出来。可惜我没有那份天赋。”

我仔细观察了一下，发现它们的枝丫和主干上都长满了尖刺。

“全身都是尖刺。这是一种荆棘树吧？它叫什么名字？”

“记得好像是叫刺楸树吧？传说人们以前还将它挂在房子里用来驱鬼辟邪呢。”

夜幕降临，站在连理木前，我们二人陷入了短暂的沉默当中。这时的气氛很微妙。只不过一弹指的时间，对于我来说却如同过了无数个世纪一般漫长。一想到今天的这一幕会被刻印到脑海里永远保存下来，我不禁感到一阵毛骨悚然，下意识地紧了紧裹在身上的俊瑞的外袍。

“如果有一对男女……”

俊瑞突然开口道：“能像这连理木一样结下不解之缘，会是多么美好的事情？每次看到这棵树或看到你的时候，我的心中都会涌出这个想法。”

我深深地吸了一口气，看得出俊瑞有些激动。我突然发现，不知从何时起，四周充斥着傍晚归巢的鸟儿鸣叫声，显得异常吵闹。

“它哪里美好了？本来自身的刺都够多的了，竟然还拥抱在一起，相互用自己身上的刺去扎向对方。在我看来，抱得越紧给对方的伤害就越深……他们为什么不自己好好生长，非要相互牵制对方、死活缠绕住对方呢……”

我又何尝不知俊瑞这是在以连理木为借口，向我吐露自己的心声呢？尽管我明白俊瑞的心意，但我总觉得，自己不应该如此轻易地表示认同。

“可一个人的观点未必适用于另一个人呢。”

见我提出不同的意见，俊瑞点了点头，但他整个人一下子就变得无精打采起来。在骑着马回来的路上，俊瑞打破长久的沉默道：

“你今天问过我为什么会出现在那里。如果我说是偶然，你肯定不信；但我说是必然，你又会反感！每天那个时候我都会出现在那里。为什么？因为那是你从沈判书家里归来的时间。因为我只有在那个时候才能看到你。看到坐在轿子里的你，看到你无意间从摇晃的轿子窗口露出的娇美容颜，哪怕只能远远地望上一眼。另外一个理由，就是回来的路上还可以看一看那棵连理木。”

他用一种激昂的语气发泄似的说了一通，紧接着就开始闭口不言。我同样感到很烦躁，但还是选择了沉默。来到村口的时候，我求俊瑞放我下去，他二话不说就将我放下，然后转身离去。

当我回到家里的时候，夜幕刚刚罩下来，家人们正在热热闹闹地吃着晚饭。我打着不舒服的借口，锁上房门，坐在漆黑的房间里发呆。良久，我举起被他牵过的左手仔细地闻了闻——依稀有一股汗味传了过来。突然间，空荡荡的心胸里涌出一种难以忍受的莫名情绪。我想他了。刚分开没多久就已经开始想他了。我很想痛痛快快地哭一场。我用俊瑞牵过的左手轻轻地抚摸着自己的脸颊，仿佛它就是俊瑞的手。我闭上眼睛，全身心地感受着。

我的手经过脸颊，抚在肩膀上。好温暖的感觉！心里好似得到了安慰一般。

我褪下了裙子。当初野狼的血崩在淡绿色的丝绸裙上，这会儿已经被染成了黑红色。我摊开裙子，提着蘸满红色燃料的画笔开始在上面作画。一朵朵饱满艳丽的牡丹花，红彤彤地盛开在淡绿色裙摆上。

啊，那是在梦境里吗？

站在双人秋千上的我和他。

看上去好年轻啊。

腾空的时候像极了一对迅捷美丽的燕子。

这难道就是腾云驾雾的感觉吗？

如同铺开湛蓝丝绸般的天空中只剩下他的脸庞，

尤其是他的眼睛。

蓝色的丝绸像画卷一样展开，形成了蔚蓝的大海。

他的身后是与天相连的大海。

我看到他正在哭泣。

求求你，救救我……

第十三章 双人秋千

转眼过去两个春天，眼下即将迎来端午节，而我也已十六岁。

五月五日是一年当中阳气运行到顶点的端阳之时。自古以来，江陵首府的端午节活动都是全国各地端午节活动中规模最宏大、历史最悠久的传统活动。这里举行的端午节活动，除端午节当日活动之外，还包含从阴历三月初一开始的酿神酒、四月初一至初八举行的大盛况祭、四月十五日举行的大关岭山神祭和国师城隍祭、四月二十七日的巫祭、五月初一在南大川露天广场进行的正祭，以及之后举行的为期数天的巫祭、官奴剧等活动。若在这个时候去东海海边，人们便会看到沙滩上正上演的官奴假面戏、摔跤比赛、荡秋千、投壶比赛等各种节目。五月初七烧祭之后，再进行大关岭山神和国师城隍的烧祭和送神祭，这样端午节所有的流程才算彻底结束。

对于姑娘们来说，若论端午节的精髓，还要属流头[1]仪式和荡秋

1　流头：取自《东国岁时记》中的东流水头沐浴的简称。——译者注

千最受欢迎。到了端午节，平日里只能待在闺中的姑娘们会通过荡秋千这项活动，将埋藏在心中的烦恼尽情地发泄到空中。在这一天，她们还要用菖蒲汤洗头、沐浴，脱下蒙头长披风，换上水蓝色的花衣，尽情地展现自身的魅力。端午节是少有的可以令全村姑娘和小伙子们毫无顾忌地欢聚一堂的节日之一。在这一天，少女们可以明目张胆地欣赏光着膀子活跃在摔跤场上的小伙子们的风采；而小伙子们则同样可以偷窥几眼荡秋千的姑娘们无意间撩上去的裙摆的亮丽“风景”。到了这一天，谁家的小伙子长得帅、谁家的姑娘长得俊俏，大家都会了然于胸。

别堂前的红梅经历了两次花开花落，我的身体也发育得越发美好。引用俊瑞的话来说就是：十五岁的我冰肌玉骨、光彩照人，白皙透明的皮肤宛如盛开的红梅花一样娇艳夺目，因此用雪肤花容来形容我也最适合不过。此外，我的体香如梅花香般似有似无，淡雅宜人；一头浓厚黑亮的秀发更加端庄整洁。整齐的眉毛下带着隐隐笑意的月牙眼，令我同时具备柔情和沉着这两种截然不同的气质。端正坚挺的鼻梁时刻向人们展现出一股高高在上的气质，而人中下那秀美且线条分明的嘴唇就像是两片含苞待放的花瓣。另外，我的微笑宛如一朵盛开的花儿一样娇艳夺目，而大大方方露出的整齐白牙则像极了美丽的花蕊。即便没有俊瑞上述的评价，我的身体也渐渐成熟，出落成亭亭玉立的大家闺秀。看到我端庄的仪态，即便已经有家室的男人也会垂涎三尺；当然我的嫣然一笑也足以令年轻热血的小伙子们心猿意马、魂不守舍。

姐姐的婚期被定为五月二十九日，所以她想要参加荡秋千比赛的事情终究还是被外婆和母亲拦了下来。作为补偿，外婆和母亲提着事先做好的山牛蒡糕，准备带她到瀑布边上参加端午节流头仪式。也只有这个时候，村子里的妇女们才能聚在一起，在温暖的阳光下裸着身子，聊上一些家长里短，享受难得的闲暇时光。最终，家中的两个小家伙跟着母亲去参加流头活动，而我则带着十三岁的仁男去参加荡秋千比赛。小时候看着就像假小子的仁男，不知不觉出落成俏丽的小姑娘，原本扁平的前胸也渐渐隆起，这会儿已经很是饱满了。这个年龄段恰恰是开始懂得害羞的年纪，这自然包括与别人一起洗澡，这也是她没有跟随母亲的原因之一。

今年，井水边的樱桃树上结满了红色的果实。我们挑来清澈的井水，放入菖蒲茎秆熬出汤，放凉它之后用来洗头。用菖蒲汤洗头不仅感觉舒爽，还能给头发留下一种清香。洗完头后，我和仁男开始相互用篦子给对方梳头。可能是因为用菖蒲汤洗头的关系，我们的头发乌黑亮泽、柔顺丝滑，篦子直接就能一梳到底。最后用镶着金箔的紫色新发带将头发一扎，我那俏丽的模样，自己看着都无比满足。“谁家的姑娘这么漂亮？”望着镜子里的倩影，我调皮地做了个惊讶的表情，随后莞尔一笑。

“仁善姐姐，为什么你的脸长得像剥掉壳儿的鸡蛋，而我的脸则长得这么难看？”

“谁说的？我家仁男最可爱了！”

我摸了摸妹妹梳得整整齐齐的头发安慰道。由于姐姐的婚期将近，母亲分别给我们姊妹置办了一套崭新的衣服。我的是黄色上衣和略显华丽的深红色长裙，配上暗紫色的衣带和发带显得非常协调。在材质和颜色方面，仁男的衣服与我的一般无二，只不过她的衣带和发带是深红色的而已。

“你看嘛，哪怕穿着跟姐姐同款的衣服，我也穿不出姐姐这种气质来。今天的端午姑娘肯定非姐姐莫属。”

“仁男，你这个年龄段是最难穿出衣服原有品位的时候。等再过几年，我们家仁男肯定能出落成耀眼的大美人。再说，你现在也足够漂亮了。还有，若是比荡秋千的话，好像还真没有人能够比得过我们家仁男呢。”

“是哦！虽然美貌上我比别人略输一筹，但是若论起荡秋千，我可不会输给她们！”

我们姐妹俩默契地相互握住对方的手走出了别堂。出了大门之后，天空宛如新织的玉色丝绸，不知从哪里吹来的微风从衣缝里灌进来，冰冰凉凉的。那种舒爽的感觉仿佛人能随时飞走一样。秋千就绑在伫立在城隍堂前的朴树主干上。此时，那里已经围了不少打扮得花枝招展的女人及一群来看热闹的男人。到了今天这种节日，大家都会从百忙中抽身，将自己好好装扮一下，然后悠然享受难得的闲暇时光。我现在就在人群中看到了一些表亲，还有远房亲戚的身影。看到对方后，大家纷纷热情地打起了招呼。此时，仁男已经与一名同龄的孩子抱成一团，嘻嘻哈哈打闹起来。

“仁善，你可真是越长越漂亮了，真是怎么看怎么俊俏。秀外慧中指的就是你这样的……”

“哎呀，美人还薄命呢。”

亲戚中的姐妹们纷纷用一种带着嫉妒的语气对我发出一声声赞美，而与我同年龄段的兄弟们则用一种不同于往日的眼神打量着我。这其中，属表堂叔家的二哥才奎的目光最为放肆，他盯着我看时，我真是一阵阵难受，甚至转过头去都还有一种后脑勺发烫的感觉。才奎哥哥是一个典型的花花公子。我不止一次听到家里的人在背后议论他，说他整日游手好闲、拈花惹草。事实上，才奎哥哥天生就是那种无论走到哪里都会吸引别人眼球的人。他不但有着玉树临风的贵公子气质，还有着用画笔勾勒出的出色容貌，总之他可是一位天生的美男子。不过即便对于这样的美男子，我可没有对他抱有过任何幻想，甚至连看都懒得看一眼。这无关他与我的血缘关系，只是单纯地觉得他缺乏一种男子气概，而且他也不是值得信任的人。

“仁善！”

我突然感到有人调皮地扯了扯我的发带，扭身一看，发现草笼正俏生生地站在那里，而她的身旁则是一脸笑盈盈的俊瑞。俊瑞上下打量了我一番，接着露出一副无比溺爱和自豪的神情。在俊瑞打量我时，我也同样在打量着他。十八岁的俊瑞已经成长为顶天立地的男子汉，甚至看起来比绑着秋千的朴树还要健壮。这种踏实的感觉令我暗自欣喜不已。

看得出，草笼对于这一天的到来也是翘首以盼。她今日打扮得分外迷人。不仅用菖蒲汤洗过头，还用自制的美颜水——丝瓜汤洗过脸，甚至涂抹了淡淡的脂粉，看着就像桃花一样妩媚动人。草笼的个子要远远高于我，但她的骨骼纤细，因此给人一种弱不禁风的感觉。而草笼明显懂得利用这一点，甚至还将其升华为一种美：婀娜多姿的步伐、纤细的脖子上顶着一副娇小的脸蛋、白得发青的眼白上镶嵌着紫葡萄般漆黑晶莹的瞳孔，长长的眼睫毛湿漉漉的，仿佛透着一股哀愁……尽管外婆时常看着草笼的眼睛咋舌不已，但我却觉得草笼的眼睛有着一种连身为女人的我都无法抵挡的神奇魅力。虽然她的眼睛很大，嘴唇却是小巧饱满，像极了熟透的樱桃。另外，她的声音很纤细，还带着一点鼻音，听起来有种向人撒娇的感觉。

今天，草笼穿着新置办的粉红色上衣和浅绿色长裙，看起来就像一枝在微风中摇曳的桃花树枝。正当此时，我无意间瞥到才奎哥哥和草笼的眼神就像是连理枝一样纠缠在一起。隔在中间的我本能地向后退了一步。

姑娘们已经开始决定荡秋千比赛的出场顺序。今年，为了评判谁荡得最高，秋千前方不远处竖起了一根绑着铃铛的长杆。秋千的踏板非常宽，足够两个人面对面地站在一起。几位小伙子们都希望能够与自己心仪的姑娘一起荡秋千。姑娘们虽然不露声色，但也早就期待着这一天的到来。关键是公然与自己中意的对象配对，这事难免太难为情了。即便有心动的对象，在众目睽睽之下，又岂能轻易表露自己的心声？对于尚比较害羞的二八芳华的年轻人来说，那种看似偶然的相遇，才是他们希望看到的结果。倒是有位公子想到了一个妙招，可以令一对相互爱慕的姑娘和小伙子成功配对：那个方法就是蒙眼寻人。

尽管有掩耳盗铃的嫌疑，但令人惊奇的是竟然无人跳出来反对。小伙子们开始按照顺序用粗布毛巾蒙着眼，寻找躲藏在周围的姑娘们。

意外的是，许多姑娘竟然连逃都不逃了，甚至主动弄出声响，比如鼓鼓掌或呼喊对方的名字，然后心甘情愿地被他们抓住。当抓住三位姑娘之后，小伙子就要解开毛巾，转身背对着她们抛投铜钱，而接住铜钱的姑娘将成为他此次的同伴。尽管起初有些难为情，但看到姑娘们一个个站到秋千上荡起来，大家的兴趣也被点燃，开始大声合唱起来。

“出发了，秋千。嗨哟……出发了，秋千。嗨哟……”

姑娘踏上秋千向前荡去。她将初夏的微风灌入漂亮的裙摆里鼓起来，像一只灵活的燕子一样向前掠去，嘴里不时还用更大的声音喊出“嗨哟”帮衬着，回应着众人的歌声。一切都是那么地自然。姑娘们按照顺序尽情地荡着秋千；用毛巾遮着眼睛的小伙子们正在忙着寻找自己心仪的姑娘；而没有参与蒙眼寻人的小伙子们，则目不转睛地盯着秋千上的姑娘那快要飘上天际的裙摆一阵阵心猿意马。偶尔有小伙子抛投铜钱，等着接铜钱的姑娘们都会不由自主地发出焦急的欢呼声。在阳气最盛的五月五日端午节，即便是做出再幼稚的行为，都不会有人觉得不好意思。到了此时，年轻人的心一个个都如绷紧的弓弦。因为大家只有一次机会抛中自己心仪的姑娘，而且，这种机会也不是天天都有。俊瑞同样用粗布毛巾蒙着眼睛开始寻找我的踪迹，而我同样乖乖地被他抓住，接着险而又险地接住了他抛出的铜钱。直到此时，我才发现才奎和草笼竟不声不响配成了一对。看来一对有缘人怎么都能找到对方。

若是佳然在这里，她会与什么样的小伙子配成一对荡秋千呢？当初信誓旦旦说要拖到十八岁才会结婚的佳然，去年秋天已经嫁入汉城的一个名门世家。据说，新郎官还是家中长子。新郎官的家境异常显赫，世代都有人在朝中做官，而且都是丞相、判书[1]之类的高官，甚至佳然的公公还是当朝领议政[2]。不知佳然没能遵守当初三位少女不到十八岁不嫁的誓言，是因为家门规矩太过严厉，还是因为对方的家世太过显赫、无从拒绝呢？对于两家的联姻一事，佳然既没有表示出兴奋也没有表示伤心，仿佛当事人不是自己一般，乖乖地选择了服从。结婚当日，醮礼厅[3]中的佳然面无表情，显得很是淡然。新郎不丑不帅，长相平凡，而且脸上的笑容也不多。可能是家中长子的关系，相比同龄人，新郎的为人显得更加沉稳，但也正因如此，别人很难猜出他心中的想法。

最先进行的是姑娘们的荡秋千比赛。干练的仁男在比赛过程中共踢响了三声铃铛，赢得了大家热烈的鼓掌和欢呼。就连草笼也踢响了一声。只有我比较胆小，平时还容易头晕，直到最后也没能踢响挂在长杆上的铃铛。时光飞逝，转眼就到了我和俊瑞荡双人秋千的时刻。那些没有配对成功的姑娘们，只能选择与同性一起荡秋千。

---

1 判书：相当于中国古代的尚书。——译者注

2 领议政：朝鲜李朝最高行政机关——议政府的最高领导人，为正一品位阶，相当于中国古代的宰相或丞相。——译者注

3 醮礼厅：婚礼大厅。——译者注

她将初夏的微风灌入漂亮的裙摆里鼓起来，
像一只灵活的燕子一样向前掠去，
嘴里不时还用更大的声音喊出“嗨哟”帮衬着，
回应着众人的歌声。

当我和俊瑞一起登上秋千，便听到下面有人夸我们是天造地设的一对。我牢牢地抓住用粗布编成的秋千绳，抬头看向俊瑞。俊瑞同样泛着红潮的脸上满带微笑，露出微微凹陷的酒窝，我还看到他的喉结快速地松动了一下。起初，我们二人慢慢地根据对方的呼吸调整着蹬秋千板的节奏。渐渐地，我们出神地望着对方，仿佛要从对方的瞳孔中找到自己的身影。当秋千被对方推上来时，我们就会坐下来，待秋千开始下落时，我们又站起来蹬秋千板。如此不断重复着这一过程。这种感觉很奇怪，仿佛二人融为了一体，感受不到哪怕一丝阻碍。虽然没有人指使，但全身的配合就是如此默契。哪怕没有做出屈伸的动作或计算出具体的步骤，只要看着他的眼睛，我就能自动与他形成完美的配合。微风吹过来，他那清爽的气息吹拂到我的脸上。秋千越蹬越高，下面传来了人们吆喝声。

“出发了，秋千。嗨哟……出发了，秋千。嗨哟……”

突然间，我的恐惧消失了。我再也不感到害怕了。只要与他一起，别说是去天涯海角，哪怕是到九天之上，我也心甘情愿。我发现蹬到顶点的时候，他也会像我一样轻轻地闭上眼睛。

我闭上了眼睛，眼前浮现出当初和俊瑞一起看过的连理木。我感觉自己正飞翔在云巅之上。喉咙深处一股炙热、喜悦的呻吟涌上来，吓得我急忙闭上了嘴巴。我感到自己变成了一只鸟儿、一只喜鹊风筝，与他一起毫无顾忌地翱翔在天空中。所谓的比翼鸟也不过如此吧？迷迷糊糊中，我似乎听到了悦耳的铃铛声。若是能够继续飞下去，即使知道自己会掉下来摔死，我也会无怨无悔做出选择吧。良久，我睁开眼睛，热切地望向俊瑞的眼睛。啊，究竟发生了什么事情？他的眼中竟然噙满了眼泪。

端午过后，俊瑞噙满眼泪的双眼就像一根尖刺，狠狠地扎在我的心中。有过在树林里遇到野狼和两个人携手欣赏连理木的经历之后，我们二人之间的关系自然而然变得亲密起来。我的心思最终还是被敏锐的草笼识破了。虽说还得继续瞒着家里人，但至少与草笼一起见俊瑞的时候方便了许多。在草笼的家中，我偶尔能见到俊瑞。每当那时，我都会选择在他身边聆听他弹奏古琴，或者与他探讨一些读过的书中的内容。只是，与他在一起时，时间总是像离弦之箭一样匆匆而过，令我暗暗焦心不已。

到了漫漫冬夜，我通常都会挑着油灯画画或准备一些送给俊瑞的礼物，比如绣丝绸扇子、绣福袋、绣香囊、绣枕顶等等。

冬去春来。我摘野菜、折金达莱花，再用它们来煎花饼，可心中想着的却是“要是能做给他吃该有多好”。我的心中无比失落。平日里，俊瑞时常带着我和草笼去一些可以作为绘画题材的地方。也多亏有了他，我才能画出几幅满意的山水画。从镜浦湖到东海及镜浦八景，乃至一些山野的野草，若是没有他的指引和陪伴，我真是无法想象自己是否能够画出如此多的作品。除此之外，与草笼一起到镜浦湖边散步的时候，我偶尔也会画一些栖息在湖边的夜鹭之类的水鸟或俊瑞钓上来的鳜鱼等。无论是花草鱼竹，还是山水风景，只要是我画出来的，他都会用一种充满惊奇的眼神欣赏它们。要知道，从我被野狼惊吓过的那天到现在，这一年半时间里，他一次都没有在我面前露过伤心的神色。

其实大家的心里都很清楚。仔细一想，我们二人确实与热恋中的男女一般无二。如果能与自己心爱的人一起生活该有多好？不，只要能一直待在他身边，哪怕只能静静地望着他，想来我也会心甘情愿。哪怕赡养着父母孤老终生，哪怕俊瑞会与别人结婚生子，只要能够偶尔见到俊瑞，我也将不负此生。画画、读书、练字，我过着日复一日的生活。然而随着年龄的增长，我的身体开始无师自通地领悟起了阴阳互补、男女相互吸引的道理。而且，因思念某人而难以入睡的夜晚也渐渐多了起来。每当那时，我会不由自主地发出叹息，顺着眼角流下的眼泪也会无声地打湿枕边。但无论怎样，俊瑞是妓生[1]妾室所生这一事实都不会发生改变。

对于这个问题，我们一直默契地避而不谈。可能是觉得自己无法给予我完美的未来的缘故，俊瑞对我的态度亲切多于爱慕，就如他对待草笼一样。只是偶尔粗心大意之下，他也会情不自禁地向我投来炙热的目光，随后他也会被自己的举动吓得一惊。每当看到这一幕，我就会感到一阵难过和揪心。

有一天，俊瑞喝得酩酊大醉时，他用激动的语气向我诉苦道：

“朝鲜这个国家正走在倒行逆施的路上。法律和道德的存在意义是为了让人们活得更好，但它们如今却成了一道杀人不见血的催命

1 妓生：青楼女子。——译者注

符。你知道赵光祖吧？就是那个光听到名字就能让鸟儿吓得掉下来的赵光祖。据说，以前赵光祖家的旁边住着一位姑娘。有一天，她听到赵光祖读书的声音，觉得很是动听，就翻过墙来向他表白。可是谁能想到他不仅用绳子将那位姑娘绑住，还用荆条抽了她一顿。他就是一个冷血无情的人。好，我们就当赵光祖的改革政治、理想政治有效，但这种改革和理想究竟是为了谁，又是为了实现什么目的？还有就是，现在大家都在背后议论纷纷的那个话题——你可知道为何太宗陛下的大儿子让宁大君没能成功登基吗？你真以为是他的三弟忠宁大君才德兼备，所以他才会心甘情愿让位吗？那是因为他被一个名叫于丽的国色天香的有夫之妇给迷住了。在大明法度的朝鲜王朝，怎么可能让一个身为区区老叟妾室的于丽登上国母之位？正是有了这件事情，让宁大君才会被废黜世子之位，从此与王位无缘。为了所谓的国之大义，历史中往往会选择隐瞒这些事实。这就是朝鲜的真面目。什么庶孽（庶子、庶女）班常（两班和贫民），什么从父法（良贱从父）、从母法（良贱从母）……勒住脖子让人无法呼吸，锁住四肢让人无法动弹，但他们却不明白，人心是锁不住的！”

过了端午节，家里人为姐姐的婚事忙得晕头转向。父母为姐姐精挑细选的郎君是德水张氏家族的一位年轻书生。尽管这位新郎官只是一位乡下两班家族的成员，但至少身份得体，而且财力雄厚，不至于会让老婆孩子饿着肚子。唯一的缺点是离家太远，姐姐嫁过去之后，想要经常回来探亲是不可能了。姐姐对嫁妆有着超乎想象的执着，几乎看到什么都想带走。直到婚期逼近，她才切实感受到自己这是真要嫁人了，于是又开始拉着母亲哭哭啼啼起来。婚前，我为姐姐准备了一件礼物—— 一幅画有别堂后院红梅花的风景画。也许看到红梅花，姐姐就不会忘记生养她的娘家了。画中的红梅花上落着一对麻雀。既然姐姐遇到了自己人生的另一半，我自然是希望他们能够夫妻和睦、白头相守。在进行醮礼的前一天，姐姐握着我的手，说道：

“仁善啊，我嫁出去之后，你就是家中的老大，所以日后家里就拜托你了。以前我不懂事，经常嫉妒你，对你也不是很好，姐姐在这里向你道歉了。只是想着就这样离开家，我的心中真是好难受啊。”

姐姐的婚礼举行得很顺利。由于是开婚[1]，姐姐的婚礼不仅邀请了亲朋好友，还邀请了全村的人，最终在大家的祝福下婚礼圆满落幕。姐夫的为人看起来很稳重、很可靠。母亲对此也是无比满意，直夸他是秉性忠厚的好女婿。根据传统习俗，这对新婚夫妇在新娘家中逗留几天后，就一起踏上了前往婆家的路。除了新娘该有的羞意，我还在姐姐的脸上看到了一丝明媚和坚定的神色。相比前几天，可以说是发生了翻天覆地的变化。人们都说婚姻让人成长，而现在的姐姐一改之前的幼稚，变得更加温柔豁达，看起来就像是另一个人。也许这就是婚姻的力量，这对新婚夫妇宛若一对恩爱的鸳鸯，显得那么和谐、那么般配。

姐姐举行婚事期间，我的内心备受煎熬。婚姻与其说是两个当事人之间的事情，还不如说是两个家庭之间的问题。在前往婆家之前，父亲和母亲千叮万嘱叫姐姐注意自己的行为举止，以免丢了家族的脸

1　开婚：家中子女的第一次婚礼。——译者注

面，或是给婆家带来麻烦。在我看来，姐姐其实就是我们家的代表，而那个成为我姐夫的人则是张家的代表。他们二人的结合见证了两个家族之间的携手与和睦，因此得到鼓励和祝福也是理所当然的事情。作为两个相差不多的家族之间的结合，在全村人的祝福下，这场华丽的婚礼举行得异常顺利，场面也很温馨。

在宴会中，亲戚朋友及村里的人仿佛事先约好了般纷纷向我开口道：

“下次可就轮到仁善你了。记得仁善今年刚好十六岁是吧？年龄刚刚好。仁善你又聪明又漂亮，也不知谁家的小子这么有福气，能够娶到你这样的好媳妇。”

听到这些议论声，我的心中一阵凄凉。我发现婚姻似乎并不只是别人的事情。重要的人伦之大事——婚姻……想到要如同一双筷子、一双草鞋一般，与别人结为夫妇并一起生活一辈子，我就有种喘不过气来的感觉。再想到要与一个陌生的、俊瑞之外的人举行婚礼，发生肌肤之亲，一直相守到老，我甚至要昏厥过去。

自从姐姐出嫁、父亲奔赴首尔后，母亲的神色变得越发孤单。我试想了一下，若是我们这些女儿一个个都嫁出去，那么哪怕年纪最小的末姬嫁得再晚，也剩下不到十年时间。之后，母亲的膝下将无人承欢。看着母亲日益憔悴的脸庞，看着越来越依赖我的外公外婆，我发现自己的人生已经不仅属于我一个人，于是心情就变得无比沉重。

这期间，我因姐姐的婚事整日忙得不可开交，不只是俊瑞，就连草笼都无暇理会。直到六月份的某一天，草笼来找我，说她自己心中有事，不吐不快，接着不由分说拉着我到了湖边。初夏的镜浦湖清澈如镜、水静无波。当我们走到一个安逸的位置时，草笼热泪盈眶地说道：

“我想当妓生！”

她咬着牙，一脸愤慨地继续道：

“我跟哥哥吵架了。以后，再也不叫他哥哥了。”

“你们两人不是一直和和睦睦的吗？怎么突然就吵起来了？”

草笼没有说话，只是提起了裙摆。看上去，草笼像是被人抽打过，白皙的小腿上到处都是触目惊心的血痕和淤青。

“哥哥他打我了。”

“为什么？”

“你们家的才奎公子和我哥哥大打出手了。”

我有点茫然不解。

“我还没来得及告诉你，才奎公子曾好几次写信给我，甚至亲自来找我，说他爱慕我。我也是在端午节我们第一次见面的那一天就对他一见钟情了。”

草笼颔首低眉，一副娇羞不已的样子。原来如此。怪不得端午节那天总觉得他们二人之间经常眉来眼去的。

“才奎公子……我也略有耳闻，但我看得出他对我是认真的，所以我就跟他偷偷相会过几次。哥哥看到之后，就死命地阻拦我，只是最后也没能拗得过我。前天晚上，看到才奎公子又来找我，哥哥就出去想要将他打发走，结果好像被他羞辱了一番。哥哥恼羞成怒之下便对我大发雷霆。他让我醒一醒，说那个到处拈花惹草的花花公子只是在玩弄我的感情，还骂我是个笨蛋。可是才奎公子明明信誓旦旦地跟我说过，他对我是真心实意的。那天晚上，他来找我也是因为对我魂牵梦萦、相思成疾。我告诉哥哥说要与才奎公子结婚，结果被他狠抽了一顿。他说我们两家的门第不同，我们之间是不可能的。他还说才奎那种男人不值得信任，也只有我这种笨蛋才会信以为真。我越听越生气，就顶嘴道，'那哥哥你又凭什么跟仁善交往？仁善家里又不会选择哥哥你做女婿。我看你还是先管好自己的事再对我指手画脚也不迟。还有，若是不能与他结婚，那我就去青楼当个妓生。总之，不用你操心！'哥哥气急败坏抽了我一巴掌。我也是一气之下扑上去，在他的脸上挠出了好几个口子。唉，你说我这脾气也是……之后，原本暴跳如雷的哥哥突然冷下了脸，即使被我挠伤的地方渗出血也是不管不顾，仿佛石化了一般，就那么愣愣地站在一旁。当天晚上，他就离家出走了，直到现在都没有回来。"

原来这段时间发生了这么多事情。怪不得俊瑞会离家出走。此时，我能切实地感受到当时俊瑞的心情。另外，那句"仁善家里又不会选择哥哥你做女婿"，就像是一把锋利的匕首，顺势插在我的心中。此刻，我的心中不禁对草笼升起一股埋怨之意。

"你生气了？我说得也没错啊？尽管难听了点。"

"我哪有……那俊瑞哥哥现在在哪里？"

我压下心中的不满问道。

"这已经都第三天了。也许他只是感到烦闷，所以骑马到处逛逛，说不定马上就回来了。你也知道我哥哥是风一般的男子。对了，你觉得才奎公子的为人怎么样？真的不值得信任吗？如果今晚他又来找我，哥哥也不在家，你说我该怎么办才好？我觉得自己肯定耐不住他的纠缠，最后拜倒在他的柔情之下。再说，他早就知道了我的心意。因为当初我实在忍不住向他吐露了心声。仁善，我现在总算明白喜欢一个人是什么感觉了。那是一种心甘情愿为他付出一切，想要与他融为一体的感觉。只要能够待在他身边！想来你对我哥哥也是这种感觉吧？”

然而被爱情冲昏了头的草笼那欢呼雀跃的声音，并没有被我听进去哪怕一点。我闭上了眼睛，心中犹如堵住一团火球一样感到无比烦闷。俊瑞那蒙着雾气的眼睛再次浮现在眼前。直到此刻，我似乎才明白这意味着什么。一股撕心裂肺的痛苦涌上心头。在俊瑞面前，我只知道逃避，从来没有像草笼一样坦诚过。哪怕被不可描述的想象弄得面红耳赤，我也没有给他一丝乘虚而入的机会，而是选择了默默地享受被他用炙热的目光关注的感觉。这是何等残忍的事情！现在该我做出选择了。事实上，这并不是一个甜蜜的梦。我必须理清心中的头绪，下一个明确的结论，不然干脆就一刀两断，从此再不相见。

“哎，想必你当初也是为心爱之人心焦如焚吧？前几天，我给哥哥换枕芯，结果发现原本蓝色的枕套被眼泪浸湿，变成了硬邦邦的黑色。哎，你们还真是一对可怜的冤家……”

草笼叹息道。被眼泪打湿，留下斑痕的枕头……他流下的眼泪使蓝色的枕套变成了硬邦邦的黑色枕套。可笑的是，我还为了让他做美梦，每天晚上都忙着给他绣漂亮的蝴蝶枕顶……一时间，我热泪盈眶。为了不让草笼看到，我转身面对着湖泊，不停地眨着眼睛。然而眼泪就像断了线的珍珠般流下来，最终滴落在我的裙摆上。这时，草笼默默地抱住了我的肩膀。

“仁善，你说我们该怎么办？要不我们私奔吧？那样我们四个人就可以生活在一起，而且也不会感到孤单……”

这段时间一直沉浸在恐惧和伤感中的草笼终于忍不住号啕大哭起来。

事实上，为了让才奎哥哥改掉拈花惹草的毛病，他们家里正在忙着给他说一门亲事。据外婆说，这件事情马上要有结果了。不过，我现在并不想将这件事情告诉草笼。现在的我只想好好地哭一场。这也算是那一天我们站在自由翱翔的双人秋千上时，对俊瑞所流的眼泪的一种答复。

才奎的婚事被定下来的消息令草笼直接病倒在床上。担心之余，我还是到草笼的家中去看望她。走进草笼的闺房，我看到她只穿着一身衬衣躺在床上。听到动静，草笼微微转过脑袋看向我。看到来人是我，一串珍珠般的眼泪顺着她面无表情的脸颊滑落下来，渐渐打湿了枕头。我第一次见到草笼有这样的表情。我握住草笼的手，一阵僵硬冰冷的触感顺着手臂传递过来，令我心中不免一酸。草笼就像尸体一样，半晌连眼睛都不眨一下，最后干脆闭上眼睛，也不知是睡着了还是怎么了，久久没有发出动静。

我起身走出了房门。正要走出外屋，突然传来一阵马嘶声。

“哎哟，我的少爷啊！您怎么才回来！”

紧接着，丫鬟那夸张的叫嚷声也跟着响了起来。我和俊瑞在大门门槛处相遇了。也不知在这消失的十天里，他究竟去了哪里，又做了些什么，他的全身上下，包括衣着和面目看起来都很邋遢。对于我和他意料之外的相遇，他显得非常惊讶。尽管是很短的时间，但我分明从他的眼中看到了一种复杂的神色。短暂的沉默后，我朝他点了点头就要走出去。在那一瞬间，我被他开口拦住：

“不要走！”

见我露出犹豫的神色，俊瑞干脆跳下马背，命令道：

“骑上去！”

他的语气中带着一丝火气，抓住我的手腕就将我拽了过来。他的力气很大，我无从拒绝。我抬头望向俊瑞。蓬乱的头发垂在额头，脸上落满了灰尘，上面还残留着指甲抓出来的痕迹，整个人显得非常憔悴，唯独眼睛炯炯有神。我默默地骑上了马背。在我身后，俊瑞提起鞭子“驾”的一声抽在马身上。马匹吓得发出一阵嘶吼，开始没命地奔跑起来。我闭上了眼睛。这一刻，我希望自己再也看不到世上的任何东西，仿佛闭上眼睛，一切烦恼都将烟消云散。尽管村里人的视线令我比较在意，可那又怎么样？只要堵上耳朵、闭上眼睛，那就什么都无所谓了。

我不知道胯下的马正在奔向哪里。马儿正在以可怕的速度奔跑着，我骑在马背上理应感到害怕才是，但自从闭上眼睛之后，我的心却变得淡定起来。甚至，我的心中还升起了“干脆死掉也好”的念头，就如当初荡秋千那样。每当马儿提速的时候，俊瑞抱着我腰的左手就会下意识地紧一紧。我的后背能清晰地感受到他的心跳。我开始享受这种感觉。若是能够化作鲲鹏，展翅一飞九万里，直接飞到南海该有多好！若是能够化作比翼鸟，去往传说中的世界中心，那个只有我们二人的地方该有多好……

奔跑了一会儿，马儿最终抵达的地方是一处人烟稀少的海边。在这段时间里，俊瑞一直都没有开口说话。舒爽的海风和有节奏的波涛声如同摇篮曲般安抚着我的心灵。我静静地做了一个深呼吸，慢慢睁开眼睛。原本以为是个沙滩，没想到竟然站在波涛汹涌的悬崖边上。若是马儿再向前跨出两三步，我们或许都将摔下悬崖，死无葬身之地。

“我们要不要跳下去？”

俊瑞问道。从他口中吐出来的热气喷在我的耳朵上一阵滚烫。

“回答我。”

俊瑞再次开口道。

我无法做出回答。但与此同时，我的内心深处一股想要哭泣的冲动渐渐涌了上来。我咬紧牙关，想要忍住不哭，却无力阻止肩膀的抖动。俊瑞紧紧地揽住了我的肩膀。他身体的颤抖和体温、堵住喉咙的呜咽，如电流般传递到我的后背和耳朵上。我挺着僵硬的身子，瞪大着眼睛，俯视着悬崖的下方。在那片漆黑的空间里，深蓝色的波涛就像是一头张牙舞爪的怪兽，正在不停地向我们咆哮。事实上，前方一步距离的死亡并不能让我感到恐惧。然而……我们依然只是骑在马背上俯瞰脚下的海水，并没有真的跳下去。也不知过了多久，俊瑞默默地调转了马头。马儿缓缓地绕着海边跑了一阵，接着又拐进了一条山路中。

马儿最终在一片树林前停了下来。前方正是去年与他一起看过的那棵连理木。不同于当时光秃秃的模样，此时的刺楸树上长满了茂密的树叶，就连那一身尖刺也显得更加密集。身怀尖刺却紧紧抱成一团的连理木……

俊瑞脱下道袍，铺在草地上，又叫我坐在上面，而自己则一屁股坐在我的身侧。他用双手搓了搓变得粗糙的脸蛋和下巴，向我问道：

“你就不好奇我去了哪里吗？”

“这十天你究竟去了哪里？”

我打量着俊瑞的神色，小心翼翼地问道。

“去找一些人烟稀少的山窝。一些罪人们与他们的情人一起逃到那里，隐姓埋名，开垦荒地，生活在那里。它既属于这个世界又与世隔绝，世外桃源不过如此。”

俊瑞偏过头，认真地望着我，问道：

“有一个问题。即使我不在，你是否也能好好地，好好地活下去？应该没有问题吧？毕竟我对你来说是可有可无的人物。”

“你怎么会有这种想法……”

“在这十天里，我一直东奔西走，却也弄明白了一件事。那就是没有你，我就什么都不是。即使活着，那也不是我。我曾发誓不论我们之间发生任何事情，我都要当作不知道。可是我渐渐明白，它不是人力所能阻挡的东西……像个男人一样出人头地的想法，早就被我抛之脑后，我不会再执迷于那种生活了。但是若能成为你的丈夫，哪怕失去生命，我也在所不惜，在所不惜……”

俊瑞已经激动得说不出话来。我望着俊瑞，清澈的眼泪如同断了线的珠子一样掉落下来。

“和我一起去开垦荒地吧。你也曾说过，之所以画画，是因为画画的过程让你幸福。大不了我拿命去拼一拼，我就不信不能让你安心画画。让我们远离世俗，在那个没有法律、没有道德的地方，用我们爱情的力量，成为孩子的父母，一起生活下去吧。在那个最靠近天空的地方，看看月亮，看看星星……即使一无所有，我们也能从大自然中获得一切……”

俊瑞的手温柔地擦去正从我脸上滑落下来的泪水。

“求求你，救救我。求求你……”

俊瑞炙热的呢喃像尖锥一样钻入我的耳中。

啊！那时候，

我的心中一定住着一个疯女人。

钻入他怀抱时，

那种像被棉花包裹着般的温暖感觉……

多么想要与他相遇，

哪怕是在梦中。

然而一次阴差阳错的选择，

却造成了在梦中都无法相遇的死别生离。

第十四章 同心结

自从那次在连理木前有过穷途之哭后，连续几天，我都没有向俊瑞传递任何音讯。尽管俊瑞没有打破砂锅问到底，但我觉得自己必须要给他一个答复。可是我马上就陷入了进退两难的局面。与俊瑞在一起的时候，世间任何困难，哪怕是死亡，我都觉得能坦然面对。然而回到家中，看到将我视若珍宝的外公外婆、孤苦伶仃的母亲及三个年幼的妹妹，我都无法忽略自己身为“长女”的责任。要不干脆对外公和父亲坦白想要与俊瑞结婚的念头？要不找个机会“半夜潜逃”？要不找母亲诉诉苦？每一次我都摇头否决，然后继续胡思乱想……若是再这样下去，我觉得自己非生出病不可。

无数个不眠之夜，我的脑海里不断浮现俊瑞的模样然后又稍纵即逝。有时，我会幻想自己与俊瑞隐居在一个深山长谷里，开垦荒地、养花种草，其乐融融白头到老的场景。在我的脑海里，各种乱七八糟的想法如同潮汐般涨了又落，落了又涨，层出叠见。然而雪上加霜的是，在这节骨眼上，外公竟然疾病缠身瘫在了床上。于是，在家中没了男丁的情况下，外婆和母亲几乎将我视为长孙百般依赖。白天我游刃有余地掌管家中之事，但到了晚上就恨不得逃到无人的地方与俊瑞长相厮守。又一个不眠之夜，我掏出一团红色丝绸包袱，里面装着我的一些衣物、画作及亲手制作的绣花绸布。可是到了第一声鸡鸣响起的凌晨，我又开始解开包袱，然后将里面的东西原封不动地放回衣柜和抽屉里。我快被逼疯了。若是再不做出选择，我一定会疯掉不可。熟读经文、聆听圣贤的教诲、培养画画等兴趣，再嫁给一个家境和身份与自己相差不大的好男人生儿育女——这也许是所有两班家族闺秀梦寐以求的事情。我知道自己将来的人生多半也是这种情况。可为何我会觉得自己的未来就像是陷入猎人套子里的动物一样渺茫呢？我有点儿埋怨老天，埋怨它将我陷入残酷的命运旋涡里。或许那一次，我应该直接跳下去。然而死亡并不是终结。对于现在的我来说，生死完全由不得我做主。若我选择了死亡，那我的死只会成为家门的耻辱，给所有活着的血亲带来痛苦。选择很简单，只需一个人承受伤痛即可。某一个夜晚，彻夜未眠的我提着毛笔，开始给俊瑞写信：

“若不能与你长相厮守，我活着也是行尸走肉。然而因自私而带给别人伤痛的结果，我怀疑自己日后是否能够承受得住。与其如此，我宁愿选择死亡。如果活着也无法得到幸福，那我选择放弃与你双宿双飞。请你务必原谅我，也忘掉我这个自私女人吧。”

收到信件后，俊瑞并没有回复我。尽管信中写得异常决绝，但谁叫人心就是如此反复无常的呢？此事过后，我对俊瑞的思念不减反增，再加上我对他的怜悯和愧疚，每天夜里我都以泪洗面。在一旁照顾外公的外婆和母亲则误以为我在为外公的病情而担忧，因此感到心疼不已。我的脸变得越来越憔悴，最后甚至显现出一种病态的苍白。咬紧牙关，斩断这段孽缘！只要忘了他，忘了他我就可以解脱了。望着一个个依赖着我的家人，我越发坚定了心中的决定。为了忘掉他，我每天都会拼命地读书、画画。有时，我会坐在宅子旁的菜地里随意地画一些东西，比如茄子、蜜蜂、蝴蝶、黄瓜、青蛙、虞美人、壁虎、桔梗花和蝈蝈等，几乎是看到什么就画什么，而且一画就是一整天。我暗暗发誓从此不再对任何人敞开我的心扉。花儿只要有蜂蜜或蝴蝶飞进去进行一次受精之后，就会像闭上嘴巴一样收缩花瓣，不再对别的昆虫开放。这就是自然的法则。同样，此时我的心里早就住进了一名男子，哪怕它根本无法结出果实。

每一个夜晚，我都拼命地做着刺绣，直到自己筋疲力尽才会罢休。然而哪怕我的手再忙，我的心思也会像疯女人一样不顾一切地向他跑去。我的心就像是一间上了锁的房间，上面没有可以打开的窗户。每天晚上，被锁在里面的女人都会拍打着墙壁无助地哭泣。就如同那个女人流下的血泪，我的嘴里也缓缓地流出了记忆中的诗歌。

开个窗，开个窗，在我的心上开个窗。
推拉窗、直棂窗、支摘窗、隔扇窗、门轴座、门轴头、门环锁。
大大的铁锤钉上去，在我的心上开个窗。[1]

1　作者未详，在此作为仁善创作的诗词借用。——作者注十六岁的夏天就这样过去了。再暴戾的热浪也无法躲过季节的制裁。我不住地安慰着自己，时间、岁月一定能抚平心中的伤痛。一个偶然的机会，我从草笼家的丫鬟口中得知，“草笼的病已经完全康复，只是脑子不怎么清醒，整天处在浑浑噩噩的状态之中。另外，待草笼完全恢复过来之后，俊瑞会赶赴金刚山。至于为何会去金刚山？这我又从何而知呢？或许是要出家为僧吧……”丫鬟碎嘴道。俊瑞为何会选择沉默，他应该早就收到了我写的信才是。也许他出家为僧才是最好的结果。

秋雨阴冷，预示着秋天即将离我们而去。每当秋雨来临，寒冷也将随之而来。深夜，我无心入眠，抱着绣绷做起了绣花。隔扇门外传来淅淅沥沥的雨声，在这更阑人静的夜晚显得格外凄凉。我的耳边清晰地传来俊瑞弹奏的玄琴声，以及当初他写给我表达思念之情的诗词朗读声。

曀曀其阴，
虺虺其雷。
寤言不寐，
愿言则怀。

我听到的不只是俊瑞的声音，还有那回荡在耳中的热热的、痒痒

我的心就像是一间上了锁的房间，
上面没有可以打开的窗户。

的呢喃。思念令我心如刀绞，但俊瑞的声音却如飓风般席卷着我的全身，弥补着我心灵深处的空虚。天啊，我的身上出现了幻听。甚至，这种幻听出现在我的内心中。在封闭的内心中，疯女人在不停地向我哭喊，哀求我给她的房间里开个门、开个窗。长此以往，让我如何活得下去？整天面对这严丝合缝的绣绷又有何用？学习看似高尚的绘画又有何用？怀着禽兽的心熟读经文又有何用？它们能让我幸福吗？心都被掏空了，空有其表的技艺要之何用？可恶的礼仪和学识要之何用？一切都是徒劳无功。与其如此，我宁愿作为禽兽而活。庄子说过，人们将“仁义”二字刺在了脸上，所以被道德禁锢住，无法成为逍遥自在的“自然人”。对此，我的回答是付之一笑。不能遵从自然和本性的人生无异于行尸走肉，就连飞禽走兽也知道这一点。也只有它们才是在按照自然法则而生存。此刻，我的眼睛里闪烁着一丝疯狂。我从针线筐中掏出了一把剪刀。闪电划过夜空，剪刀刀尖上的青芒乍现。我感受到自己的脸正渐渐失去血色，我使劲儿摇了摇头。以后再也不会画画了！我提起握在左手的剪刀，在半空中停顿了一下，接着猛然扎向右手手背。

扎在右手背上的剪刀只是切到了手筋，并没有伤到骨头，但由于伤口感染发炎，大夫说治疗起来会很麻烦。大夫提醒我要多加注意，说若是有什么差池，不但无法用手写字、画画、刺绣，就连做饭都会成为奢望。尽管发着高烧，好歹也算度过了危险期，伤口也渐渐开始愈合。母亲向我询问了好几次缘由，但见我始终默不作声，最后还是不了了之。值得一提的是，这期间才奎哥哥举行了婚礼。也不知谁透露了风声，草笼与他之间的那点事弄得人尽皆知。不过，我猜多半是才奎哥哥“不小心”说漏了嘴。总之，从俊瑞和才奎之间抡拳头的事情到几天后俊瑞前往金刚山的事情，下人们谈论得津津有味。

半夜三更，我紧紧地裹着蒙头长披风，步履匆匆走在夜路上。今天是大年三十。路上万籁俱寂，只是偶尔能听到远处村庄里传来的狗吠声。途中，我不知被石头绊倒了几次，但我仍然不管不顾地向前走去。草笼的家已经近在眼前，我的脸上透着一丝火气和绝望。走进外屋大门后，我并没有走向草笼所在的内宅，而是直奔厢房而去。站在围墙外，我朝厢房的支摘窗上扔了一颗小石子。然而，屋子里却一点动静都没有。过了良久，里面才传来年轻男子的声音。那，正是我日思夜想的俊瑞本人的声音。

“谁在外面？”

我用颤抖的声音回答道：

“是我，仁善。请给我开下门。”

片刻后，传来厢房大门打开的声音，随后在微弱的亮光下露出了俊瑞惊疑不定的脸庞。我脱下鞋子，径直走进屋内。俊瑞连忙跟了进来。之后，我们二人陷入了长久的沉默当中。

“是不是明天就要去金刚山？”

我问道。

“……”

看来我的突然出现，让他误以为自己是在做梦。

“是后天清晨……”

我抬头看向俊瑞，发现他的眼神在莫名地晃动。我不知道是他的心动摇了，还是屋子里油灯火焰的投影在摇晃。我只知道自己的声音很淡定、很沉着。

“我感觉在操纵我身心的并不是我自己，而是一些别的什么东西。俗话说，万事皆天意。既然老天设定了我的存在，又让我的身心不由自主地行动起来，那想来自有它的道理。就像我从书中所学的那样，强行结合在一起的人生与行尸走肉又有何区别？我更希望自己能够随心而活。我之所以画画，是为了看清宇宙和自然的造化，而不是给飞禽走兽传授学问。崇尚道德、遵守礼仪也是为了让自己活得像人类一样。若是道德与自然相悖，那老天没理由让人类生存在这宇宙上……”

我的声音里开始透出一丝哭腔。我合着双手，跪倒在地上，就像是一个虔诚祈祷的信徒。

“你杀了我吧！我宁愿死在你手里！”

我趴在地上泣不成声。

“这，你的手怎么了？为什么会这样？”

俊瑞轻轻地抚摸着我缠着绷带的手，细声问道：

“你杀了我吧，不然就带我一起去金刚山。只要你带着我，无论去哪里我都愿意。以后，我不会再写字、画画了。”

听了我的话，再看着我的手，俊瑞终于明白了事情的始末。

“不行。你怎么可以做出如此糊涂的事情来？收到你写的信时，我骑马赶到了当初我们去过的那处悬崖。不过，我马上就改变了想法。

我当时就在想，若是只能埋葬我们之间爱情，那就一定要拯救你的才华和人生；只要能让你活得幸福，那我所做的一切都是值得的。而我该做的就是无声无息地消失掉，如此简单而已……话说回来，你的手没事吗？”

看到我点头，他一把将我拉过来，抱在怀里，默默地流下了眼泪。

“千万不要为了我而出家当和尚。我已经发现，没有你我就活不下去了。”

“倒也不是非要当和尚不可。我只是想要好好学学修行之法，了解心中那地狱般的感受是从何而来。当然，我也不排除当和尚的可能。若是修炼有成，届时这爱情算得了什么，这痛苦又算得了什么？”

我下定决心般说道：

“我的心早就属于你了。很久以前开始，说不定还是从我们尚未察觉时开始……所以请你收下我的情意。我不顾生命危险，半夜跑到你这里，就是为了在你出发前告诉你这些。我只是想说完这句话就走。只要你能明白我的心意，我就知足了。”

他张开手猛地抱住了我，力气大得让我喘不过气来，仿佛这一抱之后就再也不会松开。在寒冷的夜晚，一路走过来的我，缩在他的怀抱里，像一只麻雀一样瑟瑟发抖。

“该死！没想到你竟然为了我，连自己的生命都不顾了。直到向我吐露心声，你究竟承受了多少苦？我真的是悔不当初。”

他压着声音哽咽道。

“难道你的心也与我一样吗？”

我问道。

俊瑞扶着我的脸，凝神看着我的眼睛，问道：

“你难道不知道是我先喜欢上你的吗？你要明白，我的心至死不渝！后天，我会赶赴金刚山，然后在那里逗留一段时间再回来。由于我给一位认识的禅师去过信说要过去，所以这一趟我非去不可。不过，应该不会花费太长时间。原本我并没有定期限，只打算待个几年再回来，但如今心中有了你这个牵挂，估计我也待不长久了。不过，既然明白你的心意，我也就放心了。至于以后的事情就到时候再说好了。我也会在那里研精苦思我们的未来。不过，只要我们不变心，一切都不成问题。唯有它才是这宇宙中最珍贵的，所以……尽管我现在恨不得立刻将你变成我的人，但为了那一天，我会好好地守护着你。我的心，我的意，我希望你能明白。”

俊瑞再次热情地抱住了我。我们二人就像连理木一样默默地拥抱着对方。那种温暖的感觉让我有种昏昏欲睡的冲动。

“我得走了。”

我推开他的身子说道。

“若是在离开之前，能给你留下个信物什么的就好了，可惜你来得太突然，一时间没什么合适的东西可以送给你。唉，如此一别，也不知何时才能相见……真不知道该如何是好！”

虽然嘴上说着离别的话，但俊瑞一直没有舍得放开我的手。

“天亮了就麻烦了。若是被别人瞧见了……”

“你还知道害怕啊？”

他笑着道。这时，不知何处传来一阵狗叫声。看着我惊慌失措的样子，他连忙道：

“虽然没有信物……但你听说过同心结吗？”

“嗯。姐姐结婚的时候有听说过。好像是下聘礼时用青绳和红绳绾成的……”

“没错。不过，你会编同心结吗？同心结作为定情信物，可以剪取一对恋人的头发，用它们做出两个耳，再将它们绾成结，具有永结同心之意。”

俊瑞掏出剪刀，解开头发，从上面剪下一缕头发。

“原来如此。我当时看得很仔细，闭着眼睛也能绾出来。对了，也请把我的头发剪下来。”

说罢，我也解开了发带。他在我发丛里翻找了一会儿，才剪下一小缕够编织绣花线的发束。我用我们二人细长的发束做出两个耳，再用带着伤势的手，开始绾起了花结。尽管手背上的伤口尚未痊愈，但在俊瑞的帮助下，倒也勉强可以完成。之前做福袋或挂饰的时候经常绾双连结或蝴蝶结，所以对于我来说，绾同心结并不算太难。没过多久，用我们二人的发束编织的同心结完成了。十字形状的同心结看起来很精致、很坚固，看着就像是用黑色丝绸绳编制而成的。望着手中的同心结，俊瑞的脸上充满了感动。

“哈哈，坐拥天下的感觉也不过如此吧！”

“只是……虽说是用我们两个人的头发编制而成，但东西只有一件，又不能分开，该如何是好？”

“所以它才叫同心结，意味着两个心结为了一体。我即将远走他乡，能不能将它送给我？若是孑然一身的我贴身收藏着它，一定有种坐拥天下、佳人在怀的感觉。好不好？”

我犹豫了一下，欣然同意道：

“可以。”

时间一到，俊瑞如期赶赴金刚山。草笼虽然恢复了元气，但相比之前却判若两人，不但整个人变得沉默寡言，就连笑容也减少了许多。外公的病情越来越严重，能否拖到明年也是个未知数。然而，即便面对着种种不好的情况，我心中的幸福感却像泉水般不停地涌上来。如今，我又可以畅快地呼吸了，即使外面多么寒冷，我的身心也温暖如春。啊！也许这才是真正的人生、真正的幸福！不得不说，人心的造化就是如此玄妙。然而此时，我却不知祸福相依的道理。当某一天俊瑞回归之时，就是我做出选择的时刻。届时，我的人生将迎来令我天崩地裂的事件，而且这个事件带来的后果并不是“抽小腿”之类的家法能够“罪罚相抵”的。若是真的随心所欲做出选择，说不定会让太多的人流泪。

初霜降下不久，初雪紧随而来。不知不觉，冬天已然来临。紧接着，仿佛有预谋一般，一件件令人身体发寒的可怕事情接踵而来。先是外公安详地合上了眼睛，与之同一时刻，汉城又发生了血腥的士祸。此次的“己卯士祸”始末是以赵光祖为首的新进士林派根据性理学，欲推行激进政策，结果遭到当时饱受压迫的南衮、沈贞、洪景舟等勋旧派的反扑，被冠上莫须有的谋反罪被肃清一空。勋旧派利用后宫中的洪景舟女儿，让她不断给中宗吹枕边风，扰乱了中宗的心智，接着又在后宫小山的树叶上以蜂蜜写上“走肖为王”四字，让虫子啃食，再将其呈给中宗看，从而引起中宗的猜忌。“走肖”二字即为“趙”（“赵”的繁体），意指赵氏将称王。正巧中宗对新进士林派的激进及排他的态度多有不满，便派人捉拿以赵光祖为首的数十名大臣，将他们流放外地或直接下赐毒药毒死。

“己卯士祸”的牵连很大，就连我们村子也没能幸免。当举行完外公的葬礼之后，外婆伤心之余也病倒在床上，全家人都为此忧心忡忡，生怕又要举行葬礼。而正当此时，传来晴天霹雳般的噩耗，草笼以官婢的名目被抓走了。她的父亲郑大监牵连士祸，被下赐毒药。根据下达的圣旨，逆贼首尔的家属及江陵妾室的子女皆被贬为奴婢。当我听到这一消息跑到草笼家里时，那里早就乱成了一锅粥。草笼家的奴婢早早收拾家当逃之夭夭，我也只打听到草笼被送往原州官衙当官婢的消息。未能见草笼最后一面，让我感到无比心痛。

草笼的房间里四处散落着尚未刺完的绣花绷；而俊瑞那连支摘窗都被卸下来的房间里，同样散落着各种残缺不全的书页、书籍。一夜间竟然发生了如此巨大的变化，我对自己的人生前景充满了担忧。巨大的恐惧袭来，我忍不住扶着门框抽噎起来。也不知他的情况如何了？能在这个时候进入金刚山，恰好躲过一劫，也算是不幸中的万幸吧。然而世事难料，至少俊瑞在很长一段时间内无法与外界接触了。仅仅妓生妾室子女的身份已经够可怜了，奈何又要背负逆贼子嗣的罪名！一想到这些，我就肝肠寸断、心如刀绞。俊瑞的安危始终令我惴惴不安，以致睡觉时经常从梦魇中惊醒。

唯一令我感到庆幸的是父亲至今平安无事，并没有受到一丝士祸的牵连。要知道，包括郑大监在内的好几位父亲的好友均受到牵连，不仅他们本人一朝之间被贬为罪人，就连整个家室都被弄得支离破碎。好在父亲虽然通过了进士试，但一直对仕途缺乏兴致，只是专心致志做学问，加上父亲为人清廉，所以很幸运地躲过了这次灾祸。对此，外婆和母亲也是抚着胸口，感到庆幸不已。

人的誓言何其虚无。
用一对恋人的头发绾成的同心结，
想要腐烂至少要花百年岁月。
随着肉身埋进土中，
誓言也将藏在心里。
为何誓言的存在都是为了被打破？
选择……
我的选择是否正确？
尽管相信自己的选择才是对自己人生的尊重……
但我宁愿相信自己遵守了誓言。
啊，我的灵魂看到了什么？
那是圆形的套索。
那是一条挂在刺楸树连理木上的丝绸套索。

第十五章 百年佳约

俊瑞的屋子被废弃了好几年，屋顶已经坍塌，院子里也长满了野草。院子对面就是草笼的房间。我没有勇气穿过一人高的杂草进入里面，只能扶着倒下一半的土墙，站在一旁四处张望。记得每每到了夏天，这面土墙上都会爬满凌霄花。尽管房子成了废墟，但伫立在大门旁边的柿子树上却一如既往地挂满了果实。秋天，偶尔有事经过附近时，那映入眼帘的深红色总会让我感到窒息。这时，喜鹊的鸣叫变得嘈杂起来。原来是一只喜鹊正站在柿子树上啄食着柿子。仿佛一切都回归到了从前，俊瑞随时都会骑马闯入这里。我似乎还听到了草笼那叽叽喳喳的说话声。可惜世事难料，谁能想到我会如此荒谬地同时失去最亲密的好友和独一无二的恋人。

草笼……

俊瑞哥哥……

我轻轻地呼唤着他们的名字，但声音转眼就在秋阳中消散得一干二净。

我想你们了。

然而这句话终究还是被堵在喉咙里，怎么也吐不出来。我费劲地咽了口唾沫，同时也将这句话咽到了肚子里。若是能够再见一面该有多好？哪怕过后会像水汽一样烟消云散，像晨露一样蒸发干净。啊！可恨如今连这点小小的愿望也成了奢望。眼泪渐渐迷住了我的眼睛。

俊瑞哥哥，你知道明后天是什么日子吗？你真的是一个混蛋。再过两天，我就要成为别人的妻子了。我也很无奈。可我已经十九岁了。我已经没有选择的余地了。

我进入厢房，坐在俊瑞房间的地板上。记得那一次是我第一次踏足这里。当时，生怕被别人看到，我还脱下鞋子提在手中。可惜那一次见面就成了永别。以后，我不会再来这里了。我会选择将你遗忘。三年的等待，一句话是讲不清楚的。俗话说，一日不见如隔三秋。然而对于无期限等着你归来的我来说，这三年的时间就像是三十年，不，像三百年一样无比漫长……

离草笼被抓和俊瑞远走他乡已经过了整整三年。起初我认为俊瑞进入金刚山，躲过他父亲带来的灾祸是老天的眷顾，然而原本承诺马上归来的他，直到过了很久都了无音信。若是能够找到认识的人搭上线倒也好解决，可惜这并非是我一个弱女子能够办到的事情。每天我都恨不得独自一人女扮男装闯一闯金刚山。无期限地等待某个人，无疑是世上残酷的刑法。我的心就像蜡烛一样不停地被火焰蚕食着。我翻开曾经从佳然那里借来又未来得及归还的《玉台新咏》，里面收录的诗歌将古时候男女之间的爱恋与离别之情刻画得淋漓尽致。

别离虽未久，
遂如长别离。
丛桂频销叶，
庭树几攀枝。
君言妾貌改，
妾畏君心移。
终须一相见，
并得两相知。[1]

无期限地等待一个人，简直就是一种煎熬。每当此时，我都会鼓励自己振作起来。只是到了晚上，胸口就会憋得发慌。每当想念他的时候，我都会一边回忆他的容貌，一边画他的肖像画。然而我发现这简直就是火上浇油的行为。他这个人也真是的，若是还健在，托人捎个信就这么难吗？每当心烦意乱难以忍受的时候，我也时常到镜浦湖边上散散步或漫无目的地绕着它转一圈。偶尔在那里看到孑然一身的夜鹭或白鹭，我就感叹它们的处境与我何其相似。于是，我又开始画起这些望着远处发呆的水鸟们。

然而过了一年、两年，家里开始有意无意提起我的婚事。每当此时，我都会婉转或坚决地表现出抵触。

1　摘自《玉台新咏》中的诗歌《邓铿和阴梁州杂怨》。——译者注

“母亲，我能不能不结婚？我只想好好读书和画画，然后陪着你们，一起守护这个家，直到老去。为什么你们一定要让我结婚呢？若是你们执意不让我跟你们一起生活，那我就直接剃发为尼好了。”

每当此时，母亲都会焦急地安慰道：

“你这丫头，说的什么胡话？对于其他事情，你一向很有主见，为什么一提起你的婚事，你就会说出如此幼稚的话来？一直将大姑娘绑在身边，可是会被嘲笑的。尤其会嘲笑我们这些做父母的。这一点你又不是不知道。我们其实也舍不得你，想让你一直陪伴在身边，但这是不可能的。至于你想继续练字、画画，这些都不是问题。大不了多找一找，总能找到合适的。”

可是我又如何向母亲透露，自己早已心有所属，甚至还用同心结定下百年佳约的事情呢？他究竟在哪里？为何定下百年佳约，又迟迟不出现？是死，是活？若还活着，为何会对我如此冷漠？

对于负隅顽抗的我，父亲也是难得发了一次脾气：

“为何你如此固执己见。我一直以为你孝心可嘉，可你为何要违忤父母之命？你已经十九岁了。难道你想老死了也要当个处女鬼吗？你的身体不仅仅是你自己的。你也要为家族想想。你要明白‘醴泉有源，芝草生根’的道理。你高祖父当过右议政[1]，曾祖父当过大司成[2]，祖父当过灵岩郡郡守，你外高祖父当过三水郡郡守。另外，你

1　右议政：等同于右丞相。——译者注

2　大司成：等同于国子监之祭酒。——译者注

外婆的家族也是代代有人身居堂上官[1]要职，在江陵名声异常显赫。如此传统优良的家族，你连累得起吗？你确定要辱没祖先守护了数百年的家门家风吗？”

我感到无比焦心，甚至有点怨恨起俊瑞来。

“父亲，再给我一点时间吧。我也不是说不结婚，只是想在你们身边多待一些时日。去年，外婆也去世了。如今，父亲再去汉阳，家中就剩母亲一人，无依无靠多孤单啊？另外，父亲的身体还没有恢复过来……母亲的手又不方便，在灶房里做饭也不是很利索。”

尽管心中有些不舒服，但我只能想尽办法拖延时间。

“倒是会找借口……我早就没事了。再说，伤口都已经愈合了，而且伤的又不是右手。”

母亲提起失去中指的左手，连连摆手道。去年外婆去世时，父亲收到消息便赶往家中，到了横溪驿站时，也不知为何突然晕倒。虽然家中之人赶过去将他接了回来，但当时父亲的半只脚已经踏入了鬼门关。不久后，母亲悄然失踪了。我预感到异常，开始寻找母亲。当我找到母亲时，母亲正在祠堂里虔诚地向祖宗们祈祷。随后，她默默地掏出银妆刀[2]，还未待我出手阻拦，就一刀将自己左手中指给切了下来。或许是母亲的断指行为感动了上苍，父亲竟然不治而愈，奇迹般从病床上站了起来。我有点羡慕母亲对父亲的爱。看吧，母亲。您也

---

1 堂上官：李朝的官职分正从九品。其中，正三品分正三品堂上和正三品堂下。正一品至正三品堂上，称为堂上官。——译者注

2 银妆刀：古代朝鲜女人用来守护自己贞洁的匕首。——译者注

是一心一意爱着父亲，甚至爱他胜过自己的性命。您如何让我放着自己所爱的人不顾，嫁给一个自己不爱的人？虽然为了自己所爱的人切掉了手指，但您至少是幸福的。我也曾问过母亲，是从何时开始爱上父亲的。母亲回答说从醮礼厅偷瞥到新郎官容貌时就一见钟情了。从那时候开始，她就觉得自己的身心轻飘飘的，仿佛飞翔在云端，而且嘴巴也总是不由自主地咧开；若不是咬紧牙关拼命忍住，说不定还会笑出声来。此外，父亲还考虑到身为独生女的母亲在结婚后，会因思念娘家而落泪，干脆就恳求奶奶，让母亲能够在娘家陪着父母一起生活，因此母亲更是被父亲这种广阔的胸襟和无微不至的关怀感动得一塌糊涂。自那时候起，他们二人就分开生活，至今已有十六年之久，但哪怕离得再远，哪怕母亲只给他生下了五个女儿，他都没有对母亲之外的女人给过一次眼神。也许，只能用天赐良缘来形容他们了。事实上，只要俊瑞能回来，我也有信心与他一起过同样的生活。哪怕切下手指，我也会想办法说服父母。倘若这个办法也行不通，那我也许会直接与俊瑞一起逃到无人能够涉足的深山老林中过那隐士般的生活。然而在俊瑞不在的情况下，这只是我一厢情愿的想法罢了。

我的十九岁的夏天是残忍的。也不知是谁，从首都回来后就开始散播“宫中下令，广招天下美色，补充后宫”的谣言，搞得所有家中有女儿的家庭都吓得心惊胆寒、惶惶不可终日。其实，也由不得他们乱想。当初废主燕山君沉迷于女色，派遣采红使[1]从全国各地挑选美女的事情历历在目，那些膝下有女儿的父母又如何能够放心得下。正

1　采红使：为朝鲜君主燕山君在民间挑选美女的使臣。——译者注

所谓“一朝被蛇咬，十年怕井绳”，情急之下，大家甚至都顾不得找媒人，直接身先士卒寻女婿；就连一直循规蹈矩、规矩森严的两班家族也采取一切从简的原则，纷纷开始准备女儿的婚事。事到如今，拥有十九岁“大龄”女儿的我们家就更坐不住了。我已经预感到自己的婚事拖不下去了。即使能够再拖，想来也绝无可能拖到冬天。这不由让我感到焦心。半夜，家人都早已入睡，我孤身来到井水旁，盛一碗清水摆在岩石上，开始向天地神明祈求。老天爷，天地神明，求求你们让他回到我的身边；求求你们让他成为我的丈夫；求求你们让我能够遵守与他缔结同心时立下的百年佳约。不然，我该怎么活下去？该怎么接受另一个我不爱的人。请你们可怜可怜我；还有，一定要保佑他平安无事。

每天晚上，我都锲而不舍地祈祷。或许是祈祷的缘故，我心中又开始燃起了希望，而且还能感受到他正在一步步向我走来。直到一个月圆之夜，我刚祈祷完，一转身就发现母亲不知何时站在我的身后。我们母女仿佛石化了一般默默不语地站立了许久。

“仁善，你怎么……”

母亲刚用颤抖的声音喊出了自己女儿的名字,就再也说不下去了。她缓缓地摇了摇头，轻轻将我抱入怀中。我伏在母亲的怀抱中低声抽泣起来。

“母亲，您也是知道的，对吧？即使斩断健全的手指，也不会感到害怕的那种东西究竟是什么，您也很清楚不是吗？我毕竟是您的女儿。”

母亲似是猜到了什么，叹了口气道：

“可怜的孩子。这段爱情根本就是错误的。你听说过世宗大王时期，良民家的女儿可伊和他们家奴婢福金之间的爱情故事吗？可伊和福金不顾生死结婚了。当时，良女贱男的结合等同于通奸罪，按律法是要严惩的。原本他们都要被处以死刑，但国家却从轻发落，只是让可伊强制嫁给了一名倭人。然而可伊却誓死不从，甚至将那个倭人给杀死。最终福金和可伊都被处死了。国家的法度如此，你说能有什么办法？在这个国家，父亲若是贱民，那他的子女代代都是贱民。我们家族的地位何等显赫，怎么可能容忍这样的事情发生？更何况他还被打上逆贼儿子的烙印……”

“啊！又是这该死的家族！家族！那我的存在算什么？我的心又算什么？为了家族，是否就可以让我这个活生生的人过上死人一般的生活？还是为了家族的荣耀，让我死了你们才甘心？”

“其他的还可以商量，唯独这件事情……”

母亲没有说下去，只是不停地摇着头。

“母亲，一片丹心的爱，您叫我如何去改变。”

我们母女就这样抱在一起，放声痛哭直到天明。

即便明知事不可为，但到了晚上，我仍然会虔诚地向神明祈祷。因为我已经无处可依了。有一天，我为了缓解烦闷的心情，到镜浦湖边散步。可刚要回家时，一名将斗笠压得死死的男子走过来，向我问道：

“可是仁善姑娘？我来自金刚山。”

见我警惕地盯着他点头，他环顾了一下四周，将我引到房子后面的紫竹林里。

“我受郑俊瑞公子所托，给姑娘你带了一封书信。”

我用颤抖的手摊开信纸，认真地读了起来。正是我所熟悉的俊瑞哥哥的笔迹。或许是因为情绪激动，他的笔迹有些凌乱，上面有着泪水晕开的痕迹。我的心开始剧烈地跳动起来。

魂牵梦萦、日思夜想的姑娘亲启。三年时间一晃而过，也不知你的身心是否安康？家门支离破碎的消息，我也是进入金刚山许久之后才略有耳闻。远离世俗，在山中一边修行，一边等候出世的时机，不知不觉，时间竟过得如此之快。然而将你一个人扔在那里，我在金刚山中感觉每一日都是煎熬。我觉得老天给我们的爱情降下了世上最残酷的惩罚。不过，只要你能陪伴在我身边，我觉得自己能够承受任何苦难。原本我打算在这个夏天过去之前完成修行，再去寻你。可惜老天不公，让我染上未知的疾病，已经让我躺在病床上整整两个月之久。我的恩师至限禅师为我寻来各种药草，但我的病情始终不见好转。如今，我的全身已经接近瘫痪，连提个手臂都无比艰难。虽然我修行的道行尚浅，但也明白自己的期限要到了。正所谓人命在天，虽说我只是一介凡人，但窥探些许天意还是没有问题的。所以，请你原谅我吧。虽然我很想遵守与你定下的誓言，守护你到天荒地老，但奈何老天不许。这种痛彻心扉的感受并不是那种被病魔缠身的痛苦可以比拟的。所以我在这里恳求你，求你务必将我遗忘。原谅我只能用这种方法让你死心。你要相信这就是天意，记住孟子说过的那句话，世上没有一样不是天命能决定的，顺从天命，就能接受正常的命运，因此懂天命的人不会站立在危墙之下。即使身在地府，我也会为你的安康祈福，同时祈求你那卓绝的天赋和才华能够得到绽放。记住你是我这一生最爱的唯一。

我颤颤巍巍地读完信件，忐忑不安地朝那名男子问道：

“他……还好吗？现在……在哪里？”

男子沉默不语，露出为难的神色，半晌才犹豫地开口道：

“上个月月末……最终还是没能挺过来。”

晚风吹过竹林发出沙沙的声响。只是那声音越传越远，直至变成隐隐约约、若有若无。我无力地瘫倒在地上。

听到晴天霹雳般的消息，我直接躺倒在病床上。我感觉自己有点精神恍惚。俊瑞的死讯，并没有让我流下哪怕一滴眼泪。三年的焦心等待换来的只是一团散去的灰烬，心中的那份凄凉让我无处呻吟。我的心中突然生出了一股傲气。我不记得这是第三次，还是第四次，拿着一条丝绸布，盲目地走进了山中那个与俊瑞一起画山水画的地方，那片刺楸树连理木所在的树林。曾几何时，在这对刺楸树下，我与俊瑞怀着激动的心情默默地定下山盟海誓。然而我的人生已经无法再与他相依相伴、白头偕老，所谓的百年佳约也变得形同虚设，也不知我们作为定情信物的那只同心结是否与他的尸体一起下葬。若是可以，我恨不得立马将它挖出来焚烧掉，哪怕挖得指甲断裂、手指变黑也在所不惜。

我将丝绸布挂在俊瑞曾经流连忘返的那棵连理木树枝上，然后望着这条即将让我上吊的套索一阵出神。只要将脖子挂上去，一切都会结束。不，或许能直接飞到他的身边也说不定。茂密的五角形刺楸树树叶在风中朝我连连摆手。透过那像姻缘之环一样的套索，我看到了湛蓝的天空。啊，俊瑞是否也在那里？在套索里，我还看到了俊瑞的脸庞。那个当初一起荡双人秋千时看到过的泪流满面的脸。与我立下山盟海誓，到头来自己却先一步撒手人寰。如此沉重的业果，你叫我一个人如何承受？我闭上眼睛，咬牙将脖子伸进了套索里，然后一脚蹬开了脚下的石头，让自己身子吊在半空中。在那一刻，我看到天空是耀眼的蓝色。我闭上了眼睛，套索开始勒紧脖子。尽管感到无法呼吸，但身体却变得越来越轻。我似乎看到了远处蓝色的大海，俊瑞在沙滩上骑马向我奔来。他轻轻地将我抱上马背，接着又跳上来将我抱在自己的怀中，马儿像鲲鹏一样自由地奔跑着。曾经与俊瑞一起度过的日子，如同画卷一样展现在眼前。转眼间，马儿就停在几年前与俊瑞一起去过的那处悬崖边上。那里是俊瑞曾经想要与我一起殉情的地方。只要飞过这段天堑，我们就能永远在一起。俊瑞的声音钻入我的耳中，我点了点头。马上蹿了起来。啊，我这是要去往天国了吗？然而我发现自己的身体反而在不停地坠落。不可以，不可以……一阵念经似的声音传入了我的耳中。我猛地睁开了眼睛。我看到那高高悬挂的丝绸已经被解开，在风中无声地摇曳着。那些五指状的刺楸树树叶也在向我连连摆手，仿佛在劝告我不可以轻生。我一动不动地躺在地上。微风吹来，挂在树枝上的丝绸布飘起来翩翩起舞，最终轻盈地盖在我的脸上。我伸手拿起已经解开的丝绸套索，放到眼前。解开的套索……它似乎在暗示着我什么。一股莫名的情绪涌上心头，我再也忍不住放声痛哭起来。

对！挣开约定的镣铐，斩断姻缘的锁链。人生不过一场春梦，我也只是做了一场噩梦罢了。既然不能以自尽的方式告别人生，那干脆以崭新的面貌迎接新的人生。接受父母的安排又有什么难的？不过是结婚而已，没什么了不起的。我不介意成为一个男人的妻子。不，一个女人未来的人生，无论它是妻子、母亲、儿媳，还是女儿，若这是宇宙的原理和法则，是老天的安排，我一定会选择顺从，甚至比任何女人都要活得精彩。只不过我并不会将自己的心拴在那里。任何人都不能左右我的心。因为我的心是我自己的。只有我才是我内心的主人。这是人能够成为万物之灵的根源所在。我是自由的。我是这宇宙中独一无二的存在。因此在这宇宙中，我可以无拘无束、逍遥物外，无论是嬉戏人生，还是崇拜人生。

夏天尚未结束时，我向母亲透露了成婚的意图。母亲没有多说什么，只是紧紧地握住了我的手。没过几天，媒婆就开始频繁地出入我家大门。另外，从汉阳归来的父亲也带来良配的消息。如此一来，一下子出现了三处婚配。

“你觉得如何？一处婚配是世代千石大户家的宗妇[1]之位。尽管不是什么简单的位置……虽说大宗家族家务繁忙，但我相信以你的品性，定然能成为一名明智的好媳妇。另外一处是汉阳世代身居堂上官职位的庆州金氏家门的次子。只是你未来的公公向来喜好女色，据说至今已经换掉了两房妾室。当然，父亲好色，儿子未必一定就会好色。除了这一点，其他方面倒也不错。至于第三处婚配嘛，相比前两处多有不如……那个人是德水书香门第李氏家族的独生子。他们家族从先王时代开始，就以清正廉明而闻名。若真算起来，他还是高丽中郎将[2]敦守的十二代子孙。只是我听闻他自小丧父，在单身母亲的手中长大，但他母亲为人很善良，这一点在汉阳几乎是家喻户晓。另外，那位新郎官不但品行优良，还是个至孝之人，甚至长相还很出色。夫人，你觉得如何？”

父亲朝我和母亲问道。

“身为宗家的嫡长孙媳，负责庞大的家务活计，确实很不容易，但做好了也是一件值得自豪的事情。只不过我们家仁善能不能撑得下去还是个问题。至于第二处婚配嘛……正所谓女儿随母，儿子随父，总感觉让人不是很放心。职位再高，条件再好又有什么用？与其让女儿嫁过去遭罪，还不如干脆不嫁。至于最后一处，单身母亲外加上独

1　宗妇：即嫡长孙媳。——译者注

2　中郎将：朝鲜正五品武将。——译者注

生子显然也不是什么好去处。好在他们母子心地善良，至少仁善嫁过去之后不至于忙坏了身子，也不用操太多的心……只是不知家境如何？”

“自小丧父，生活怎么可能富裕。正好我们家也缺个儿子，所以就当多了个儿子，平时多帮衬一下，让他们俩相依为命还是没问题的……另外，孩子她未来的婆婆也是一位开明之人。当知道我们家孩子多才多艺的事情后，一再保证会让她过上舒心的日子。唉，真是越选越难。对了，仁善你的意向如何？”

想来父母是希望我能找个一般的家庭，好让我可以自由自在地生活。当然，也有可能是不想让我这个当儿子养的女儿被婆家给抢走。若是让我在先前的三人当中选择，我更倾向于那位德水李氏家族的独生子。首先他们家家口少，所以家务不会太繁忙，比嫁给那些达官贵人家的子弟更加省心。至于嫁给官臣子弟，又不是属于我的财产和官位，估计嫁进去之后与婢女没什么差别……

“我也希望我们家仁善能够被人疼惜，安心地展现自己的才华。他们的处境都比较孤单，所以仁善过去应该能够和睦相处，更难得的是他们都是良善之人。”

“夫人也是这么想的？我也更倾向于他们家。这可真是巧了。莫非这就是缘分……仁善，你觉得怎么样？有没有特别中意的？”

“我尊重父亲和母亲的选择。若是嫁过去之后，不会与你们永远分离，能时常来看望你们，还能让我做想做的事情，那就再好不过了。”

最终，我的婚配被定为德水李氏家族子弟李元秀。我的婚事将按照习俗，以议婚[1]、纳采、涓吉、纳币等四礼的顺序雷厉风行地展开。再说，想要在冬季来临之前完婚，不抓紧时间也是不行的。尽管婚事是所有姑娘都会经历的事情，但对于我来说，它却是从婚姻和死亡中做出的选择。选择意味着新生。为了调整情绪，每天凌晨我都会起来练字，一个字一个字，专心致志地练篆书。另外，我还跟母亲学习制衣和做饭，而且一有空就做刺绣活计。好在过去三年的无数无眠之夜，我都在忙着刺绣，所以倒也不用担心嫁妆不够的问题。有时，我看着做婚前准备的自己，总有种陌生的感觉。事实上，我对新郎本人并没有多少好奇，而且也不怎么担心进入婆家后该怎么生活的问题。此时的我有着一种莫名的自信和淡然，仿佛面对任何困难都能泰然处之。莫非是我放下心中执念的缘故？难得我的心又回到那种波澜不惊的状态。

有一天，母亲将我叫了过去，开口道：

“等结完婚，你也算是成年了。我想你也该有一个属于自己的堂号了。不知你心中有没有特别崇拜的人或早已认定的堂号。”

事实上，早在几年之前，我就已经给自己起了个堂号。尽管当初给自己起堂号的情况与此时大相径庭。

“其实，我对中国周文王姬昌之母太任仰慕已久。听说她非常重视胎教，自怀孕时期就非常细心地对腹中的胎儿进行教导。尽管每个人对结婚的理解都有所不同，但我看来结婚的意义就是在于培育新的生命，以及将他抚养成人。既然我有效法太任之意，那不如在‘任堂’

1　议婚：说亲。——译者注

二字前加上师傅的‘师’字，称作师任堂如何？”

“嗯，不错！师任堂，这个堂号很好。从今往后，你将被人们称作师任堂申氏了。师任堂，日后你不但要成为自己子女的好师傅，还要成为世世代代无数出色母亲们所颂扬的好师傅。”

直到昨晚，所有婚前步骤都顺利结束，新郎一方也将婚书和聘礼装入盒子送了过来。盒子里装着寥寥可数的采缎[1]和婚书。作为采缎的丝绸分为象征着新娘的红色丝绸和象征着新郎的蓝色丝绸，而红色丝绸和蓝色丝绸上各捆着一条同色的同心结。看到它们，我差一点没忍住落下泪来。记得与他一同度过的最后一夜，我们也曾剪下头发，绾过同心结。我不停地眨眨眼，试图将眼泪逼回去。母亲拿出婚书吩咐我读一遍。这张婚书出自远在汉阳的婆婆之手。

“在这五谷百果成熟、天高马肥的季节，贵方的玉体是否安康。此番，我家独子终于长大，天公又作美，欲娶贵方宝贝女儿为妻，感激之情无以言表，只得学学前人，行那纳币之礼。可惜家境贫寒，多有不足之处，还望海涵。”

“好好收起来吧。从此，你的婚事算是彻底定下了。你也成为李氏家族之人。这件婚书你要保存好，死后会跟着你一起下葬。如此一来，即使死后去了地府，你也能证明自己曾经侍奉过一个男人并从一

1　采缎：即作为彩礼送的丝绸。——译者注

而终，并非那无名无分的处女鬼。”

要和我一起下葬的文书，侍奉过一个男人并从一而终的证明……不过区区一张纸罢了，竟能令我露出了微笑。不管如何，我的命运已经注定。虽然之前早已做出决定，也放下了心中的那份执着，但一躺在床上，仍有无数如同麻雀群般密密麻麻的杂念涌入我的脑海。我突然觉得此时的自己就像是一尊想要驱赶麻雀却又无法挥动手臂的稻草人。整夜，我辗转反侧难以入眠，折腾了半宿才闭目假寐，但刚到卯时又醒了过来。庆幸的是并没有做什么不祥的噩梦。

天灰蒙蒙亮了。今天是我举行婚礼的日子。包括家中心腹满德一家，所有大小奴婢们都开始忙碌地做着醮礼前的准备。家中喜气洋洋，热闹非凡。坐在屋子里，我总感觉外面传来的噪声仿佛是从非常遥远的地方传过来似的。今日，我将与别人缔结姻缘，并与他携手度过漫长的余生。尽管俊瑞总是萦绕在我的脑海里，但都被我竭力抛到了脑后。随后，我又想起了佳然。那个十五岁就嫁到首都、经常望着远方陷入沉思的女孩。也不知她如今如何了？我也即将嫁到首都，是否就能见到她了？不过，听说首都的面积大得很……另外，草笼现在又在干些什么？根据道听途说的传闻，草笼由于姿色出众，所以直接从汲水婢[1]转为官妓。我难以置信。不过，成为官妓或许也是不错的选择……不知为何，我的脑海里浮现出草笼那时而妖娆时而淡然的舞姿。我甩了甩头，将所有乱糟糟的想法统统甩出了脑海。

烦琐的新娘化妆开始了。沐浴，梳头，盘头，最后用巨大的龙簪

1 汲水婢：官衙里汲水的奴婢。——译者注

固定住发型。盘起来的头发仍旧是我之前爱护有加的头发，但经过这次梳头后，或许再也无法像少女时那样编成长辫了。还记得当初我解开用发带绑着的辫子，从中剪下一缕发丝，与俊瑞的头发一起绾成同心结。头发埋入地底很久都不会腐烂，但他却早已离开了人世。唯独留下我一个人，在此生、此刻，亲手斩断曾与他共同缔结的姻缘。我的脸上开始打粉了。我瞪着眼睛，咬着牙齿，生怕控制不住流下眼泪。婢女开始给我擦胭脂，接着又在我的两眉间点了一颗吉祥痣。我穿上了三回装上衣[1]和大襕长裙[2]。另外，我在贴着金箔的蓝色锦绣贴边裙之上叠穿了一件红色的锦绣贴边裙，让裙摆看起来更华丽、更有层次感。随后，我先穿上了一件绿圆衫[3]，又绕着前胸后背裹了一圈凤带[4]。我的盘头上插着发簪，头顶上顶着七宝花冠，上面还有长长的红色前带和后带垂落下来。

看到新娘亮相，作为宾客的远近亲戚和村民们，纷纷发出由衷的赞美。到了午时，新郎跟在雁父[5]的身后走进来，先将大雁递给母亲，再进行了一番奠雁礼[6]。我第一次看到新郎的脸是在醮礼厅进行交拜礼[7]的时候。在手母[8]的帮助下进行二叩拜时，我偷偷打量过新郎。那

1 三回装上衣：用两种不同的颜色制作的朝鲜族传统服饰。——译者注

2 大襕长裙：王妃或世子妃所穿的大礼服。——译者注

3 绿圆衫：朝鲜时代，大家闺秀们所穿的礼服。——译者注

4 凤带：绿圆衫的配饰，通常印有凤凰纹和云纹。——译者注

5 雁父：男方请来的执雁者。——译者注

6 奠雁礼：将大雁摆在供桌上进行跪叩大礼。——译者注

7 交拜礼：夫妻对拜。——译者注

8 手母：新娘的服侍者。——译者注

时的新郎身穿华丽的官服，头顶纱帽冠带，脚踩棉花鞋；身高和容貌都很适中，至少第一眼我挑不出任何毛病来。尽管我从未对新郎的外貌报以任何期望，但至少不是那种凶神恶煞的模样，使我暗暗松了口气。看得出新郎今天的心情很不错，否则也不会一直艰难地憋着笑容。哪怕始终闭着嘴，他的眼角上也透着一股无法掩饰的笑意。

“天啊，简直是金童玉女！新郎俊秀，新娘又美如天仙！”

“真的是太般配了！简直是天造地设的一对。”

“可我怎么总感觉新郎配不上新娘呢？”

“我们江陵的新娘都要被首都的新郎抢走了，你们自然会感到心疼了。”

婚礼中，宾客们美言不断，笑语喧哗，很是热闹。到了最后，新郎与新娘同时喝下斟在酒杯和小瓢里的酒进行合卺礼[1]，婚礼的流程算是顺利结束了。然而笨重的头饰和难受的衣着打扮早已让我筋疲力尽、精神恍惚。自始至终，我都是在手母引导下像个牵线木偶一样行动着。事实上，自小时候起，我就对自己的婚礼充满了幻想和憧憬。小时候经常听别人说，每当月圆之夜，用吊桶打水放到地上，就能在月光的倒影中看到自己新郎的外貌。于是，我和仁红姐姐不止一次半夜偷偷溜出去到井边打水，为的就是看那未来的新郎一眼。虽说自从遇到俊瑞后，我一直过着黯然销魂的日子，但想着与他举行婚礼的一幕时，又何尝没有感到过幸福。世人都说夫妻缘分天注定。站在我身前的这名男子又在前生与我有过何种交集，以至于今生与我结为夫妇？

1　合卺礼：喝交杯酒。——译者注

傍晚，我进入婚房，坐在东牢床[1]前。不久后，新郎走了进来。此时，东牢床上摆放着一瓶合欢酒和一对玉杯。新郎带着一阵风坐到我的身边，令蝴蝶烛台上的烛火仿佛随时要熄灭般摇曳不已，连带着投在墙壁上的新郎新娘的影子也跟着摇摇晃晃跳起了舞。我默默地看向影子。他们是谁？啊，那个影子中的新娘竟然是我！有点难以置信。可能是感到气氛有点尴尬，新郎轻轻地咳嗽了几声。过了一会儿，新郎斟了一杯酒到玉杯中，先是自己喝下半杯，再将剩下的半杯递到我面前。我接过酒杯，轻轻抿一口就放到桌上。屋子里再次陷入了沉默。

“想必你也看过我的生辰八字。我叫李元秀，辛酉年生。虽然是第一次相见，但我总觉得我们并不陌生。这种感觉太神奇了。或许，我是个多福之人吧？”

我垂下眼帘，没有作声。透过烛光，我看到了他的手。手其实也有表情。我看到他的手在犹豫。尽管看不到脸，但能够从他的手中读出一个二十二岁男人在新婚之夜的不安和期待。新郎的呼吸声变得急促起来。他走过来从我盘着的头发中抽走发簪，轻轻地放在一边，接着又解下我的圆衫和簇头里[2]。我闻到新郎身上散发出来的淡淡的汗味。可见今日身为新郎的他，也不见得比我轻松多少。当新郎想要脱下我的绿圆衫时，我本能地躲开了一下。新郎的手吓得哆嗦一阵。

“可以脱下来吗？”

我转过头指了指烛台。虽然只是匆匆一瞥，但我明显看到新郎脸

1 东牢床：婚礼时放在醮礼厅的桌子。——译者注

2 簇头里：新娘的头饰。——译者注

上那份尴尬的神情。

“蜡烛……”

“你是让我吹灭蜡烛？”

我点了点头。

“可是我不想。”

意料之外的回答令我不由抬头看向他。或许是真的不愿意，他一脸恼怒的表情，就像一个没有长大的孩子。似是察觉到我的目光，他朝我輾然而笑。

“今天晚上还没有月亮。我原本还打算好好欣赏一下，我那画中仙子般的娘子呢。”

他不会是像才奎哥哥一样的花花公子吧？我不禁感到有些担忧。好在我从新郎的笑脸中并没有看到任何猥琐的表情。他这种表现应该算性格直率，还是太过幼稚？

“害羞了？也是……那就吹灯好了。虽然是新婚夜，但不知为何，看到你就觉得异常亲切，所以才会有刚才无理之举。不过，也没关系。反正也不是只有今天。对于我们来说，将来一起度过的夜晚，或许比鸟儿的羽毛还多。”

他吹灭了烛火。随着我的衣服一件件被他脱掉，婚房里也回荡起丝绸摩擦的“沙沙”声。在没有丝毫月光的漆黑夜晚，这种声音令我的耳朵变得格外灵敏。随后，黑暗中又开始传来新郎脱衣服的声音、东牢床挪动的声音、村子里的狗吠声、咽唾沫的声音……终于，新郎的手触碰到了我的身体。尽管全身的汗毛和汗孔被吓得一惊一乍，但我仍然闭着眼睛，一动不动地躺在床上。奇怪的是我并没有感到害怕。我清楚自己并不是在做梦。不过，这一切给我的现实感也不是很强烈。此刻，我的身子仿佛已经不再属于我自己。紧闭的眼帘下，漆黑的夜幕渐渐散开，五月端午节的蔚蓝天空展现在我的眼前。尽管身子在经历着生疏的仪式，但我的脑海中始终被当初站在秋千上看到的蔚蓝天空所占满。新郎在我的身上磨蹭了良久，直到一股陌生的痛苦席卷而来。那一瞬间，秋千的踏板突然裂成了两半。我的身体一阵摇晃。我再次看到了俊瑞那噙满泪水的表情。可是他的脸变得越来越小，渐渐飞往高空。我感觉自己随时都会从秋千上掉落下来。啊，不能掉下去！千万不能松开秋千绳。我不停地摇着头，一把抱住了新郎的后背。

第二天卯时睁开眼时，我一眼就看到褥子上方那雪白丝绸毛巾上宛如旱金莲花瓣般绽放的点点血迹，以及身旁那陌生男子安详的睡脸。

我的地里被撒上种子，
我将种子包容、照料、培养……
既然我本身就是一株茄子、黄瓜、南瓜，
那地里的果实和花儿，
我又如何不将它视若珍宝。
我是地，我是土。
正如我孕育出生命，
我的画幅也是所有俗物们的土壤。

第十六章 播种

原本要在娘家停留半年的约定，因为父亲过世守孝三年而不得不延后。得益于此，哪怕结了婚，我也可以回归自由之身，长时间停留在娘家。失去父亲之后，母亲一直萎靡不振，仿佛失去了生存的欲望。好在我专心致志地照顾她，她的身心逐渐恢复过来。在时间的安抚下，我也终于摆脱悲伤，回归到平常。事实上，这也多亏我能有属于自己的时间，可以专注于写字和画画。对我来说，提笔的时间无疑是最幸福的。无论是对男女之间的情，对父母的爱，终归会发生变化。宇宙中的一切都会如一年中的四季一样交替变化，所有的存在都是独立的，即独立生活在这浩瀚的宇宙之中，而毛笔则是能够载着我畅游宇宙的一匹迅捷的宝马。事实上，对于递给我毛笔的父亲，我一直怀有深深的感激之情。而同样令我感激的还有俊瑞。因为对他的凄苦思念和断念让我感受到了孤寂，而这份孤寂又是我研墨和挥笔的动力。每当我握着毛笔的时候，无论是母亲，还是妹妹们，都会自觉地远离我。不知不觉，这已经成了家中不成文的规矩。

我在院子里种了一些花和蔬菜。在我看来，蔬菜不但可以作为食材使用，而且还有着比花儿更加重要的意义——成为我画画的素材。相较于美丽的花儿，我更喜欢画茄子、黄瓜、西瓜等蔬菜及逗留在它们周围的蜜蜂、蝴蝶等昆虫。事实上，父亲给我弄来的画册上也鲜有这种画作。我发现它们简直是为我量身定做的绘画素材。须知那些知名男画家们的作品通常都是以山水画为主的。与他们相比，我更喜欢将一些自己熟悉的东西当作画画的素材。因为哪怕是再渺小的素材，也都蕴含着自然之道和人生的故事。更难得的是我从它们身上感受到了生命的奥妙。只要我们认真观察就会发现，宇宙万物的生命真的是美得令人窒息。

秋天，夫君过来看望我，待了一阵后离去。夫君走后，天气开始转凉，还刮起阵阵寒风。然而，我发现自己身体好像越来越不如从前了。每天早上一睁眼，身上就如千斤重，而且心烦意乱，什么都不想做；每次想要珍惜光阴，埋头作画，但握着笔杆的手却总是酸软无力，眼皮子也会不停地打架。另外，原本觉得很香的大酱汤，如今反而觉得有些难闻；原本喜欢得不得了的鱿鱼酱，现在闻到就有种马上吐出来的冲动。直到现在我才发现，自己已经整整两个月没来月事了。莫非……我终于明白为何自己的身体会出现种种异常了。

眼尖的母亲也看出了一些苗头，难得露出一张笑脸，道：

“原来是有了胎气。你若是随我，那害喜估计会很严重。哎，一提到害喜，我这肚子里就一阵翻江倒海。生下你们五个女儿时的分娩之痛与当初怀着你们时的害喜相比，简直就是小巫见大巫。每次怀孕之后，直到胎动，我都会像活死人一样躺在床上，什么都不做。女人只有生过孩子才能理解母亲的良苦用心。现在开始，你也不能操劳过度。另外，画画和刺绣也要适当地减少，长时间蹲着不利于胎儿健康。以后，你累了就休息，困了就睡到自然醒。这里既没有坏心肠的婆婆，也没有讨厌的姑子。不过话说回来，只有你在第一胎生下个儿子，你婆婆才会脸上有光。娘家占着媳妇不放就已经很对不住她了。对了，你有没有什么想吃的？”

“若是能吃上一口生黄瓜，估计就不会这么难受了。”

“这可如何是好。这寒冬腊月哪里还有黄瓜啊，就连家里的腌黄瓜都吃没了。不过，你不想吃点酸的东西吗？”

“我想吃樱桃。若是能尽情地摘下樱桃吃该有多好！”

“我觉得你还是望梅止渴更实在一点。”

母亲打趣道。

“啊，要是春天能快点到来就好了。到了春天，井水边就属樱桃树最多了。”

我不禁想起春天井水边那棵结满樱桃的樱桃树。九岁时，曾挂在墨竹林竹梢上的俊瑞的喜鹊风筝突然消失，当时我不知道有多伤心。那天……一直挂在蔚蓝的天空中的喜鹊风筝突然消失，只剩下樱桃树伫立在，上面挂满了饱满的樱桃。啊！这些记忆都藏在哪里，为何会在特定的瞬间毫无征兆地蹦出来？紧接着，我的脑海里又浮现出第一次见到俊瑞时的情景。十一岁的俊瑞正处在换乳牙的年纪，露着一脸天真的微笑……我感到内心的一角有点酸酸的感觉。一个不属于这个世界的人，差不多到了该遗忘的时候了。只是不知记忆是否也有衰老的时候。记忆是一个不速之客，你永远不知道它会在何时何地找上你。

“从今往后，你要注重胎教。你的行为举止要端正严谨、庄重诚敬；你的眼睛不能看邪曲的场景，耳不能听淫逸无礼的声音，口不能讲傲慢自大的言语；你不能歪着身子睡觉，不能坐在椅子的一角，不能偏斜着站立；你不能食用不良的食物或怪异的食物。”

经历一番死去活来的害喜后，我对母亲更加敬佩了。啊，原来为了生下我们，母亲也经历过如此难过的害喜啊！默默承受与怀着男婴时一般无二的害喜，可生下来之后却发现是女儿时，她的心该有多么失落？哪怕只是待在娘家的这段时间，我也要更加关心母亲，向母亲表达更多的爱意。正如母亲所说，女人只有有过孩子，才能理解母亲的心情。

整个冬天，我的害喜都没有平息过。整天待在屋子里，没法出门透气，让我心中更加烦闷。好在随着天气变暖，害喜渐渐得到平息。与此同时，我的肚子也像生长中的匏瓜一样一天天鼓了起来。自己身体的变化让我感到很是神奇。当立春过去，春意渐浓时，我将之前贮藏的花种和菜种播到了地上。如今，在我眼中，花和蔬菜已经不再是寻常之物了。我发现自己的身体竟然也与它们没什么区别。也许这就是宇宙的法则和意志。我的身体里也掉落了一颗种子，正在培育着小小的生命。不久之后，我的身体也会像茄子、黄瓜、葫芦那样结出果实。我抚摸着自己的肚子，一种叫作感动的情绪涌上心头。因为我正在亲眼见证着宇宙的造化。

农历三月，春意盎然的某一天，夫君从首都过来探望我。听到妻子怀孕的消息，他高兴得嘴都合不拢。他还说，远在首都的婆婆整天盼着抱孙子，所以我能怀孕是送给婆婆最好的礼物。夫君到来的第二天，我第一次感受到了细微的胎动。那种依稀的、仿佛有什么东西在肚子里蠕动的感觉，显得很不寻常。孩子第一次向我传达的信号让我有种头皮发麻般的感动。哦哦，知道了。宝贝，原来真的是你。原来你真的生活在那里！夫君对此也抱有很大的好奇，动不动就要抚摸我的肚子。“你也是要成为孩子爸爸的人了，就不能变得成熟一点……”

夫君告诉我，这段时间，他虽然一直伺候着母亲，但也没有落下功课。对此，我有些半信半疑。我听闻他读过《孟子》，就询问他什么是“四端”，没想到他竟然顾左右而言他，拿一些不着边际的话来搪塞我。我知道他这是顾及自己的脸面，所以才强不知以为知；至于那本《孟子》，我猜他多半没有读过。他的秉性很善良，但学识和经纶却是短板，所以我很难与他进行深层次的交流。每当面对着他，我就不知道该说些什么。相比之下，俊瑞在十六岁时就已经通晓四书三经，只不过他主动放弃了参加科考而已。倘若当初娶我的人是俊瑞，那我们之间一定会有很多话题可以聊吧？

院子里播下的种子开始发芽了。我一边给它们间苗，一边仿佛跟婴儿说话般温声细语道：孩子们，快快长大，结出饱满丰硕的果实吧！寒食过后，胎儿越来越活跃了，一会儿用拳头敲敲肚皮，一会儿伸腿踹一下。每天，我都会从书中选出一段诗词念给孩子听。

父生我身，
母鞠我身。

腹以怀我，
乳以哺我。

以衣温我，
以食饱我。

恩高如天，
德厚似地。

小时候死记硬背的《四字小学》，直到成为父母才有了切实的体会。当过了五月端午节，我的身体渐渐趋于安稳时，母亲将我和夫君叫到了面前：

“虽然我也希望你们的第一胎能在娘家诞生，但我们抱着李氏不放已经太久了。若是在这里分娩，等孩子出生后再想带到汉阳可就难了。本家的亲家母想必也已经等候多时，我觉得你们是时候做新行准备了。如今，李氏的害喜消失，但又没到临盆，正是方便出行的时候。我会拜托外家，让他们准备好四抬大轿。至于陪嫁丫鬟，就挑表叔家行廊老妈子（门房老妈子）的女儿三月好了。她今年十三岁，正好可以帮你们照看孩子或做些家务活儿。再说，她从小就喜欢黏你，而且这次迫切地希望能跟着你过去，所以你就收了她吧。”

夫君迫不及待地回答道：

“多谢岳母大人。虽然我的母亲嘴上没说什么，但其实也盼望能够早日见到儿媳妇。”

事实上，望着天天鼓起来的肚子，我一直在观察夫君和母亲的脸色，犹豫到底在哪里生孩子。原本按照我的意愿，是打算等十八岁大的老三仁男的婚事结束，然后生完孩子，再等来年春天的时候前往婆家的。

“我要是走了，今年秋天，仁男的婚事该怎么办？若是遇到什么问题，您一个人真的没问题吗？”

“我也到了该适应的时候了。再说，还有娘家那么多人呢，所以你就放心好了。另外，你们最好在天气变热之前就出发。虽说有轿夫和三月陪同，但李姑爷你也不能放松警惕，一定要细心照顾好她。”

“理应如此。更何况，她身上可是有着两条人命呢。”

离开娘家的那一天，我再次郑重地拜托妹妹们照看好母亲和家里，再朝母亲行了跪拜之礼。这一别也不知何时才能相见。外柔内刚的母亲；严厉却不一味地责骂，而是会言传身教的母亲；得知与俊瑞的孽恋之后，为我抱头痛哭的母亲……母亲选择了与女儿一起承受痛苦。她是我人生的同伴，是我躲避风雨的港湾。

我们一行人踏上了行程。穿过亲切的娘家所在的村子东口，再经过镜浦湖之后，我们就进入了大关岭。不同于上次听到父亲的噩耗在悲伤中经过的大关岭，此时的大关岭一片新绿，而且气温不冷不热非常适宜。攀上山峰后，坐在摇晃的轿子里，隐隐望着远处那片波光粼粼、宛如展开的蓝色丝绸般的大海，我突然感到鼻子有些发酸。那片大海……我莫名地哽咽起来。啊！将少女时期的所有眼泪和回忆埋藏到大关岭，我终究还是要离开这里！或许是轿子摇晃的缘故，肚子里的孩子突然开始闹腾起来。孩子啊，这里就是你母亲的故乡江陵的关门——大关岭。现在母亲就要带着你离开这里，到首都讨生活。孩子啊，你说若是我们到了首尔，将会迎来什么样的生活？

正如传闻中所说，婆婆洪氏是一位极其开明豁达之人。看来夫君的直率和大度是从她的身上遗传过来的。不同于人们心中“独生子单身母亲”的偏见，她对我非常和善，就像对待亲生女儿一样。尽管婆婆不循规蹈矩的性情令我感到轻松不少，但婆婆终究是婆婆，我始终不敢轻易让自己放松警惕。在婆家生活期间，我机智地领悟着一个个生活的诀窍。自从公公去世之后，婆婆就一直独自承担着贫困的生计。除了寒冷的冬天，其他时候她都会制作糕点拿出去卖。好在她老练的手艺在这一带家喻户晓，订购的人流从未断过。婆婆家中帮衬的还有骊州来的同为寡妇的姨家表妹朴氏。而在很少举行庆宴的冬天，婆婆则会接一些针线活儿，以贴补家用。首都的生活虽说俭朴了点，但因为婆婆的勤劳也还算过得下去。当知道一个女人不仅要操持首都的生活，还要照看好远在夫君故乡坡州的农田之后，我不由对婆婆感到敬佩。

不过是寥寥几人的家务，还要与丫鬟三月一起分担，即便我是怀孕之身，也感到有些过意不去。于是，我便打算帮婆婆制作糕点，但却被婆婆死命拦住了。

“千万别,会受伤的！这些活儿还是交给我这种命硬的人来做吧。现在我的身体还算硬朗，可不想累着自己的宝贝媳妇。看似体面的两班家族又如何，穷得揭不开锅，还不是要像平民妇女一样为生计而奔波。尽管干着一些粗俗的活儿，但两班终究是两班。我多么希望儿子李元秀能够科考及第，好出人头地、光宗耀祖，但是这孩子性格太软弱，做什么事情都是虎头蛇尾。好在能够娶到像你这么才艺双全的媳妇，你不知道当时我有多高兴。如今，我只希望你能好好劝劝我那儿子，能够让他回心转意认真做学问，挽回家族的脸面。”

我知道婆婆这是后悔自己为了生计，没能将儿子教育好。或许是因为这样的缘故，对于我和夫君一起学习经文或我抽出空闲写写画画的事情，婆婆显得格外宽容。

九月份的时候，我产下了第一个儿子璿。虽然是第一胎，但产程比较顺利。看到婆婆和夫君那高兴得手舞足蹈的样子，我不由生出自豪的感觉。得知有人顺路去江陵，我就托付他将我产子的消息捎过去。远在江陵的母亲在听到这个消息后想必也会感到无比欣慰吧。毕竟她从未给父亲生过儿子。“母凭子贵”这句话果然不是空穴来风。产下儿子之后，婆婆和表姨朴氏每天三顿、顿顿都为我准备新煮的米饭和汤。重新找回食欲，再加上心情愉快，产后我的身体恢复得非常迅速。最让我高兴的是我的奶水很充足，不必担心孩子吃不饱的问题。璿很健康。每当想到这孩子是从我身体里钻出来的，我就感到有些不可思议。女人的身体里竟然能够钻出一个男孩子来！另外，还令我感到惊喜的是孩子那白皙的皮肤和大大的眼睛随我，而鼻子和嘴唇则随了夫君，正好两边各随了一半。然而高兴也是暂时的。由于婴儿的昼夜颠倒了过来，所以让我感到痛苦不已的情况出现了。每天晚上，孩子都会醒来好几次，然后哭闹不止。往往等我起来安抚孩子或给孩子喂奶时，白天疼爱孩子的夫君早就睡得不省人事了。不得不说，自从孩子出生后，我的生活发生了翻天覆地的变化。平常，别说是写字、画画，就连与夫君一起看书、聊天的时间都抽不出来。我感到有些心力交瘁，甚至白天给孩子喂奶时还会经常打盹。

直到璿过了百日，我才渐渐回过神来。因为过百日后，孩子在夜里往往只会醒来一两次，而其他时候他都会睡得很安稳。孩子晚上乖乖睡觉，母亲自然就感到轻松不少。喝着我的奶水，璿开始茁壮成长。神奇的是每次听到孩子的哭声，我的乳头就开始发烫，然后迅速地分泌出奶水。果然母亲和孩子是被无形的血脉紧密地连接在一起的。母亲就是孩子的命根子。孩子饿了，母亲的身体就做出反应。每当看到璿用他那小小的嘴巴顽强地吸奶的情景，我的心中都会不由自主地浮现出“我可爱的小崽子”这句话来。无论是牛，是狗，还是猪，它们的小崽都会黏在母亲的乳头上拼命地吸奶。无论是牲畜，还是人类，只要食物进入雌性的身体里，就会转变成洁白的奶水，得以喂养其小崽。母亲的身体就是为了奉献小崽而存在的。先不说人类，哪怕是野兽，母亲和幼崽的关系始终都是崇高的。在这一刻，我突然觉得世上所有的母亲真的很伟大、很可怜。想来以后看到被小崽们吸走奶水的母猪，我也会产生同病相怜的感觉。在生孩子之前，对于这种感觉，我绝对无法领会。

忙着跟孩子较劲，一晃就到了年底。再过几天，新的一年就要开始了。在没有订单的淡季冬天，婆婆和表姨朴氏会揽一些针线活儿来做。相比心灵手巧的婆婆，朴氏的手艺则显得有些笨拙。如果说婆婆擅长制作漂亮好吃的糕点，那么朴氏则是对洗米、捣米及推磨等力气活儿比较拿手。或许每个女人手艺是天生注定的，哪怕做衣服也是如此。购买布料和裁剪布料的活儿是朴氏的份儿，而缝纫活儿则由婆婆来负责。由于元旦临近，订单堆积得很多，若是我不出手帮忙，说不定婆婆她们很难按时完成客人预订的衣服。好在我从小擅长刺绣，所以对针线活儿也比较熟悉。事实上，相比制作糕点，我更喜欢做女红。

正因如此，婆婆尽管一直反对我帮忙制作糕点，却十分乐意我帮她做女红。甚至，有时还会主动求我帮忙。

“天啊，你的针线活儿做得真不赖。最近我的眼睛总是昏昏沉沉的，缝制后的针脚都不是很整齐。孩子，你试试将这个袖口线缝一缝，再将袖笼线缝得整洁好看一点。”

我仔细扫了一眼布料，发现大都比平常人家穿得更加华丽。朴氏偷偷告诉我说，这些都是给教坊[1]里的妓生们定制的衣服。普通的两

1　教坊：朝鲜王朝的掌乐院。——译者注

班家都养着针母[1]，所以鲜有人会在外面定制衣服；也就妓生们对衣服的需求最多，给的报酬也比较丰厚。

有一天，我发现三月自从去教坊送衣服回来后，就开始频频歪着脑袋打量我。

“怎么了？”抱着璿喂奶的我疑惑地问道。

“小姐，曾经在江陵，那个经常与你一起玩耍的好友，叫什么名字来着？”

“谁？”

“就是那个经常被人们议论、传闻是妓生妾室所生的小姐姐啊。我记得她个子高高的、体型瘦瘦的，神情高傲，可漂亮了！看着那个小姐姐走路时婀娜多姿的身影，我们一帮小婢女们不知道在暗地里偷偷模仿过多少次。”

“草笼？你见过草笼了？”

“好像是见到了。可是……”

看到三月的犹豫，我的脑海里飞快地闪过一丝念头。

“三月，你倒是说话呀。你是不是在教坊中见到草笼了？”

“当时，我看到一帮妓生聚在一起练舞，于是就站在一旁欣赏了一会儿。可是在众多妓生中，有一名妓生跳舞跳得特别好，一下子就进入小人的眼中。我以前似乎在哪里见过她……原本我怎么想也想不起来，可是过了一会儿就突然想起来了。我看到她们练舞结束正要散去，就连忙跟了过去，然后向她询问她的老家是不是江陵。可是她抬

1　针母：负责制针线活儿的奴婢。——译者注

头高傲地瞥了我一眼，吐出一句‘我的老家是首尔’，就头也不回地走掉了。”

“你究竟有没有看清她的脸？你确定她就是草笼？”

“看脸蛋确实是那位小姐姐没错。除非是双胞胎，否则不可能长得如此相像。可是她就是装作不认识的样子……”

草笼出生于京城，直到稍微长大后才迁移到北坪，所以江陵的确称不上是她的老家。

“小姐，如今已经知道她的名字，下次我一定会指名道姓询问她。几天后，我还得去教坊一趟呢。草笼，草笼。我得记住这个名字。对了！草笼草笼，轻纱草笼！这就好记了。”

“对，一定不要忘记询问她。顺便帮我问问她，还记不记得北坪的好友恒我——仁善。”

几天后，我见三月跑腿回来，便向她询问草笼的事情。

“小姐，今天教坊里一个人都没有，所以我什么都没打听到。可能大家都去参加宴会了吧。不过，有一点很奇怪。我特意跟那里的行廊老妈子打听过，可她告诉我教坊里根本就没有叫草笼的妓生。不过，小姐。姑娘们成为妓生后似乎都会改名呢。”

对，我怎么没有想到这个。草笼是她小时候的名字，成为妓生后必然起了新的妓名。

“可是我还是有点弄不明白。当时，我好像听到那个老妈子在转身时嘟囔说，跳舞跳得最好的妓生是江陵出身……”

虽然有些匪夷所思，但在那一刻，我已经确定那个人就是草笼无疑。

“你什么时候还会去教坊？”

“那就不清楚了。反正是老夫人说了算。等老夫人说，‘衣服好了，赶紧送去吧’。那时我就可以去了。”

我苦思了好几天。要不要亲自去见一见？这时，我才想起，自从嫁到首都之后，我一直忙着生孩子、照看孩子，似乎从未出过李氏大门一步。若是在人生地不熟的汉阳不小心迷个路什么的……话说首都可不是什么良善之地。于是，我掏出纸张，开始写信：

“听闻妾身丫鬟在教坊看到与妾身旧友相似之人，心痒难耐，故而递上此信札，以解妾身心中之惑。妾身出身江陵北坪平山申氏家族，闺名仁善。妾身年幼时有位闺中密友，名为草笼。可惜妾身好友家门遭遇不测，好友更是流落他乡、下落不明，以至于妾身牵肠挂肚、寤寐难忘。若是妾身的猜测有何误解之处，还望海涵；但若妾身猜测无误，还请阁下给予明确的答复。妾身如今为负责给阁下等人制衣的寿进坊李氏家门长媳。若阁下真是妾身好友草笼，还请务必与妾身见上一面，至于回复则直接交给传信的丫鬟即可。”

写完信后，我将三月叫了过来。

“你今日去一趟教坊。”

“可是今天好像没有做好的衣服要送呢。”

“这次只是我个人的差事。记住一定要瞒着婆婆去。去了那里之后，你再把这封信转交给那位跳舞跳得最好的妓生。还有，一定要收到回复后再回来！知道了吗？”

“天啊！今天天气这么冷，我会被冻死的……”

“没办法，不然我心里非得急出病来不可。对了，今天或许会下雪，你最好能在天黑之前回来。”

“好的。知道了，小姐。”

送走三月后，我的内心始终无法平静。更糟糕的是从申时开始竟下起了鹅毛大雪。夫君今日也不知为何，总是围着我打转，丝毫没有出去的迹象。直到天色灰暗，门外才响起三月嘟嘟囔囔的声音。

“哎哟喂，这雪下得可真大。莫不是想要冻死我？”

我迫不及待地迎了过去。三月朝我不满地抱怨道：

“小姐，我差点就回不来了。中途，不知道摔了多少次。你看我全身都冻僵了。”

“好，辛苦你了。快跟我到灶房里。我知道你冷，特意将灶台的火都给生好了。外面一定很冷吧。”

我一边握住三月的手给她焐热，一边将她带到灶房里。关上灶房门之后，我赶紧朝她问道：

“她说什么了？”

“小姐，我们或许认错人了。”

“你给她看了我的信没有？”

“看了。可是她看完之后却说，自己根本就不认识信中之人，还说为什么老是来烦她，叫我们不要再来找她了。那提着裙摆转身就走的样子，别提有多冷漠，就跟寒冬腊月里的寒风似的。哼，自己再有能耐又如何，还不是妓生一个。真的是越想越气愤。怪不得回家的时候感到那么冷，都怪那女人！”

“好了，知道你受累了。不过，那妓生叫什么名字？”

“叫什么来着？富龙？福龙？好像也不对。我明明有听过别人叫她名字。”

“芙蓉？”

“啊，对。小姐真是料事如神，即使没看过也能猜得这么准。”

芙蓉吗？雍容华贵，确实很适合拿来做妓名。可是草笼有喜欢过芙蓉花吗？总感觉与草笼不是很般配。莫非真的认错人了？世上长相相似之人何其之多。我不禁感到一阵无力。这时，璿饿极了找奶的哭声传了过来。我揉了揉前胸，连忙跑进屋子里。

当初挂在连理木上的套索被解开，
从而自杀失败时所见的幻影，
就像是潜伏在我人生黑暗中的刺客，
时不时地跳出来扰乱着我的心智。
啊，不断重复的悬崖之梦，
以及那越过天堑才能抵达的彼岸。
在梦中，
我始终无法抵达彼岸，
半途中就会摔落下去。

第十七章 独守空房

我越过爬满凌霄花的土墙，正在朝俊瑞的房间走去。尽管是在白天，而非夜深人静的夜晚，我的心中并没有任何胆怯的想法。人们告诉我，俊瑞死后，尸体就摆放在他的房间里。然而明明知道是尸体，但我想要见他的念头却未曾减少一丝一毫。俊瑞房间外的地板上摆放着他的鞋子。我将它们捡起来放在自己的鼻尖上。鞋子很温暖，上面还散发着一股烤年糕条的味道。我推门进去，发现里面被屏风遮挡得严严实实。这件屏风由八幅我最拿手的草虫图组成。推开屏风，我看到俊瑞安详地躺在那里。我毫不在意地躺在他的身侧。他的身体僵冷如冰块。我试图用自己的身体给他取暖。我抚摸着他的脸庞，将身体埋入他的怀中。啊！这是我多么想念的容颜啊！虽说是已死之人，但他的身体却与生前一般无二，依然洁白如玉、玉树临风。抱着他，我感受到自己的体温正在逐渐传递到他的全身。我将自己的嘴唇覆盖到他的嘴唇上。令人惊奇的是他的嘴唇竟然温柔地打开了。我的舌头柔滑地吸入他的嘴中。随着俊瑞的身体渐渐解冻，他用健壮地手臂将我紧紧地抱在怀中。啊！一股无法控制的情绪涌上心头，最终化为熔岩般炙热的眼泪滴落下来。一丝模糊的呻吟声从我的口中传了出来。这时，我似乎听到了不知何处传来的马嘶声。

我和他正在被身后一名骑马的陌生人追赶着。我们紧握着对方的手，逃跑的脚步有些凌乱，不时还被脚下的石头绊倒。这时，我突然看到伫立在前方的连理木。连理木的下方是深不见底的万丈深渊。那位素未谋面的陌生人一直骑马紧紧地跟随在我们身后。连理木上绑着一条双人秋千。我和他已经走投无路。好在只要利用好双人秋千，就能够飞跃到悬崖对面的岩石上。我们跨上了双人秋千。马嘶声响彻在耳旁，我们全力荡起秋千，飞向高空中。然而在那一刻，拴在连理木上的绳子毫无征兆地断掉。我们二人的身体猝不及防地坠入地狱般的万丈深渊……

啊！我发着尖叫猛地睁开了眼睛。这是哪里？啊！我这是死了吗？凌晨的惊叫久久回荡在屋内。看来我又做噩梦了！我的身上湿答答的，被冷汗浸湿。再次回想起那逼真的梦境，我不由感到一阵毛骨悚然。为何最近会频频做噩梦呢？难道是我的身子太虚的缘故？我的身体何时变得如此虚弱？原本我以为早就忘却了那些陈年旧事，为何会……难道是负罪感在作祟？可是那骑马的陌生人又会是谁？是丈夫吗？还有那个人……那个早已化为一抔黄土的人。啊，那接吻时温暖的触感！那种感觉至今残留在我的嘴唇上。我探出舌头，舔了舔嘴唇，又缩紧双臂尝试着拥抱自己。看来是太寂寞了，所以才会经常做这种噩梦。我如此安慰着自己。

我将乱七八糟的想法一股脑扫出脑海，站了起来。若是再胡思乱想，我怕自己的存在会变得无比悲哀。接着，我又将昨天尚未完成的草虫图，重新挪到自己的面前。哈！这不就是梦里见过的那幅草虫图吗？我曾答应过玉男，给她制作八扇草虫图屏风作为新婚礼物。果然是日有所思，夜有所梦呢。我尝试着说服自己。

我尚未完成的绘画主要以茄子、蜜蜂及蝴蝶为素材。记得在画这根诱人的茄子时，我的身体总会不由自主地发烫。纤细弯曲的茄子枝条上结了粗壮的茄子果实。事实上，在画这根茄子时，我确实短暂地想念过自己的丈夫。与隔壁村的小伙子定亲的玉男在看到这根茄子后，同样“扑哧”笑了一声，道：

“这家伙长得真粗壮！”

随后，她又认真地盯着画面，问道：

“不过，姐姐你最近为什么只画茄子、黄花之类的蔬菜？画一些鲜花岂不是更好看？咦，那边的茄子为什么还不上色？”

“所以才说人心如面嘛。为什么茄子是紫色哦，你就认定我就必须要将它涂成紫色的呢？那白色的茄子空荡荡的，你难道不觉得给人一种孤单的感觉吗？”

“哦，原来我的姐姐寂寞了。”

“不是那样，我指的是人心各异。若是一个人所画的每幅画都是相同的，那无论是作画之人，还是欣赏之人，不免会感到很无趣。就好比我，从来用墨水画线条，而且就连植物的枝条也画成曲线；另外，我画的鲜花通常不是很鲜艳，甚至有时还会用蓝色替代原有的颜色。如此一来，我就会觉得它是只属于我一个人的鲜花。于是，它成了我绘画作品独一无二的特征，而我则会更钟爱于它，为它的存在而感到自豪。”

不过，有一点妹妹倒是没有说错。最近，我确实感到比较空虚和寂寞。然而，内心的空虚不同于来自腹部的饥饿感，那种感觉仿佛就像是身体的某处隐藏着寂寞的泉水，越是感到寂寞，寂寞就越聚越多。为了安抚心中的空虚，我全身心地投入作品创作中。每当画画或写字的时候，我的内心就会变得很充实，暂时性地遗忘掉心中的寂寞。三年来，我正是采用这种方法，才得以安抚内心的空虚。我仅仅是一个女人，就已经如此，若是换成丈夫，岂不是更难以自制？也不知丈夫会不会移情别恋，过着放荡不羁的生活？

我不禁想起三年前无情地将丈夫赶出门的事情。丈夫是个烂好人，喜欢喝酒，喜欢交友，更是个天生的色胚。毕竟婆婆的愿望摆在那里，我也是竭尽全力想要让丈夫做好学问。可是他的为人缺乏凌云之志，做什么事情都是虎头蛇尾。捯饬家务或沉浸在夫妻间的卿卿我我的举止已经令我感到非常不满。唯一值得庆幸的是他沉迷于妻子的美色，提不起兴致去寻花问柳。结婚三年，他始终碌碌无为。再说，妻子教导丈夫始终存在局限，稍有不慎就有可能触碰到丈夫的自尊心。事实上，他也曾好几次买醉归来，就是因为被我伤到了自尊心。偶尔醉酒时，他也会向我耍酒疯。尽管只是豪迈地喊几嗓子，但这样的丈夫已经渐渐让我轻视了起来。堂堂而立之年的男子，不仅没能考上功名，反而让单身母亲养活自己；作为妻子，我不免感到有些丢人。更令我头痛的是哪怕在闲暇之余想要简单地写写画画都要观察婆婆的脸色。“哎哟，我的好媳妇诶。女中神仙的生活也不过如此吧？你作画作得乐不思蜀，哪怕丈夫快淹死在酒缸子里也不管了是吧？”婆婆的话中带着讽刺。生计原本就不宽裕，儿媳妇写字画画又不能生钱，在外人看来也不是贤内助的行为，婆婆看不过去也是情有可原。于是，我做出了选择，决定短时间内一心一意只做家务和养孩子。然而没过多久，我的内心再次陷入了空虚。我感觉自己不像是在活着，就连丈夫也变得讨厌起来。或者说，我无法满足于现在的丈夫。毕竟夫妻不是野兽，每天有肌肤之亲也并不意味着生活就是美满的。若丈夫是一个能够为我着想的男人该有多好？看到我郁郁寡欢的神色，眼尖的婆婆特许我到娘家好好修养一段时间再回来。

仔细算起来，那还是三年前的事情。我与丈夫带着刚过一周岁的儿子璿，第一次真正返回到娘家。尽管家中只剩下更加苍老的母亲和两位妹妹，但我的心却仿佛回到了从前，感到无比幸福和满足。到了江陵之后，丈夫的存在变得逐渐透明。因为此时我的心中有了一个“艺”的天地，一个我随时都能依靠的心灵港湾。在娘家，没有人会对我说什么，更不用看别人的脸色。倒是丈夫会感到无聊，时常到村子里的客栈里饮酒。

有一天，我终于狠下心对丈夫说道：

“我们已经结婚整整三年了。虽说当初我从未期待自己的丈夫是一个皓首穷经、不问世事的白面书生，但更没想过他会像你一样醉生梦死地虚度光阴。身为男子汉大丈夫，夫君你为何如此胸无大志、懦弱无能？难道你就没有想过勤学苦读，追寻君子之道，最终出人头地、崭露头角吗？”

“嗨，再怎么说我也是堂堂七尺男儿，怎么就没有想过这些？可是谁叫我这个人缺乏恒心，而且对读书也没有兴趣呢？或许，我天生就不是读书的料吧！”

“那都是借口。你何时认真应对过一次？这种颓废的生活，你想维持到什么时候？如今，你已经是一个女人的丈夫、一个孩子的父亲了。重要的是你还是一个可怜女人唯一的儿子。不说我这个妻子，你难道不觉得自己的母亲很可怜吗？从你六岁时开始，她就一直守节到现在，揽一些粗活维持生计，为的就是看到你能在某一天出人头地。”

丈夫羞愧地垂首叹了口气。

“正所谓三年不飞又不鸣。在我眼中，夫君就是那只三年不飞不鸣的鸟儿。我坚信夫君此时的蛰伏，就是为来日展翅雄飞做准备，而届时你不飞则已，一飞必冲天；不鸣则已，一鸣必惊人。”

“那你希望我怎么做？”

“身为男儿，自然要立下终身志愿，勤学苦读了。”

“我知道了。我会下定决心的。”

“你要把现在当成最后的机会苦读十年！离开我之后，你要不遗余力地专注于学问。”

“什么？十年？我不做了！十年，美好的日子早过去了。趁我们年轻时好好相爱才是人生的乐趣所在。莫非你认为我们的爱情还不如读书的乐趣重要？”

丈夫一脸愤慨地盘问道。

“读书也是分时候的。朱熹说过，少年易老学难成。年幼的时候，你依赖母亲，难道现在长大了，还要依赖我而活吗？回到首尔后，你要在婆婆身边认真读书。看到你读书，婆婆也会感到欣慰的。至于我则会留在这里，一边照顾我母亲，一边为你祈祷，同时写字画画什么的，直到你学有所成为止。话说我去世的父亲远离母亲二十年，一直专心致志地做学问，也没觉得活不下去。”

妻子的话句句在理，他也找不出反驳的话来，只能频频发出无奈的叹息声。

“你真是一个狠毒的女人。你让我读书，还不是因为自己也想要读书？你或许觉得读书、写字和画画有意思，但我不是，你让我怎么办？何况还是十年之久。您要不再给我减减期限？好不好嘛，师任堂夫人？”

看到我无动于衷，丈夫干脆搬出了自己的绝技——胡搅蛮缠。

“不行！至少苦读十年书，才能获得别人的认可。若是考虑到夫君年幼时虚度的光阴，这十年还是算少了呢。我不指望你能通晓四书五经，但至少得精通四书三经吧？”

“好。不管如何，这个决心我是下定了。”

“那这几天你要做好出行的准备。”

我趁热打铁地逼迫道。

“嘿，你这人真是的！难道你就这么讨厌我？难道你就不会想念我？可我真的做不到啊……”

我目不转睛地盯着丈夫。似是被我的气势给镇住，丈夫连忙承诺道：

“嗨！十年而已……有什么了不起！你就瞧好吧！”

“那我们拉钩吧。我相信你会言出必行。”

我伸出小拇指用力勾住了丈夫的小拇指。然而誓言旦旦前往汉阳的丈夫，连大关岭都没能翻过，就一连折返了三次。

当丈夫第三次中途放弃时，我在他面前拔出发簪，任由头发垂落下来。

“如此懦弱的夫君要之何用！还不如让我直接剃度为尼。夫君的意志如此薄弱，我再强人所难，想来会让夫君为难。尽管这不是我的本意，但我知道夫君肯定对我心生埋怨。也罢，我不会再折磨夫君了，还请夫君原谅我之前的所作所为。”

我拿起剪刀一把将头发剪断。漆黑的发丝散落在我的肩膀及地板上。丈夫大惊失色地夺过我手中的剪刀，连连道歉道：

“请你原谅无能的我。你坚定的信念让我无地自容。我知道了。这次我一定会再接再厉，博取功名，让你刮目相看。对不起，我知道现在说什么都无济于事，但还请你再相信我一次。明天我会出发，然后在自认为功成名就之前绝不回来。”

如今回想起来，也不知当初自己为何会如此狠心。或许是想起孟母“断机教子”的缘故吧。我曾在书上看过，孟子小时候放学归家后，被母亲发现没有在学堂认真读书，于是孟母在儿子面前一把割断了刚刚织好的布，并以此来告诫儿子学习不能半途而废。三次中途折返的丈夫，可能被我当成了不懂事的儿子。但正因为如此，丈夫才能在第二天一脸悲壮地收拾行囊动身前往汉阳。事实上，那天晚上我的心同样很难过。

“无限期地与你分开，我又能落下什么好处？正因为有你这样温柔善良的人守候在身旁，我敏感、尖锐的性情才能得到安抚。趁我们还年轻，好好搏一搏吧。无论成败，至少让我们在孩子面前问心无愧。我们已经约定好白头偕老，将来的好日子还多着呢。即使在家读书的时候，我也会当作在与你一起读书。”

对于我的解释，丈夫只是一味地重复着“对不起”这句话。不得不在寒冷的冬天赶路的丈夫令我感到无比担忧。我将他的布袜放到怀里捂热，再给他穿到脚上。或许是无限期的离别令他伤感，他的鼻子微微有些发红。看到丈夫伤心的样子，我的眼帘也跟着发烫起来，但一想到会有可能让出远门的丈夫心存挂念，便竭力忍了下来。由于害怕硬不下心肠，我始终没有向他露出微笑。不过，担心他冻伤了手，我将一颗不大不小的石头放到火炉上烤热，然后裹上毛巾，放到他的手中。

如今，三年时间一晃而过，我也将与丈夫在娘家重逢。丈夫此次回归并不仅仅是为了玉男的婚事，还有更重要的事情需要他见证。那就是国家要为母亲修建烈女旌阁。原来父亲身患疾病时母亲断指求命的事迹传到了朝廷。总之，这两件事情都是丈夫归来的缘由。

梅雨过后，难得的一个艳阳天。于是，我就将以前完成的字画拿出来，给它们透透风。有了三年时间的积累，我如今的作品相比年轻时，显得更加深奥和富有生命力。至于一些作为屏风或屏门使用的绘画和刺绣，则早早被我拿出来摆放在院子里。尽管有不少作品作为礼物送给了家里人，但如今一看，仍有不少存货被我保留了下来。然而时隔多年，当我再次看到这些画作时，当时作画时的场景竟神奇地一一浮现在我的眼前。单从这个角度上来说，绘画无疑是描绘我人生的证言和记录。在这些作品当中，我还发现了几幅与俊瑞和草笼一起游玩时所画的作品及思念俊瑞时所画的花鸟图和草虫图。

由于天气炎热，家人们正围在大厅里，等着吃满德老妈拿来的西瓜。不久前，满德老爹从地里摘来的西瓜就被满德老妈放到了井水里冰镇了。这时，院子里突然传来了满德老妈的叫嚷声：

“哎哟，哎哟，这该死的臭鸡仔！这可如何是好啊。哎哟喂！小姐，快出来看看吧！”

我探出头看过去，发现满德家的正在院子里追赶着鸡群。

“这些鸡，鸡将小姐的画给啄吃了。”

母亲和两位妹妹闻言踏出封堂[1]，跑到院子里。原来是家里的鸡将草虫图中的虫子当作真虫给啄吃了。我看到画中凤仙花下方原本有两只屎壳郎，可如今其中一只屎壳郎的位置被啄出了个窟窿。

1　封堂：大厅前或门前没有铺上地板的地面。——译者注

“哎哟，这脑子不好使的臭鸡仔！”

听到满德家的唠叨，母亲反驳道：

“不是因为鸡仔脑子不好使，而是我们家师任堂所画的虫子比真虫还要逼真。看来你神奇的绘画水平连鸡的眼睛都能骗过去。”

“天啊，夫人！还真是如此。”

“那说不定一会儿就有猫跑过来抓老鼠呢。”

听到玉男的话，末姬连忙问道：

“为什么这么说？”

“既然骗过了鸡，那没有理由骗不过猫啊。看到那只啃食西瓜的老鼠，你说猫会不会垂涎三尺地扑上来？”

听到玉男的发言，大家都颇为认同地点了点头。

“看来你的绘画水平已经到了出神入化的地步。”

母亲夸赞道。

这时，出门干活儿的满德老爹跑了进来。

“小姐，外面有人找你。”

“谁？”

“来了台轿子，自称是草堂村沈判书家的千金。”

“沈判书家的千金不就是佳然吗？”

“那肯定是佳然小姐无疑了。”

“什么？佳然怎么会……”

我怀着激动的心情，连忙跑了过去。来到大门处时，我果然看到了盘着头坐在轿子里的佳然。等佳然走下轿子，我和她紧紧地握着对方的手，喜极而泣。此时的佳然显得很憔悴。十五岁就嫁人的佳然，如今已经跟我一样都成了二十五岁的妇人。细细算来，从辫子头少女时期开始，已经过了整整十年。

“快进来。”

我拉着佳然的手往里拽着道。

“正好从这里经过，我就怀着侥幸的心理过来看一看。听闻朝廷要为你母亲树立烈女旌阁，我就猜到你有可能会回来。不过，哪怕见不到你，过来问问你的消息也不错。”

进入院子后，佳然朝母亲行了个礼，就与我一起来到别堂，进入我的闺房里。

“真的是好久没来了。你们家陈设还真是跟十年前一模一样，一点变化都没有。或许，也只有我们变化最大了。”

佳然笑着道。

“你住在首尔的哪里？话说，我也嫁到首尔了。你不知道我有多想联系你。我以为嫁到首尔之后，就能马上见到你。可是首尔太大了，找个人就像大海捞针一样。对了，你生了几个孩子了？”

高兴之余，我顾不得喘气，连珠炮般询问道。佳然并没有回答我的问题，而是直接转移话题道：

“你的脸色看起来很不错。现在还在写字画画吗？”

“我在娘家待很久了。也就待在娘家时才有多余的时间写写画画。不过，你的脸色好差。是不是哪里不舒服？”

佳然凄然而笑，反问道：

"仁善，你结婚后幸福吗？"

"你呢？你结婚的时候，可是整个江陵都闹得沸沸扬扬。嫁入领议政家族可是别人永远羡慕不来的事情！"

"可那些都有什么用？几天后，我就要上京返回婆家，可我是多么不想走啊。你和你丈夫还合得来吗？跟婆婆有没有矛盾？我都怀疑自己前世跟婆家人结仇了。名门家族又如何？丈夫是闲良[1]中的闲良；可婆婆却怪我没能拴住丈夫的心，整天都对我横眉竖眼挑毛病。反正我就当是哪家的狗在吠……可是就算我低声下气，想要当个隐形人，他们都看不过去。说住在一起只是说得好听而已，我甚至怀疑自己是不是被流放到别堂，所以才会一个人孤独地生活。看来我就是个守活寡的命。"

说罢，佳然再也忍不住凄然泪下。

"仁善，这是我的错吗？我究竟做错了什么？我感觉自己渐渐被婆家人孤立了。你说我该怎么摆脱那种无处容身的感觉……无论是丈夫，还是婆婆，都说看到我就像看到丢了魂魄的鬼魂似的，让人感到毛骨悚然。我，原本还有孩子……可孩子夭折了。去年春天，是个五岁大的小男孩。之后，我一怀上孩子就流产。这次我回到娘家也是为了调养身体。也不知道我为何如此命苦……"

佳然忍不住号啕大哭起来。

啊，原来如此！可怜的佳然。佳然盘着的头发已不见曾经的滋润，显得非常干枯毛糙；每当她伤心忍不住哽咽的时候，喉结的耸动也会

1 闲良：即纨绔。——译者注

异常突显。我只能不停地抚摸着佳然的后背，试图给予她安慰。

“对了，你现在还在写书吗？”

看到佳然的情绪好不容易稳定下来，我连忙转移话题问道：

“每天晚上就我一个人，也没什么其他事情可做。哪怕烧掉了不少，也还剩下好几本呢。丈夫和婆婆看不得我写书，还说这是在挡自己儿子的前程……可是若不通过这种方式发泄心中的想法，我非疯掉不可。”

“越是如此，你写的文章就会越引人入胜。你要感谢老天赐给你的这种天赋。若是换成平常人家的妇女，岂不是更难受？”

回想起自己当初为了忘记痛苦而埋头作画的场景，我不住地安慰佳然道。

“说的也是。”

佳然擦干眼泪，调皮地问道：

“你家夫君也不会到处拈花惹草吧？”

“那可说不定。”

“怎么回事？”

“为了让丈夫专心读书，我们正在分居两地生活。待烈女旌阁完成时，他差不多也该到了。我夫君是个善良直率之人，只是为人太过平庸，常常令我无奈……总之，是一个很难令人讨厌的人。看到他就像是看到在水边玩耍的儿子一样，总是让人放心不下……”

“这已经很了不起了，至少能让你牵挂他。这也是一种缘分不是？当初我们在这里与草笼一起幻想未来郎君的事情犹在眼前，没想到时间过得如此之快。说不定草笼的命才是我们当中最安逸的，至少她没有羁绊……”

“对了，你有没有听说过草笼的事情，还有她们家被冠上逆贼的罪名，惨遭灭门的事情？”

“嗨，我当然知道了！草笼的事情还是通过我夫君听到的呢。你还不知道吧？她可是首尔名声显赫的高贵妓生呢。据说汉阳的无数男人都被她玩弄于股掌之上。我原本也是不知道的。可是缘分这东西就是这么玄妙。前段时间，我丈夫也被草笼，不，被那个芙蓉给迷得团团转呢。”

“等等！你说是谁？芙蓉？”

我的心剧烈跳动起来。

“草笼将自己的名字改成了芙蓉。那些豪门少爷们为了争夺芙蓉，将她纳为禁脔，吵得眼睛都红了。前段时间，我丈夫也被她迷住，还经常带到家里玩呢，结果恰好被我撞见了。谁能想到草笼和我会以如此尴尬的方式相见？说起来，这还是两年前的事情呢。当时，我刚失去儿子，正伤心欲绝，可他身为丈夫竟然在家里与妓生花天酒地，气得我恨不得直接跑过去跟那个婊子抓着头发打她一场。最终，我忍无可忍，就跑过去将他们的酒桌给掀翻了。可是我竟然在酒桌前看到了草笼。当时，我的心情只能用五味杂陈来形容。然而一想到对方是自己曾经的闺中密友，所有的情绪就一瞬间化作了哀伤。最终，我们二人抱在一起痛哭了好久。之后的事情，我就不是很清楚了。因为芙蓉就此与我的丈夫断了来往，接着就销声匿迹了。我丈夫还因此而记恨我，每次喝醉酒就对我大发雷霆。”

“草笼，不，芙蓉有没有提起过我？”

“我询问过她，她告诉我，你在十九岁秋天的时候嫁给了一个姓李的小伙子。听说还是通过她哥哥了解到的呢。”

我登时感到脑子里一团乱麻。

“什么？哥哥？你说他哥哥知道我嫁到首尔了？”

“对，名字记得好像是叫俊瑞吧？就是草笼那个长得俊秀的哥哥。据说，她的哥哥进入金刚山修行，恰好躲过了一劫，之后就一直扮成乞丐，浪迹天涯。这还是草笼哭着告诉我的。她还说，他们兄妹早在两年前就断了联系，所以也不知哥哥是生是死。她还说她哥哥除了烂命一条，再无任何对世间的留恋和期待，所以生死也不过是一念之间的事情……”

我的身体一下子瘫了下来，仿佛全身的血液都被抽光，紧接着就是一阵天旋地转。

在与佳然相遇过后，我陷入极度的混乱当中。四年前的冬天，三月在教坊看到的那个跳舞跳得好的妓生芙蓉，根本就是草笼本人无疑。但草笼为何会在看到我的书信之后仍然装作不认识我的样子？是因为对我心生怨恨吗？还是觉得自己的处境无脸见人？然而我并不认为草笼会为了区区脸面而与我断绝关系。因为草笼最清楚我从来都不在乎这些。还有俊瑞的事情……这件事情太过令人费解了。按照佳然所说，俊瑞甚至知道与我结婚的对象是谁。可如此一来，在我结婚之前，俊瑞写给我的信又该做何解释？当时，从金刚山帮俊瑞捎带信件的人明明说过俊瑞已经死了。按照他所说，若是俊瑞死于农历七月三十；那两个月后，我与首尔李元秀结婚的事情，他又是如何知晓的？再说前年，佳然与草笼相遇时，草笼亲口说过俊瑞音信全无两年之久，那说明至少在四年前，俊瑞还是活着的！可俊瑞为何要给我写那种内容的信？在给我寄那封信的时候，他究竟怀着何种心思？另外，佳然还说他打扮成乞丐浪迹天涯？我不禁感到心里有些发慌。即使在睡觉的时候，也有种胸口被堵住、无法呼吸的感觉，不得不起身拼命捶打胸口。

无论是璿朝我撒欢的可爱模样，还是玉男的婚前准备，甚至写字和画画都未能拴住我的心。我有点庆幸自己四年前没有遇到草笼。若是当初就与她相遇，说不定自己要从四年前开始就过上忧心忡忡的日子。或许，也不应该遇到佳然……若是直到我闭上眼睛，始终认为他已经死去了，我的人生会不会变得幸福呢？幸福？我摇摇头，自嘲地笑了笑。不，或许会感到轻松一点？但至少他的存在不会成为一根尖刺钉在我的心里。他究竟为什么要给我写那封信，让我决定结婚，让我摧毁与他定下的诺言呢？若是知道俊瑞的行踪，我恨不得当场跑过去大声与他争论一番。可能有什么我不知道的苦衷吧。毕竟俊瑞并不是那种不知轻重的男人。

“孩子，你最近是不是有什么事情？”

看到我坐在地板上发呆，母亲朝我细声问道。烈女旌阁已经开始动工，再过半个月左右就能完工。届时，它将成为家门的荣耀及村子里的美谈。丈夫李元秀也托人带来口信说，马上就能抵达。另外，半个月后就是玉男的婚期。由于喜事临近，最近母亲一直忙得脚不沾地。然而原本应该身先士卒站出来帮忙的我却一直失魂落魄地呆坐在房间里，自然就引起了母亲的关注。

“是因为佳然吗？还是从佳然那里听到了什么不好的消息？”

我无力地摇了摇头。母亲用担忧的眼神望了我一阵，开口道：

“孩子，虽然我不知道你因什么事情而困扰，但人生就是诸行无常。你要知道一切都是虚无的，一切都在不停地变化，其中也包括人心。别人的变化你会觉得理所当然，但需知你自己同样也处在变化当中，而且这也不见得是什么坏事情。宇宙万物皆在变化，因此接受这种变化，使其自然地顺应天道并不是什么过错，反而是一种贤明的举措。”

然而母亲的话却令我感到有些不舒服。

“母亲，您为何突然会对我说这些？若世间一切都是变化无常和虚无缥缈的，那人活着时应该如何寄托自己的感情？”

我的语气透着一股尖锐。母亲看到我不同于往常的样子，一下子慌了神：

“孩子，我不是……我是说想要顺应天道，活得问心无愧就……”

“我也不是不了解《孟子》中说过的天道思想，也一直谨记着‘顺天者存、逆天者亡’的道理。可什么是天道？成为烈妇和孝妇就是顺应天道吗？天下皆知母亲是烈妇。可不知建立烈女门究竟对您有何意义？”

“自然是家门的荣耀！国家竟然会为我这种班家村妇建立烈女门，让我感到无比惶恐。可是无论怎么样，都不如你父亲陪伴在我身边。”

母亲叹息道。

“我既不是烈女，也不是孝妇。而我能做的只有全心全意地面对我的余生。可是我如此认真面对的人生根据是什么……若是我的人生，无关我的意志，试图欺骗我，那我该如何信任那种人生？又该如何信奉天意？莫非人生无常、诸行无常，所以我就要一辈子浑浑噩噩地过日子吗？这并不是我想要的生活。我要的是成为这个宇宙的主人。不，我就是宇宙的主人。须知连蚂蚁、蜜蜂等俗物都掌握着自然的法则和动向。若是我的人生中发生了连我自己都不清楚的事情，而我事先连一点苗头都没有看出来，那我还能算是活在自己的人生当中吗？”

我用哽咽中带着颤抖的声音发出了质问。

“孩子，你究竟是怎么了？有什么难过的事情，你可以跟母亲说，不要总是憋在心里，好吗？”

然而我并没有做出回答。但我再紧闭着嘴巴，也止不住眼泪冒上来。

“母亲，若是一个人的人生因我而毁掉，那这份罪该由谁来承担？”

我偏过头，试图掩饰住自己的眼泪。母亲的脸上也布满了阴云。

夜深人静的时候，母亲将我叫到了内室。外面雷电交加，雷鸣声由远及近，暴雨即将来临。母亲一脸担忧地说道：

“最近好像没怎么见你练字画画。”

“没有什么兴致了。”

“那也不能荒废了。毕竟是老天赐下的天赋。还记得你跟我说过不明白什么是天意？流芳百世！其实，它就是天意。”

我抬头静静地望向母亲。

“你的美名将永远流传于后世。”

我自嘲道：

“不过是区区妇道人家的微末伎俩罢了。”

母亲闻言起身，从文匣[1]深处掏出了一张纸。

“这是你的生辰八字推算结果。尽管出生时，你外公找人给你看过，但没想到你的才华会如此出众，所以又找一位精通周易和命理学的人士，重新算了一遍。虽然不可尽信，但你还是看一看为好。”

时支酉金……丁火……亥水……泄气……财气……太弱……取用……月建……亥水七杀……月神……地支……金水……日元……气弱……干支……中和……财官……

生辰八字解析内容还有很多,但我只是看到开头部分就满头雾水、不明所以。

1　文匣：即书柜。——译者注

“母亲，我连一句话都看不懂。”

“是啊，你能看得懂就奇怪了。事实上，我对易术也是一窍不通，只是曾听你外公和父亲谈论过。据他们所说，你的天赋是老天的恩赐。你天生冰雪聪明、七窍玲珑，无论是读书学习，还是看透事物本质都难不倒你。可惜的是你只是个女儿身。正是因为你身为女子又才高八斗，所以很难找到良配。虽然我知道自己说这些话有些多余，但我所说的一切，你相信也好，不信也罢，全在于你自己。你能看到下面‘坐子入墓’四个字吗？它是指夫妻宫坐落在坟墓上。也就是说，丈夫进入了坟墓中，所以使不上力气，只能有名无实，没有办法满足你。好在你的才华能够开花结果，将美名流传于后世。上面说你的‘吉神’会在七十岁以后到来……因此，尽管丈夫有些无能，但能与你诞下千载扬名的伟大子嗣。唯一令我担忧的是上面说你的健康令人担忧，所以一不小心就有可能短命。虽然这些话没必要尽信，但该小心的还是要小心一点为好。”

“不过，您为什么突然给我看这些呢？”

“你从小才华横溢，所以我一直隐隐有些担忧。或许，正是我的这些担忧招来了那件事情。”

闻言，我突然有种不祥的预感。

“什么事情？”

沉默了良久，母亲才艰难地开口道：

“原谅我吧。只是这一切都是为了你着想……至今让你感到心痛的事情是什么？就是你至今都未能忘记的……”

我一把握住了母亲的手。

“母亲，您一定知道，对吗？您确定去金刚山的那个人已经死了吗？”

我紧紧地盯着母亲。然而母亲却有些不自然地躲过我的眼神，颔首低声道：

“他如今是生是死，我的确不知道。只不过你结婚的那段时间，他确实安然无恙。”

母亲的话犹如一道惊雷炸响在我的耳边。

“全都告诉我吧。是的，一定还有我不知道的事情。母亲您知道我所有的秘密，可母亲您的秘密我却一无所知。您一定有什么事情瞒着我，对吗？”

“好吧，我这就告诉你。也许，这才是真正为你着想的选择。还记得吗？曾经你总是拖延婚事，天天晚上摆上一碗井水，求神拜佛。你告诉我说，自己爱慕郑大监家的庶子俊瑞，还与他缔结了百年佳约。事实上，在那之前，我就发现你们二人相互有好感，然后自己一个人在那里暗暗焦急。因为我知道你的生辰八字上有一个桃花劫。可是我没有想过你会陷得如此之深。后来，我怎么想怎么不妥。若是那位公子从金刚山归来，我或许就再也拴不住你的心了。你们二人结合的结果如何显而易见，而且那位公子已经断掉了前程，说句难听话就是一个‘死公子’。于是，我就将这件事情告诉了你父亲。当时，你父亲就说，你的生辰八字上显示会遭遇桃花煞，而夫妻宫坐落在坟墓上，所以你的一生必定会经历此劫；他还说不想让你英年早逝，就一定要阻止你们二人结合。最终，我们找到了阻止你们两个人复合的方法。”

尽管屋外闪电雷鸣不曾间断，却始终不见有雨滴落下。或许是要刮台风的缘故，狂风也开始肆虐起来。母亲说话的间隙里，时常夹杂着竹叶摩擦的声音。油灯被风吹得一阵摇晃，连带着我们母女的影子也被拉得忽长忽短。母亲不知是呼吸急促，还是情绪激动，沉默了半晌都没有再开口。哪怕屋外不断传来各种声响，屋内的气氛也始终充斥着一种剑拔弩张的紧张感。这时，油灯突然灭掉了。在漆黑的环境里，竹叶摩擦、挣扎的声音显得格外刺耳。再次经过了一段令人焦躁不安的沉默。母亲似乎并没有点灯的打算，就这么在黑暗中开口道：

“不过……方法出现得比我们预料得还要早。给你联系婚配的那个夏天，你父亲出门归来时正好看到那位公子在屋外走动。想来应该是来见你的。尽管那位公子看起来受了不少苦，打扮也很邋遢，但你父亲一眼就认出他，并将他带到了镜浦海边。当时，你父亲骗他说，你已经定下了婚事，所以要他放弃你；还让他好好想想，什么才是真正为所爱之人着想的选择。你父亲跟我说，那位公子尽管看起来很疲惫，但可能是在金刚山修行过的缘故，一对眼睛始终炯炯有神，而且任你父亲怎么劝说，那位公子都说你绝不会违背诺言嫁给别人，与其让你们分开，还不如直接将他杀死，还说自己的生命已经失去了任何意义。直到最后，那位公子闭上眼睛沉思了片刻，才一连三次询问你父亲，你是不是真的有了婚配。尽管感到为难，但为了救你，你父亲只能欺骗他说确实如此。那位公子犹豫了半晌才说，只有你父亲告诉你他已经死了，你才会放弃等待，答应嫁给别人。你当时还不知道你父亲已经知道了一切，所以你父亲根本无法亲口告诉你这些。想了一会儿，你父亲就将那位瑟瑟发抖的公子带到了客栈。那位公子似乎好几天都没有吃饭，你父亲就先让他吃点东西，再与他喝了几杯酒。待酒足饭饱之后，你父亲告诉他，若是真下定了决心，就亲自给你写信，让你忘掉他。最终，那位公子写下了那封信，而你父亲则收买了一位逗留在客栈中的客人，叫他给你送信。第二天，你父亲准备了一些银两前往客栈，打算交给那位公子，希望能够对他读书有所帮助。可惜当你父亲抵达客栈时，那位公子早已悄然离开。我希望你能原谅我们。身为父母，在得知女儿的生辰八字里有夫妻宫坐落在坟墓上时，如何能让自己的女儿嫁给一个丝毫没有出人头地机会的妾室的儿子、逆贼的儿子？你不知道当时我和你父亲有多害怕？这已经不只是家门荣誉的问题了。我是真担心你与他结合之后就没命活下去了。相互过分渴望的爱情，终究会将对方消磨殆尽。再加上知道你很有可能早逝，当时我的心中唯有救你的念头而已。我多么希望能将这个秘密带进坟墓。自从有过那件事情之后，我的心就从未安稳过。可谁能想到事情会发展到如此地步？”

我一下子瘫坐在地上，一动不动，身体仿佛化作了石像。一股脑将多年埋藏在心底的秘密吐了出来之后，母亲似乎感受到了恶寒，不由瑟瑟发抖起来。事实上，我也感觉自己的身体仿佛被掏空了一般。于是，在看母亲发抖之后，我的身体也不由跟着颤抖了起来。

屋外，肆虐的雷鸣闪电不知何时偃旗息鼓，顷刻间下起了倾盆暴雨。

每当提笔的时候，

我都会羡慕《庄子》中描述的庖丁解牛的境界。

尤其是那种无厚入有间、游刃必有余的刀法，

最令我心驰神往。

而对于我来说，

想要达到“艺”的境界，

就要舍弃自我，

成为一柄“刀”。

无厚之刀，

忘我之法。

想要达到这种境界，

我就要“饿”住内心，

遗忘自己的存在，

像竹竿一样清空内心，

成为竹筒般的存在。

道只存在于虚无中……

然而在错综复杂的人生中，

清空自我、失去自我意味着另一种牺牲……

更何况这只是一个女人的人生……

第十八章 庖丁的刀

未可动归桡，

前溪风正急。

为了写好唐朝诗人戴幼公的诗句，我已经揉皱掉好几张纸。婆家的亲戚托我给他弄一件八扇草书屏风。不过也不知为何，每次写这首诗词的第三行和第四行的时候，我的手腕总是会不由自主地使不上劲儿，紧接着呼吸就会乱掉，以至于我的书法体现不出那种行云流水、一笔而下的感觉。我将毛笔搁在砚台上，推开纸张，躺倒在褥垫上。为何最近总是忍不住想要发脾气？这对肚子里的胎儿可不是一件好事情。算起来这已经是我第三次怀孕。记得朝廷为母亲建立烈女旌阁的那一年，丈夫与我时隔三年在娘家重聚，然后我就怀上了长女李梅窗。前年，我返回到汉阳婆家，生下了长女李梅窗。而两年过后，我又怀上了第三胎。

每当想到那一年，我就感到一阵揪心。在听到有关俊瑞信件的实情之后，我也曾埋怨过，甚至记恨过去世的父亲及对我隐瞒事实的母亲。在向我吐露实情之后，母亲当晚就疚心疾首，倒在床上。正当大家六神无主、不知所措的时候，烈女旌阁完工，玉男也嫁入了临近的权氏家门。大家都觉得这是双喜临门，于是摆了两次宴席进行庆祝。唯独我们母女俩始终愁眉不展、黯然伤神。有一段时间，我甚至不愿意跟母亲照面。可是母亲又有什么罪？也许，那只是我无法原谅自己的表现，可惜没能找对发泄的方式。同样让我记恨的还有俊瑞。他们所有人背着我，欺骗了我。我觉得自己活着本身就是一个笑话。也就在那时，丈夫时隔三年与我在娘家重逢。然而奇怪的是他的回归并没有让我多么高兴。对于那个时候的我来说，任何事情都是忧郁和凄凉的。正如我预料的那样，丈夫的学问并没有多少长进，而我也决定不再对丈夫的学习报以期望。我决定坦然地接受这一事实。若是生辰八字中的解析是正确的，那我的命运已成定局，再纠结也改变不了什么。那索性就这样好了。我最终选择以这种方式来报复母亲。就算自己的丈夫不是毫无仕途可言的庶子俊瑞，而是两班家的子嗣李元秀又如何？难道结果就有什么不同吗？母亲，您好好看看吧。这就是您为我精心挑选的离锦绣前程还有十万八千里的两班家的好夫婿！

玉男的婚礼结束之后，我不顾母亲的万般挽留，毅然离开了娘家。生平头一次，我做出了伤害母亲的不孝之举。这也是没办法的事情。与其成天让母亲面对我紧绷的脸，还不如直接返回到婆家，将我关在生活的牢笼里。然而回到婆家之后，我却发现丈夫在这三年时间里，学识并没有增长多少，反倒是酒量增长了不少。我知道丈夫意志薄弱，结交的狐朋狗友太多，为人又害怕孤单，所以很难马上将酒戒掉。可真正让我伤心的是他偶尔醉酒归来时身上所携带的脂粉味。

事实上，我心中的风浪从未真正平息过。自从生下长女梅窗后，忙着操持家务和生计，我常常要忍下想要长啸一声的冲动。难道这就是所谓的生活吗？他就是为了让我过这种生活，才以乞丐和疯子的身份四处流浪的吗？难道这就是他为我选择的人生，同时也是我自己选择的人生吗？每当这时候，我都会疯狂地投入写字和绘画当中。因为若不将自己的身心消磨殆尽，我说不定就会彻底疯掉。由于把精力都放在写字画画上，所以我变得越来越沉默寡言。丈夫经常到了深夜才会回家，而回家之后，他又抱怨我半夜不熄灯，然后暴跳如雷地拿着枕头到婆婆房间里睡觉。渐渐地，婆婆看我的眼神也远不如从前温和了。毕竟才华横溢、通晓经书的媳妇连个丈夫都调教不了，失望也是理所当然的事情。

“孩子，虽然我知道你才艺出众，但总是这样过日子也不是个事儿啊！要是你画的画能卖点钱，我也就不说什么了。若你是个男儿身，好歹能到花园当一个画匠来糊口。可你一个妇道人家搞余技，你觉得这是我们这种家庭能够承担的事情吗？若是有那个闲心，你还不如多关心、照顾一下你的丈夫和孩子。”

或许是真的看不过眼，婆婆突然对我大发雷霆道。

不过，婆婆所说的“余技”二字令我十分介怀。我并不是在搞余技。若是连这些都不让做，我怕自己会活不下去。毕竟是在婆婆面前，我并没有出言反驳。不过，我知道自己从未让它们影响过婆家的生活。

“我并不是不顾一切，只忙着写字和画画，而是挤出晚上睡觉的时间……”

“你说得没错。可你有没有想过，若是你不好好睡觉，成天整那些写写画画的东西，我的儿子和我的孙子、孙女就得不到应有的照顾？你要知道女人的身体并不是女人自己一个人的。”

过了几天，婆家的亲戚托婆婆向我求了几幅字画。尽管不知价值几何，但至少能够补贴家用，让我感觉一阵欣慰。

当晚，直到三更半夜，夫君都没有归家。我辗转反侧难以入眠，就起身重新提起了笔杆。“未可动归桡，前溪风正急……”这首诗就像是我这几年彷徨不已的真实写照，所以深入我心。

当我屏住呼吸，捏着笔杆，刚写下第一个字的时候，丈夫“砰”的一声关上推拉门，走进屋里。我连头也没有回，就那么泰然自若地写着尚未完成的草书。

“哈！夫君归家了都懒得看一眼，你说我还有心思回家吗？是不是？你倒是说话啊！”

丈夫的身上散发着酒味和脂粉味混合的奇特味道。正当我打起精神，想要坚持写完最后一个字的时候，丈夫走过来一把抽走了我正在写字的纸。行云流水的笔迹到了最后一字时直接被碾成了一团。我用一种不善的眼神盯着丈夫。

“居然敢如此敷衍地迎接你尊贵的夫君？”

他大着舌头，含糊不清地质问道。

“你喝多了！快点睡下吧！”

“是不是在你心里，字画比你夫君还重要？”

“……”

我干脆闭上嘴巴，不做理会。

“怎么不说话了？难道你夫君我说的话很可笑吗？”

“我给你铺上被子，你还是快点熄灯睡觉吧。”

看到我起身要给他铺被子，他一把将我之前写的字揉成一团，扔到地上。我忍无可忍，反唇相讥道：

“那夫君你就问心无愧吗？我怕你说我嫉妒，所以一直忍着没有说出来罢了。这么晚，除了喝酒，还干了什么，想必你心里最清楚。”

丈夫寻花问柳的毛病还是以勤学苦读为名目与我分居三年时染上的。

“你说得没错。可是我为什么变成这样，你难道就没什么要说的？你知不知道我在你身边有多孤独？若是早知娶了有才华的女人会如此孤独……你的心一直都游荡在别处，何曾落到我身上？”

丈夫拿出枕头，丢下一句话，就狠狠地拉开推拉门走了出去。片刻后，门外传来婆婆房间门打开的声音和被惊醒的婆婆一阵唠叨的声音。透过丈夫钻出去的门缝，我看到眉毛状的弯月孤零零地悬挂在夜空中。我微微耸动着肩膀。丈夫话也没错。你知不知道我在你身边有多孤独……是啊，你说得没错。我仿佛忘记了关门，就那么呆呆地依靠在门框上，望着初四的弯月陷入了思绪。你的心一直都游荡在别处，何曾落到我身上？悬挂在半空中的新月就像尖利的船锚一样扎进我的心坎里。他的话让我一阵心塞。一直以来，我的心确实对他如那半空中新月一样吝啬。可惜这并不是我所能控制的。由于心中装着另一个男人，所以出于愧疚的心理，哪怕丈夫酒后乱性，我也只会忍气吞声，装作毫不知情的样子。不过话说回来，难道我的心就安稳过吗？寂寞、空虚的人生，我该如何是好？老天爷，请给我指条明路吧！

就如这般，每当阴影罩向我的人生时，我能做的唯有躲进书画的世界里，心无旁骛地埋头苦作。然而这样的情况也不知何时到头。若是从小时候临摹安坚的山水画开始算起，我已经提笔作画将近二十年，还要练习多久才能进入无为自然之境？我关上推拉门，坐在空无一人的房间里，虔诚地读起了《庄子·养生主》篇。

有一天，庖丁被请到文惠君府上，为其宰杀一头牛。

只见他用手按着牛，用肩靠着牛，用脚踩着牛，用膝盖抵着牛，动作熟练自如。他在将屠刀刺入牛身时，那种皮肉与筋骨剥离的声音，与庖丁运刀时的动作互相配合，显得是那样的和谐一致、美妙动人。他那宰牛时的动作就像踏着商汤时代的乐曲《桑林》起舞一般，而解牛时所发出的声响也与尧乐《经首》十分合拍。

文惠君禁不住高声赞叹道：

“啊呀，真了不起！你宰牛的技术怎么会这么高超呢？”

庖丁见问，赶紧放下屠刀，对文惠君说：

“我做事比较喜欢探究事物的道，因为这比一般的技术技巧更高一筹。我在刚开始学宰牛时，因为不了解牛的身体构造，眼前所见无非就是一头庞大的牛。等到我有了三年的宰牛经验以后，我对牛的构造就完全了解了。我再看牛时，出现在眼前的就不再是一头整牛，而是许多可以拆卸下来的零部件了！现在我宰牛多了以后，就只需用心灵去感触牛，而不必用眼睛去看它。我知道牛的什么地方可以下刀，什么地方不能。我可以娴熟自如地按照牛的天然构造，将刀直接刺入其筋骨相连的空隙之处，利用这些空隙便不会使屠刀受到丝毫损伤。我既然连骨肉相连的部件都不会去硬碰，更何况大的盘结骨呢？一个技术高明的厨师因为是用刀割肉，一般需要一年换一把刀；而更多的厨工则是用刀去砍骨头，所以他们一个月就要换一把刀。而我的这把刀已经用了十九年了，宰杀过的牛不下千头，可是刀口还像刚在磨刀石上磨过一样的锋利。这是为什么呢？因为牛的骨节处有空隙，而刀口又很薄，我用极薄的刀锋插入牛骨的间隙，自然显得宽绰而游刃有余了。所以，我这把用了十九年的刀还像刚磨过的新刀一样。尽管如此，每当我遇到筋骨交错的地方，也常常感到难以下手，这时就要特别警惕，瞪大眼睛，动作放慢，用力要轻，等找到了关键部位，一刀下去就能将牛剖开，使其像泥土一样摊在地上。宰牛完毕，我提着刀站立起来，环顾四周，不免感到志得意满，浑身畅快。然后我就将刀擦拭干净，置于刀鞘之中，以备下次再用。”

文惠君听了庖丁的这一席话，连连点头说：

“好啊，我听了您的这番金玉良言，还学到了不少修身养性的道理呢！”

啊！何时我的道才能超越我的技巧？我的笔何时才能像庖丁的刀一样游刃有余？可如今，我除了勤学苦练，再无其他捷径可走。我打起精神，开始研墨。

有一天，佳然托人捎来书信。信中说她想我了，若是将方便的时间告诉来人，届时会派遣轿子过来接我。我向婆婆讲述了原委，同时透露出想要出门的意愿。婆婆痛快地答应下来，接着和颜悦色地询问领议政家的媳妇是否真的是我的旧友。似乎听到了婆媳间的交谈，丈夫也主动插嘴道：

“领议政的长子可是汉阳出了名的纨绔子弟。听说他们那一帮人几乎将所有的妓房[1]都闹得天翻地覆、不得安生。没想到他的夫人居然是你的同乡好友……真是太可怜了。嫁给豪门夫婿又如何……”

三天后，轿夫抬着轿子停靠在门前。婆婆将几样糕点当作礼物装入礼盒。当我坐着轿子来到北村一幢又大又豪华的瓦房大门前时，一位行廊老妈子走过来将我引到一处别堂。其间，那位行廊老妈子上下

1 妓房：即青楼。——译者注

打量了我一番，紧接着就摆出一副权贵之家的奴婢特有的傲慢的嘴脸。在经过内屋时，她还蹑手蹑脚，朝我做出噤声的手势，示意我不要弄出太大的声响。像个小偷一样溜进别堂后，我突然有点理解佳然的处境了。

虽然是在夏天，但佳然的房门却依旧紧闭着。进入佳然的房间后，我闻到了一股隐隐的墨香。在我进来的时候，佳然正在写诗，看到我进来，她立马起身迎了过来。佳然看起来有些憔悴，但她气质却如同波澜不惊的湖水般清澈透底。任由她牵起我的手，我们二人面带微笑，认真地打量着彼此。

“快进来。我们这是几年没见了？哦，原来你也怀孕了。这是第几个月了？”

佳然望着我微微隆起的腹部问道。

“刚好进入第六个月了。听你这么一说，莫不是你也？”

佳然微笑着点点头，道：

“嗯，是啊。已经有四个月大了。”

“天啊，真是太好了。妊娠反应过去了吗？”

“我原本就没有害喜，只是不容易怀孕而已。”

佳然的表情暗了一下又恢复了原样。

“还是怀孕的时候最舒心。只有感受到腹中的孩子，我才觉得自己是活着的，而且也没有人打扰我。就好比没人会打扰怀孕期的牲畜一样。我经常会想到你。每当孤独、无聊的时候，我就恨不得立马见到你。这段时间，你过得怎么样？”

闻言，我便想起两年前与佳然相遇时的情景。然而我无法告诉她，她无意中透露的一些事情让我知晓了俊瑞的秘密，甚至一度让我陷入更大的混乱当中。

“马马虎虎吧……你呢？”

“嗯，我也就那样了。”

由于太久没有相见，我们之间少了许多共同的话题。我将作为礼物带来的糕点拿了出来。

“这是我家婆婆送的礼物。不过，是否得先让你家婆婆过目一下？”

“算了，没必要。我可不想见到她。话说，你婆婆的手艺在这一带可是家喻户晓呢。”

正当此时，屋外突然传来弹奏玄琴的声音，紧接着又传来女人和男人们嬉戏打闹的声音。

我一头雾水，但佳然却满不在乎地打开盒子，从里面捏出一块糕点塞进嘴里。

“果然是名不虚传。真是太好吃了。对了，你也快吃啊。”

佳然就像是一个没有吃过糕点的小姑娘，一连塞下好几个琼团[1]。

“哎哟，你慢点吃，别给噎着了……”

正当此时，突然有人一把拉开推拉门，走了进来。

“是不是有客人到访了？我怎么看到陌生的鞋子摆在门前？”

1 琼团：团糕。——译者注

佳然一手捏着糕点，眼睛瞪得大大的，如同受到惊吓的兔子。她嘴里含着琼团哭丧着脸，紧接着似乎被糕点噎住了，一边剧烈地咳嗽，一边开始拍打起胸脯来。

“真是不让人省心。背着婆婆偷吃的糕点有那么好吃吗？别人看到了还以为我这个婆婆饿着自己的媳妇了呢！是不是看到我死了你才甘心？嗯？你又是谁？是我家媳妇的朋友吗？”

老夫人一脸愤愤地盯着佳然大声责骂了半晌，这才扭头看着我问道。想来这位长相尖酸刻薄的夫人就是佳然的婆婆无疑了。想到此处，我乖乖站起来，规规矩矩地行了个礼。佳然似乎噎得很严重，一直捶着胸口，干呕起来。

“嗨！都到这个时候了，居然还想不出去外面喝一碗水，真是蠢得没救了！”

佳然闻言连忙跑了出去。

“真的是养了个大老爷啊！”

老夫人咋着舌头，怒视着佳然的背影。我登时感到手足无措，只好垂下头盯着自己的脚尖，默不作声。老夫人用凌厉的眼神环顾了一下四周，最终走过去将铺在书桌上的纸张掀起来，摊开到地板上。上面是佳然刚刚做好的诗句。

闺　怨

闺阁行人断，

房栊月影斜。

谁能北窗下，

独对后园花。[1]

老夫人扔掉手中的纸，咋舌道：

“看看！真的是闻者伤心，听者流泪啊……啧啧，成天就知道写这些酸腐的诗词。”

佳然孤独的处境和心中的怨恨如实地反映在诗句中。一想到佳然的夫君对妻子不闻不问，甚至还在家中花天酒地，我就有种怒火中烧的感觉。

老夫人见佳然走进来，这才不情愿地站起来，接着摆出一副两班家老夫人做派，叫来行廊老妈子，嘱咐她为我这个客人准备一桌丰盛的菜肴。

“现在好些了吗？”

我仔细打量着佳然的脸色问道。

“一看到他们家人的嘴脸，我就感到一阵反胃……真是令人头痛啊。长此以往，我就是吃上山珍海味也长不了肉啊！”

我原本也时常埋怨老天对自己不公，但如今看到佳然的处境之后，我居然有点庆幸。

“即使婆家人再讨厌，你该奉承的时候要奉承，该笑的时候也要笑。这样日子就不会如此难过了。有时候，曲意奉承、阳奉阴违地活着才是明智的选择。”

1　中国古代南朝梁诗人何逊之作。——作者注

“起初我也拼命努力过。可有些东西是天生的，做不到的，即使再努力也做不到，有时甚至还会弄巧成拙。现在的我还算是不错的了。因为我早就将心思放宽了。不，我已经将自己的内心清空了。现在的我就像是一艘空荡荡的独木舟，见风使舵、随波逐流。可是就算如此，丈夫和婆婆也总是恨不得吃了我……以至于现在，我都害怕跟他们照面了。事实上，我也不愿意听‘女子有才会克夫’[1]这句话，可你说我现在除了在闺房里跟文房四宝打交道之外，还能干些什么呢？”

对于佳然的心情和处境，我自然十分同情。

“尽管你也对我的处境有所了解，但我真的好孤单、好害怕啊！这次肚子里的孩子能不能保住？糟糕的人生又该如何面对……幸好我还有点本事，能够将心中的想法，通过笔墨表达出来。对了，你打算在哪里生孩子？你应该会比我早生。不如我们都到江陵娘家去生孩子好了。那样我们就能经常再见面了。”

“对啊，我怎么没想到。那就这么说定了。”

我粲然而笑道。谈及故乡，我们就感觉自己仿佛回到了曾经的少女时代。出口就能成诗的佳然的诗词总是能给我带来与众不同的感受。我向佳然表示想要欣赏更多的作品。佳然一脸娇羞地从壁柜中拿出之前完成的诗词和文章。看着她写的文章，我有种战栗的冲动。这些文章就像是一页页血书，字里行间无不透着佳然的哀愁和叹息。小时候，我曾多么羡慕佳然所拥有的一切？可如今佳然的处境又何其可怜？然而也只有这种孤单、痛苦的人生，才能将笔尖磨得如此锋利。

1　女子有才会克夫：朝鲜谚语。——译者注我和佳然争相讨论艺的境界，却在无意中发现我们二人居然都沉迷于《庄子》，难怪我们能够心灵相通。不过，我们对“心斋”和“坐忘”却各自持有不同的见解。佳然表示她将自己隔离于现实，宛如一艘空荡荡的独木舟一样，清空了自己的内心。不过在我看来，她这是自我意识自满的表现，等同于“你们不配与我相处”一样的傲慢。就算你否定现实、遗忘现实，可现实会因你而消失吗？我觉得她这是无法分清现实和虚幻的界限。因为这一切并不是遗忘现实就能解决的问题。看着佳然，我反而有种理清了自己混乱的人生的感觉。我暗暗下定决心：一定要放空自己，同时不执迷于现实，但身体要更加忠诚地服务于现实，让自己活得更加睿智一些。

当我放空自己，
得以拥抱生活的时候，
那个孩子如礼物般降临到了我的身边。
也许老天是想要播下自己所需的种子，
所以才会让我清空“我”这块田地。

第十九章 礼物

昨天是十五，那今天就是既望。我掐指算着日期。茫茫黑夜，月光皎皎，照得屋前的荞麦田一片晶莹，仿佛披上了一层瓷粉，令人迷醉不已。蓬坪是盛产荞麦的山涧地带，就好比家门前的荞麦田，一眼望不到头。到了初秋，这里将成为白色荞麦花的海洋。

哄睡孩子之后，我也尝试着入睡，但发现自己又失眠了。我看了一眼身旁的丈夫，他正打着鼾，睡得无比香甜。最近一段时间肚子突然鼓起来，失眠就成了家常便饭。我抚摸着圆溜溜的肚子，走到院子里。这里有酱缸台[1]，可以清晰地看到月夜下的荞麦田。坐在酱缸台上，秋风徐徐，很是怡人。孩子，月光是不是很美？原来山村的月光也很美。与倒映在海水或湖水中的月亮相比，它又是一种截然不同的美。你要好好记住这一幕。肚子里的孩子大约会在今年除夕诞生。每次与肚子里的孩子交流，我都觉得孩子能够感受到我所经历的一切。

1　酱缸台：放酱缸的平台。——译者注

真是难得迎来如此宁静的平和喜悦。

从二十一岁生下大儿子璿开始算起，肚子里的孩子是我怀上的第五个孩子。老二还是在朝廷为母亲建立烈女旌阁的那一年与丈夫久别重逢后生下的。由于想念娘家那棵每次打开窗户就能看见的红梅花，所以就给她取名为梅窗。梅窗天生就很伶俐、很有才华。娘家人都觉得她随了我，所以还给她取了个外号叫“小师任堂”。她虽年幼却很懂事，相信长大了一定会成为母亲的好帮手。之后的两三年，我几乎挨肩儿生了好几个孩子。它们分别是二十八岁生下的二儿子璠和三十岁生下的二女儿寒莲。婆婆和丈夫都忽略了家境问题，只要我生下孩子，他们就无比高兴。

如今，我已经三十三岁了。相较于领着二子二女的妻子称谓，母亲的称呼更适合我。虽然都是从一个肚子里出来的，但孩子们的性情、容貌，甚至才华都大相径庭。尽管每个孩子都给我带来了不同的喜悦，但我已经有了不再生育的念头。培养孩子所付出的精力让我无暇顾及其他。即便有了闲暇时间，对于我来讲也是杯水车薪。任何目标想要达到，光投入那些闲暇时间是远远不够的。《庄子》中也说过，能够分毫不差地制作秤砣的八十高龄的匠人，为了达到“道”的境界，生平只管埋头制作秤砣，而从不顾及其他。我非常怀念能够专注于自己的江陵时光。而如今，我偶尔能抽空看上几行字就已经是万幸了。可即便如此，我也试图将一天当中的凌晨和夜晚时间投资到自己身上。因为我必须让“艺”的气息始终停留在自己身上。也正因如此，我才想不再生育，然后在我需要的时候，将保留的精力一股脑地用在我想做的事情上面。一旦育儿和家务活儿断了我的头绪，想要再继续就很难了。所以，就连吃奶的孩子在看到母亲一脸正色地看书或写字的时候也会跟着变得一脸庄重，然后在母亲身边拿起放在笔架上的毛笔，装作写字的样子。与我待得久了，文房四宝就成了孩子们的玩具。大孩子们经常静静地围在母亲的周围，欣赏母亲练字或尝试临摹母亲的笔法。于是自然而然的，家中就形成了读书识字的氛围。自从教璿和梅窗识字之后，他们又自觉地开始教弟弟妹妹们识字。

孩子们无病无灾，一天天长得飞快。啊，若是能够不再生孩子该有多好？虽说是自己的身子，但唯独怀孕让我束手无策。莫非是山神奶奶一时忘记还有别的人家，所以才会如此负责地一个接一个给我赐下孩子？越是如此，我就越想起怀不上孩子而苦恼的佳然及平生只生下一个女儿的外婆。单从这种角度上来说，这个世界确实很不公平。每当想起佳然，我就一阵揪心。若是与佳然相比，我如今的人生也称得上是老天的恩赐了。

几年前与佳然相遇时，在佳然的婆家中做出的约定，最终并没能履行。首先是我没能如约到江陵娘家生孩子，可后来却听说佳然又流产了。直到去年回到娘家之后，我才从母亲口中听到佳然的消息。母亲说佳然也回到了娘家，不过整个人变得有些疯疯癫癫。我听人们说她是从这次孩子流产之后开始变得精神不正常的，而婆家人也最终将她扔回了娘家。回到娘家之后，佳然成天摆着忧郁、阴森的面孔，躲着别人蛰居而活，精神头也时而清醒，时而疯狂。

我最后一次见佳然也是在那个时候。记得那是中秋前天气晴朗的一个初秋。似是预示着家道的中落和家门的忧患，佳然家的院子里东一块西一块杂乱无章地生长着杂草，窗户纸也泛着深黄色的痕迹。我看到佳然坐在别堂的檐廊上。凌乱的头发、随意的衣着，抱着一个襁褓，就那么失神落魄地呆坐在太阳底下。我走过去叫了一声佳然的名字。佳然扭头看向我，但我知道她并没有认出我。她皱着眉头，微微眯着眼睛，摆出一副“太阳真刺眼”的表情，漫不经心地看着我，就像看着一个陌生人。我的心一下子跌落到谷底。我走过去朝佳然裹着的襁褓里面看去。然而里面并没有婴儿，有的只是一个脏兮兮的枕头。

就这样，从最后一次见过佳然时算起，匆匆过了三天的时间，我就听到了佳然上吊自杀的噩耗。对于佳然的死亡，人们议论纷纷。首先佳然平常写了不少诗词，但不知为何待她死了之后就一下子全都消失不见。人们说这是佳然死之前清理了自己的痕迹。因此，不少人都猜测佳然其实是没有疯，只是故意在装疯卖傻。从小被誉为神童，在士大夫豪宅大院里无忧无虑长大的佳然……小时候，我不知道有多羡慕佳然。记得当初她嫁入一人之下万人之上的领议政家，闹得整个江陵都沸沸扬扬。然而自古红颜多薄命，她这一生坎坷曲折、大起大落，最终还是没能展现自己的才华就黯然凋谢。

对于佳然，我既惋惜又感激。尽管没有表露，但她卓绝的才华经常让我耳目一新，睁眼看到崭新的天地。小时候在佳然的家中翻阅的各种书籍，总是令我心潮澎湃得无以复加。渐渐地，我也同佳然一样被道家思想所拜倒。同为才华横溢的女人，看到命运多舛的佳然，再回头看看自己的人生，我总是有种庆幸的感觉。尽管知道对不住佳然，但这也是无可奈何的事情。因此即使我再心痛，也改变不了佳然已经离开人世的事实。自从生下璠的那一年拜访过佳然的娘家之后，我对待人生的态度渐渐发生了转变。佳然的不幸给我上了一节鲜活的人生课。我不停地说服自己，相较于佳然，自己的人生已经很幸福美满了。我将佳然孤僻、封闭的性格引以为戒，决定让自己活得更加开朗、贤明。回想起来，其实婆婆和丈夫都是异常宽厚之人。若非要说有问题，那肯定是出在我身上。我发誓不再伤害懵懂无知的丈夫和婆婆及孩子，哪怕一根汗毛。为此，我就要变得更加坚强。我要对他们越发温柔，而对自己更加严格。

我决定诚恳地接受身边的一切。我原原本本地接受了丈夫。当我放空内心的一切，接受自己当前的人生时，居然在丈夫身上看到了崭新的一面。我发现为人善良、天真的丈夫就像水一样祥和、温暖。如今，我已经能够理解丈夫的寂寞了，甚至还有一点感激他。只不过我的内心并没有对他产生敬佩，这一点比较让人无奈。每当这些时候，我都会提起毛笔写写画画。从某种角度上来说，能够让我忘我地沉浸在艺术的世界，说不定还是丈夫的功劳。

就在这个时候，婆婆突然向我提出了让我心动不已的建议。那就是分家。婆婆说自己在蓬坪有一块儿荞麦田，那里离娘家也不远，问我愿不愿意与丈夫跟孩子们一起在那里定居，尝试一下田园生活。我自然理解婆婆的苦衷。她这是想要帮丈夫戒酒戒色。但不管怎样，这对于我来说，无疑是一件值得高兴的事情。

“这可都是为了你着想。那里除了荞麦田就是荞麦田，附近也没有酒楼和妓房。你也趁机好好劝劝孩子他爹，让他能够重整旗鼓、卷土重来。再说，他每天晚上放着如花似玉的老婆不顾，总是到我这个老婆子房间里睡觉也不是个事儿啊。你若是在那里与丈夫和孩子们一起生活，说不定还能感受到别样的情趣。事实上，我一看到你握着毛笔，心里就来气。你也不要只顾着卖弄笔墨，多多亲近家人，届时他们将给予你更大的回报。这些年你一直不停地生孩子，我这老婆子光是解决生计问题就累得够呛，已经没有余力照看孙儿了。那个地方离你娘家也不远，对你来说再好不过了。”

婆婆的话让我感到很温暖。我感激之余甚至有些惶恐，于是羞愧地垂下了脑袋。与那看似端庄，实则阴阳怪气、表里不一的佳然婆婆相比，我的婆婆确实是坦率、慈祥之人。

还有我那心中挂念的母亲……自从回到首尔婆家，我就异常想念母亲。生下梅窗之后，我更是想着母亲，流了好几天的泪。也许，正是那个时候，我才完全理解了母亲的用心良苦。这不是某种逻辑问题。看着出生的女儿，我仿佛能够体会到当初母亲生下我后的那种心情；给孩子喂奶时，我的心中就产生“母亲也是如此将我养大的吧”的代入感。母亲是生命，是一体，是不同于男女间的情缘。曾经我将俊瑞看得比自己生命还重要。虽说他所做的一切都是为我的前景和幸福着想，但自从知道他被父亲说服，背着良心给我写信便销声匿迹后，我曾有好一段时间都无法原谅他。哪怕他自虐地平生以乞讨而活，那也是他咎由自取。这是他没能守住爱情，选择逃避的苦果，而并非我的过错。曾有一段时间，我一直想要将这件事情合理化。但是到了如今，哪怕他活着，对于我来说，也与死人无异。毕竟我早已将他当成死人，从而斩断姻缘，嫁给了别的男人。只要是在我内心中死去，哪怕他活在世上，也等同于死亡。正如他所说的那样，一切唯心造。然而不同于他，子女是我的分身。不，对于女人来说，子女与自身无异。

我恨不得马上跪在母亲面前，恳求她的原谅。血永远浓于水，天伦更无法被斩断。它的存在就连岁月也无法改变。然而男女间的情感却能够轻易改变，甚至人本身也会发生转变。这一切都是特定时期因缘造化所致。因此，我并不需要感到惋惜。这时，我突然想起母亲曾经说过的话。当时我无法认同的话，如今却能轻易理解。直到此时，我才明白自己是怎样深深地爱着母亲。

岁月改变了我。我张开双手，拥抱着岁月带给我的变化。面对婆家贫寒的家境，我选择默默地节制和节约，从不会抱怨什么；对于接连出生的孩子，我同样付出了身为母亲该有的责任和关爱。不过，为了不让自己闲下来，一旦有时间，我就会投入绘画、书法和读书当中。唯有这一点我无法做出让步。这并不是为了完成什么作品，而只是单纯地为了补偿自己。我有点恨自己生不逢时。但我并不是那个经常望着远方感到忐忑不安的佳然。我已经渐渐明白，想要让人生变得更加美好，就得守护自己想要的东西，同时还要将自己分享出去。在蓬坪分家后，尽管身子劳累，但日子却过得异常舒心。自从我做出改变后，丈夫也恢复了他善良的性情，对我格外珍惜和尊重。总之，一切都是那么安稳。岁月如流水，来到蓬坪已经过了好几年的时间，而我也不再年轻。

“还不睡觉，在想什么呢？天气这么凉，要是得了风寒该怎么办？”

不知何时，丈夫来到我的身后，给我披上了薄被。

“没什么。只是觉得月光很美。一想到马上要离开这里，心里总有点舍不得。”

“有什么舍不得的？能跟丈母娘生活一段时间不正好遂了你的心愿吗？再说生孩子那里确实方便许多。只是委屈你。都怪我家境不好，不得不经常麻烦你娘家。不过，这次有点不一样。母亲为了生计无暇照看孩子，但丈母娘宁愿吵闹点，也想看着孙儿们在膝下承欢。这难道不是一举两得的好事吗？”

“我更觉得对不起母亲。像婆婆一样不耍威风，还经常允许媳妇回娘家探亲的婆婆，在整个朝鲜也是凤毛麟角。”

“你可得说真话，现在是不是觉得嫁给我很庆幸？”

考虑到丈夫的情绪，我连忙顺水推舟回答道：

“那是自然！”

“说得不错。我家也就穷了点，其他方面真的是没话说。不过，孩子越来越多，好歹得有个足够大的房子才是……经常拖着你和孩子搬来搬去，我感到无比愧疚。可是除了将你和孩子们送往更加宽敞的丈母娘家，我身为大丈夫竟然一筹莫展……话说回来，这次应该是男孩吧？若是能生出一个比我这个老爹更出色的儿子就好了……还记得怀上他的那一天吗？”

丈夫似是想起了什么，略微尴尬地笑了一声。

看来他是想到了那一天的事情。还记得那是一个早春。听到丈夫要从汉阳过来的消息，早在几天前开始我就翘首以盼。当时，梅花和山茱萸花刚刚凋谢，向阳的山麓上金达莱花含苞待放；河畔的柳树也吸足水分，伸展出青翠的树枝。在那个弥漫着泥土芬芳夜晚，我的身体似乎也在渴望着什么。事实上，我真正懂得云雨之情还是在三十之后。莫非春情难遣指的就是这种情形？我的脸颊一阵滚烫。直到深夜，丈夫才走进了大门。或许是春夜的气氛让他心血来潮。丈夫连外衣都没有脱下，就猴急地将我抱住。我同样情不自禁地抱住了丈夫。那天夜里，我们夫妇难得享受了一番云雨之情。

当时，正抚摸着我的脸蛋的丈夫，突然开口道：

“我真的好想你啊。在回来的路上，我的身体一直燥热难当。不过，有一件事情你得好好夸夸我。”

“什么事情？”

丈夫哼唧了几声，尴尬地笑道：

“事情是这样的。我因为太想念你，所以不由加快了脚步，以至于到达大禾的时候天都黑了好一会儿。好在我在那里看到了一个新建的客栈。我打着休息一晚再赶路的念头走了进去，结果发现掌柜是一个长相俏丽的女人。当时，客人就我一个人，女掌柜总围着我打转，甚至半夜里还敲我房间的门，说是备了酒和菜。她跟我说漫漫长夜、无心睡眠，不如一起喝一杯。我都没来得及阻止，她就端着饭桌钻了进来。你说我还能怎么办？于是，我们就你一杯我一杯喝起了酒。可是这个女掌柜中途一直对我暗送秋波，还说自己是个寡妇，对我一见钟情，若是不冒昧，就让我直接要了她。我一下子就慌了。尽管这句话不好意思对你说，但这个世上没有一个男人会拒绝主动投怀送抱的女人。”

“那后来呢？你是不是心花怒放地答应人家了？”

我白了他一眼问道。

“嗨，我要是答应了，会让你夸我吗？那个女人看到我犹豫，就直接站起来将衣服一件件脱了起来。我看到这一幕，一下子就清醒了过来。我从几天前开始就怀念你的身体，但若是在这里交给一个陌生的女人，那我岂不是无颜见你？于是，我干脆闭上眼睛，无视那个正在脱裙子的女人，直接走到了屋外。在外面待了半晌，我就看到那个女掌柜端着酒桌走出来，直接回到自己的房间，然后熄灯了。不过，到了第二天，那位女掌柜居然不计前嫌给我准备了一桌丰盛的早餐，让我怪不好意思的。所以，我就找了个借口跟她说，我妻子已经在家里等了我好几个月，若是返回汉阳的时候情况允许就再来找她，接着就落荒而逃了。不过，那位女掌柜并无责怪的意思，只是叮嘱我好好对待自己的夫人，还说会有好事情在等着我。”

“既然说过上京的时候会再去找她，那届时你就去找她好了。放心，我会睁一只眼闭一只眼的。”

“真的吗？不行，我怎么可能做出这种事情来。再说，我当时只是跟她开玩笑而已。”

不久后，我们二人都渐渐入睡。可是大概到了凌晨时分，我做了一个奇怪的梦。梦中我看到了一片湛蓝的东海。只是不知是曾经与父亲一起去过的东海，还是与俊瑞一起去过的东海。总之，那片大海很平和，没有大风大浪，只有柔和的波涛不停地拍打着沙滩。在阳光的照射下，那片大海宛如晶莹剔透的青玉，闪烁着迷人的光芒。可是就在那片大海里居然钻出了一位穿着一身耀眼白色纱衣的仙女。仙女朝我走过来，向我鞠了一躬，接着又将抱在怀中的东西递到我的怀中。我垂下头一看，竟是一个白皙透明的玉童子。可是我总感觉这个玉童子有些面熟。我还看到那个如白玉般白皙的孩子朝我笑了一笑。孩子的笑容异常明媚。然而那个笑容，让我一下子惊醒了过来。因为这个孩子脸简直跟俊瑞小时候的脸一模一样。

这个梦实在是太不可思议了。只是我莫名就觉得它是个胎梦。一定是夜里的缠绵，让我怀上了孩子。因为我能清晰地感觉到丈夫的“精”正在我的身体里落地生根。然而到了次日，我终究还是没好意思将这个梦讲述给丈夫听。

丈夫前往汉阳没多久，我就感受到了胎气。然而更令人感到神奇的是两个月后丈夫返回蓬坪后居然激动地抓住我，询问：

“夫人，你是不是有身孕了？快告诉我。”

“啊！你怎么知道的？”

“嘿，我当然有办法知道了。我还知道他肯定是个儿子，而且还是卓尔不群的那种。”

丈夫小心地开口道：

“在去汉阳的路上，我又去了那家客栈。其实，我也是没办法。中途就那么一家客栈，你总不能让我睡在荒郊野外吧？”

丈夫打量着我的脸色叫屈道。

“知道了。我又没说什么。那后来呢？”

我装作大度的样子催促道。

“我看到那位女掌柜就说了声抱歉。可那位女掌柜却笑着说，自己当初并不是为了淫欲而诱惑我。她说自己一直孤苦伶仃，所以很羡慕天下间其他带着孩子的寡妇，而她那天见我走进来就有种不同寻常的感觉。她还说自己的命途多舛，常年经营客栈，所以会看一点面相；加上她在前一天做了一个神奇的梦，因此她一见到我就预感到，若是能够与我在那一夜同房，就能生下世间最了不起的儿子。她正是因为想要那个儿子，所以才会不知廉耻地勾引我。她说那天没能留住我，是因为强求自己命里没有的东西所致；还说若是那天我与夫人你同房，就一定能怀上命运不凡的儿子。你说神奇不神奇？不过，我总感觉她不像是在撒谎。如此说来，我当时坐怀不乱，一心想着夫人而没有偷腥，确实是英明之举。若不然肯定便宜了那个仅有一面之缘的女掌柜，哈哈哈……”

丈夫豪迈地笑了几声，突然正色道：

“不过，她说我们家孩子会经历一次劫难，而且还是可怕的虎患，而想要防范它就必须多种板栗树。”

或许是受到怀孕初期那些事情的影响，我一直对肚子里的孩子寄予厚望，以至于非常轻松就度过妊娠反应期，怀孕期间更是没有感受过任何不适。于是，我决定要重视这个孩子的胎教。

时隔好久才回到故乡的我，抱着满头白发的母亲哭得死去活来。母亲疼惜地对四个孩子又抱又搂好一阵，但在这期间，她也与我对视了好几次。女儿是比隔着一代的孙子孙女更亲近的血脉。哪怕抱着孙儿，母亲也始终与我这个女儿进行着眼神上的交流。当成儿子依赖的女儿；担心英年早逝而令母亲感到惴惴不安的女儿……

“我原本以为自己会马上跟着你父亲去呢，没想到能活着抱一抱你生下的乖孙儿。话说，我的女儿身体还好吧？怎么清瘦了这么多？对了，还有我们家姑爷！”

母亲被突然暴增的人口围得晕头转向，半晌才回过神来，伸手一把抓住站在一旁的女婿的手。从蓬坪的茅屋来到江陵的瓦房，孩子们兴奋得手舞足蹈。嫁到附近的玉男蒸了一些糕点过来。姐妹们都出嫁，只剩下年迈母亲的娘家异常冷清，但老家的感觉总能让人感到非常温馨。回到娘家后，家里既有母亲又有满德一家人，还有满德的媳妇粉女，我总算可以从照看孩子的事情上解脱出来做我想做的事了。想及此处，我的身上突然涌现出一股生机，甚至我还感受了腹中的孩子欢呼的动静。

江陵的幸福生活就这样延续了下来。我难得有闲暇时光，可以尽情地练习渴望已久的绘画和书法。另外，上午的时候，我会将孩子们叫到一起，教他们学习《千字文》《明心宝鉴》《四字小学》等书。

对于我来说，这无疑是一石二鸟的好方法。因为我既可以教孩子又可以做胎教。将怀孕的妻子安全带回娘家，丈夫在中秋前便放心地赶往汉阳。

进入腊月中旬，天气突然转冷，而我临盆的日子也渐渐逼近。每天早上睁开眼睛，我所想的第一件事就是今天会不会生。母亲、满德老妈及已经有了两个孩子的妹妹玉男，经常围着我争论肚子里是男是女。

然而今天凌晨，我又做了一个怪异而真实的梦。地点同样是蓝色的东海。我看到大海中央有什么东西在不停地翻滚，接着汹涌的波涛中突然有东西蹿到了空中。那是一条巨大的神龙。这条龙通体漆黑，身体镶满金色的鳞片。这条龙在空中盘绕了一圈，径直朝我飞了过来。我吓得大声尖叫，但马上发现这条龙居然飞进了我所住着的别堂，然后像蛇一样盘成了一团。当我被惊醒时，突然感到肚子里一阵绞痛，仿佛有什么东西在里面翻腾。我知道产痛已经开始了。

由于是我梦见黑龙后产下的孩子，所以我就给他取名为见龙。或许是我在胎梦中看到白玉般白皙的玉童子的缘故，见龙有着一身光洁白皙的皮肤，再加上五官端正、长相俊俏，几乎是人见人爱，别人都交口称赞。见龙的脾气也很温顺，所以将全家人的爱集于一身。他的外婆李氏更是对他宠爱有加。从一周岁、刚开始走路时起，他就开始喜欢上了读书。那个时候，我已经将大儿子璿和二子璠送到书塾去念书。每当两个哥哥回到家中背诵书塾老师作为作业留下的《千字文》或《四字小学》，他都会记在脑子里，然后奶声奶气地模仿出来。几位哥哥姐姐看到后大呼可爱，也不歧视他年纪小，就开始认真地教他识字。让我感到欣慰和感激的是即使不用我强迫，他们也能主动地沉浸在学习的氛围中，甚至将学习当作乐趣来看待。

丈夫对孩子们也非常关爱，每次来到江陵他都喜欢将他们放到自己的腿上教他们读书。每当丈夫来到江陵的时候，为了树立父亲的威信，我都会为他创造类似机会，然后自己则抽身离开。我希望在孩子的童年记忆里，父亲是一个博学多才的可靠存在。若是连这种事情都不做，以丈夫的为人说不定很快就会陷入自暴自弃当中。或许是出于这种缘由，丈夫居然主动提出要包揽孩子的教育。然而好景不长，当看到孩子们有读不出来的字都找母亲询问后，丈夫对这件事情就变得缺乏兴致了。或许是受到这件事情的刺激，丈夫又开始酗酒了，而我知道自己根本拦不住他。对于任何事情都缺乏韧劲和热情的丈夫让我感到无比担忧，但我对他已经束手无策。毕竟哪怕是夫妇，各自都有自己要走的路。

当丈夫到庆宴或客栈喝酒的时候，我就在家里练习书法。不知从何时起，我开始更加热衷于练习书法，而并非曾经最喜欢的画画。原因有两个：第一是因为孩子正处于识字阶段；第二是因为写草书很有意思。每当看到我这个母亲写字，孩子们都会围过来，帮我磨墨或准备宣纸什么的。当我深吸一口气，集中精神开始下笔，孩子们就会马上屏住呼吸，唯恐打扰到我写字；而当我写完字，放下毛笔后，他们又会拍着手掌做出自豪的表情。我知道孩子们将我当作了榜样。即使在家里的时候，我也会让他们五个按照年龄顺序坐成一排，再根据各自的实际情况，给他们布置课题。给他们出完题之后，我就会坐到书桌前开始读书。有时，我还会给他们分发毛笔和宣纸。当拿到纸和笔后，孩子们就会认真地练习毛笔字。在他们当中，我发现大女儿梅窗具备与众不同的绘画天赋。

丈夫一如既往地在汉阳和江陵之间来回奔波，而孩子们则在娘家健康地一天天长大。见龙同样无病无痛长得飞快。不，或许应该说他比我预料的还要出色。事实上，每当看到见龙的时候，我都会有种心慌意乱的感觉。因为见龙越是长大，他的容貌就越接近俊瑞。明明是丈夫的种，长相却与俊瑞相似，让我感到很是不可思议。莫非当初做胎梦的时候从孩子的脸上看到俊瑞的影子的缘故？我不禁有点愧疚。

不知不觉间，见龙五岁了。他的聪慧让人赞不绝口。跟在哥哥屁股后面学的《千字文》和《四字小学》已经能够倒背如流；那肉乎乎的小手居然也能写出一手像模像样的好字来。另外，值得一提的是我也已经三十七岁了。然而当见龙勉强能够懂事，我也刚要缓一口气，身上又有了胎气反应。我无比怨恨自己是女儿身的事实。啊，若是不再生育该有多好？这种“刑罚”还要持续多长时间？然而怀着孩子想着这些，让我感觉对不起孩子。我真是身在福中不知福啊！

事实上，刚怀上第六胎后，我就变得心力交瘁。果真直至害喜结束，我都没能恢复元气。可能是怀孕期间身体变得虚弱的缘故，我动不动就会发烧出汗，以至于大部分时间只能躺在床上无力起身。不能多抱一抱小儿子见龙让我感到很愧疚。每当我闭着眼睛躺在床上，见龙就会偷偷走过来，轻轻地跪在我身边，然后提起柔嫩的小手，放到我额头上感受一下，接着如释重负地呼出一口气，轻手轻脚地走出去。

外面传来见龙与外婆交谈的声音：

“龙儿，你看那个石榴红通通的都熟透了。怎么样？漂不漂亮？你觉得它长得像什么？”

“哇啊！外婆，它好漂亮啊！嗯……这个怎么说呢？我们应该描述它，石榴皮裹碎红珠。”

“哦？是吗？那它到底是什么意思？你快告诉外婆。”

“嗯，就是说石榴皮里装满了很多红色的珠子。”

“天啊！你怎么能想到如此绝妙的比喻。若是换成其他家的孩子，说不定也就刚刚扔掉尿不湿，这会儿还不会利索地开口说话呢。我们家宝贝孙子诶，见龙你真是世间少有的神童啊！”

我听到了平时严谨的母亲一反常态咋咋呼呼的声音和她亲吻孩子的声音。孩子嫌痒痒，摆脱外婆的纠缠，直接跑掉了。我睁开眼睛，透过敞开的大门，望着这温馨的一幕，脸上不由露出了微笑。见龙可以说是一个才智过人、身具慧眼、品行端正的孩子。《明心宝鉴》中也曾说过，无药可医卿相病，有钱难买子孙贤。由此可见，见龙分明就是老天爷的恩赐。既然生下了见龙这么了不起的儿子，那我便死而无憾了。奇怪的是最近我时常会想到自己的死亡，而且还有种命不久矣的感觉。

第二年，我生下了一个女儿。由于是身体尚未康复就生下的孩子，所以哪怕是三七（二十一日）过后，我也没能下得了床。庆幸的是孩子身体很健康。然而也不知为何，哪怕看到新生儿，我的心情也丝毫开心不起来。时光飞逝，孩子过了百日，我的病情并没有出现好转。奇怪的是就连大夫也无法找出具体的病因。直到有一天，见龙突然失踪。家里被人翻了个底儿朝天，始终不见孩子的踪影。直到夜幕降临时，家人们才在位于后山的祠堂前发现了他的身影。据说大家发现他时，他正合着双手跪在地上，人已经昏睡了过去。

当家人们将孩子抱回我的身边时，他的脸上还残留着泪痕。

“这个六岁的小家伙，听说向祠堂里的祖宗们祈祷就能让母亲的病痊愈，所以一下午都跪在那里为你祈祷。哪怕是为了这个孩子着想，你也要快点康复起来。”

我用衣带沾着眼泪说道：“龙儿，有这么担心母亲吗？”

“母亲死了，我该怎么办？我好害怕啊！我一直担心您会突然不再呼吸了。”

“放心吧，母亲不会死的。”

孩子哽咽道：

“我不要看到您死。《孝经》里面说过，失去父母亲后，孩子穿上华美的衣服就心中不安，听到美妙的音乐也不快乐，吃美味的食物也不觉得好吃，所以求您不要再病下去了，也不要就这样死去。”

见龙忍不住号啕大哭起来。六岁的孩子即使再懂事，那也是个孩子。我一把将见龙抱到怀中。我要站起来，一定要康复起来。哪怕是为了孩子，我也得多活几年。可是我的身体并不是我能做主的。怀里抱着差点被冻僵的见龙柔软的身体，我的眼泪止不住地流了下来。

有过这次的事件之后，我想让自己快点康复起来，但衰弱不堪的身体哪里那么容易恢复过来？

屋外传来母亲惊讶的声音：

“什么？人参？”

紧接着满德老爹那中气十足的声音从院子里传了过来：

“绝对是人参，老夫人！您也知道我曾跟着采参人进过几次山里。我可以肯定它就是人参无疑。”

“那你怎么没拦住他啊？”

“嗨，也不知道那位恩人是不是学过缩地成寸的道法，这一眨眼的工夫，就转过身子，一步三丈走得没影了。”

过了一会儿，母亲提着篮子走了进来。

“孩子，你说这事邪不邪门儿？刚刚满德老爹听到有人敲门就出去看了一眼，谁知竟然有一个头戴斗笠、穿着褴褛、分辨不出是和尚还是道士的高人，将这个篮子放到门口就消失不见了。满德老爹拍着胸脯保证这里面装的就是人参。你说如此贵重的东西，为什么会有人放到我们家门口？嗨，原本应该将人请进来，好好答谢一番的。没想到我们会欠下一个素未谋面之人的人情。若我猜得不错，肯定是你卧病在床的消息被谁传了出去，然后某个曾经受过我们家族恩惠的人想要知恩图报，所以才将人参放到门口……”

究竟会是谁呢？哪个和尚会给我送来人参？

我原本打算将这棵粗壮的人参煎给年迈的母亲喝，可母亲却一脸不悦地回绝了。次日，我拧不过母亲的脾气，只能将煎好的人参汤给喝掉。也不知是人参的功效，还是见龙祈祷的功劳，总之我的身体渐渐康复了起来。

身体完全恢复之后，我更加重视起自己人生来。在我卧病在床期间，一直未能得到母亲疼爱的三女睡莲，也被满德的妻子粉女喂养得白白胖胖的。我顿时觉得自己亏欠孩子们太多。于是，我决定将之前拖欠的爱全部灌输到孩子们身上。

新春来临，丈夫从汉阳归来。他告诉我，婆婆的身体逐渐恶化，所以婆婆希望我这个媳妇能够将她的手艺继承下去。啊，终于要离开这里了吗？从此接手婆家的生计活儿，我也算是真正成为婆家人了。我知道在接管婆婆的生意后，自己再也无法像之前那样经常回娘家探亲，更何况我还有六个孩子要照顾。母亲从女婿口中听到此事之后黯然伤心，但还是表示非常感激一直以来亲家母对自家女儿的宽容和大度。事实上，她也已经没有借口再说出留下女儿的话了。

“也不知道我生前还能不能再见你一面。我这个老婆子已经过了花甲，说不定哪一天突然就下阴曹地府了。只是苦了你一直又当儿子又女儿。我的身体一天不如一天，不但整天腰酸背痛，手脚也没以前利索。因此，尽管不多，但我觉得是时候给你们划分家产了。”

“母亲，您这是什么意思？”

“你们家的生活太艰辛，总是让我放心不下，而且抚养六个孩子也不是简单的事情。以后，你们家的粮食就由我供应吧。另外，这只是我个人的想法。我希望我死后能由见龙来主持葬礼。你自己有长子，倒也不用担心这些……放心吧。见龙的那一份我都给准备好了。”

“哎呀，母亲！您怎么竟说这些胡话？”

将时日无多的母亲一人留在家中，我心中的内疚无以复加。也许，这是我与母亲最后一次见面也说不定。日后母亲去世，我也无法保证自己能否及时从九百里外的汉阳赶过来，给母亲送终。在离家之前，我将住在老家附近的玉男叫过来，万般叮嘱要她照顾好母亲。

我们一家人出发的那一天，母亲一直将我们送到村外，和孙儿们一一拥抱之后，才依依不舍地将我们送走。玉男一家、家中的奴婢们及村里的人们望着这一幕，纷纷觉得伤感。拜别母亲之后，我的心一直沉甸甸的。不同于伤感的我，丈夫和孩子们在离开村子一路有说有笑显得很是兴奋。说起来，眼下正是举家翻越大关岭的好时节，只不过孩子们还太小，所以中途需要经常休息。

话说回来，似乎每次翻越大关岭的时候，我们家就会多出一个人。曾经无数次翻越大关岭的情景就像一幅幅画面一样浮现在我的脑海。不知为何，我有种预感，此次翻越大关岭或许是母亲健在前的最后一次。说不定日后，我不再有机会领着孩子们翻越脚下的山头。此番回归汉阳，我准备将自少女时期开始完成的绘画、书法、刺绣等作品都带过去。此时的我就像是初次嫁人的新娘一样，切实地体会到了离别的伤痛。当坐在岩石上休息的时候，孩子们嘻嘻哈哈打闹着玩耍；然而我却背着身子，出神地望着江陵娘家的方向，暗自悲伤。由于离得太远，北坪村只剩下模糊的轮廓。于是我站起来，踮着脚尖，用手遮着眼光，焦急地遥望远方的故乡。这时，见龙凑过来，问道：

“母亲，我好想外婆啊！您是不是也想她了？”

我抓住见龙的手，伤心之余，长长地叹了口气。随着叹气声一并传出来的还有一首悲伤的诗：

慈亲鹤发在临瀛，
身向长安独去情。
回首北坪时一望，
白云飞下暮山青。

见龙看到我在吟诗，也跟着一字一句念了起来。

“你能背下来吗？”

“嗯。慈亲鹤发在临瀛，身向长安独去情。回首北坪时一望，白云飞下暮山青。”

我没想到见龙居然只听一遍就能一字不差地背诵下来。

我疼爱地盯着见龙的眼睛，说道：

“好，你一定要记住这首诗，永远不要忘记。”

自从从婆婆手中接手糕点生意后，我每天都要为紧巴巴的生活费用绞尽脑汁。尽管规模不大，但这也是婆婆辛苦一生才发展出来的成果。由于孩子太多，房子又太小，我无法给每个孩子分配一个房间。于是我在获得婆婆的首肯后，将最大的房间设置为书房。如此一来，无论是丈夫，还是我，都可以在里面看书、写字或画画。孩子们的书桌也摆放在那里，乍一看俨然就是一个小书塾。对于这六个孩子，我从来都不会强迫他们去学习。他们一帮兄弟姐妹在玩耍的过程中，若是有一人主动去学习，那么剩下的人也会非常主动地聚在一起，各自做自己的功课。在学习的过程中，若是有不知道的地方，他们也会主动向年长的哥哥姐姐询问。尽管生孩子和养孩子都不容易，但望着能够和睦相处的孩子们，我就感觉一切付出都是值得的。不过，这一过程也不能算是一帆风顺。在这之前，若是有吵架的孩子，我会毫不犹豫地用荆条抽打他们；而过了七岁之后，我更不会轻易表现出疼爱他们的样子来。我始终将友爱视为孩子之间最有价值的东西。为此，我甚至还在墙壁上用大字写上“躬自厚而薄责于人，则远怨矣”这句话。于是，孩子们的争吵也渐渐少了很多。

见龙的学识日益进步，甚至超过了二儿子璠的水平，想来不久就能通晓四书三经。孩子们学习所需的笔墨纸及三个儿子上书塾的学费也是一笔不小的开支。喜欢画画的梅窗最近迷上了色彩画。因此，我还得为她准备颜料和绘画本。婆婆和表姨朴氏不满我在女儿身上破费，但我并不想因梅窗是女儿就埋没她的才华。在我看来，这也是给曾经信任我、支持我的父亲报恩的一种方式。细细算来，我现在需要养活两位老人、我们夫妇和六个孩子及作为照看孩子的丫鬟带过来的末顺等十三口人。虽然粮食可以通过娘家的支援和婆家地里的出产解决，但生活中的其他费用也不是一个小数目。尽管丈夫经常去坡州管理农田，但地里出产的东西基本卖不出多少钱，因此只有我在闲暇时间揽一些针线活儿，生活才会微微宽绰一点。只不过前不久我大病一场，对于不顾身体健康的劳碌产生了莫名的恐惧。无奈之下，我只能以身作则教导末顺和孩子们学习节约和节制，进而减少不必要的浪费。除此之外，我还要考虑孩子们的忌口和穿着打扮，而且给家人们洗衣服也不是一件简单的事情。我渐渐感到筋疲力尽，恨不得能睡到日上三竿。由于太过忙碌，就连病魔也找不到入侵的机会。以前，我只觉得在婆家生活很安心，但直到真正接手婆家的一切之后才发现，原来自己的家境竟是如此贫寒。为了防备突发情况，我每天都会剩下一把大米，同时教育孩子不能浪费粮食；另外，我也从未真正吃饱过。我知道不浪费婆婆辛苦一生存下来的东西就是报答婆婆恩惠的方式之一。然而如此一来，我就彻底失去了属于自己的时间。我咬紧牙关说服自己，只有创造宝贵的生命，将他们抚养成人才是真正的“艺”的道路，而只有母亲才是真正的“艺人”。

可是到了秋天，我又有了身孕。这已经是我的第七胎了。我感到一阵无奈。生活已经如此贫困，老天竟然还要不停地赐下孩子。您可知我已经没有余力生孩子了！我朝老天爷撒泼道。可是那又能如何？谁叫这都是天意呢……

正当此时，在坡州管理婆家农田的老人去世了。婆婆希望我们夫妇能留下大儿子璿、二儿子璠及二女儿寒莲，再带着年幼的见龙、睡莲及负责照顾他们的大女儿梅窗，前往坡州居住。由于我们夫妇一直

我的身体成为笔，
蘸上如涌泉般积聚的寂寞，
在空荡荡的心田里写字作画。

在汉阳、江陵、坡州、蓬坪迁来迁去，所以分家到坡州成了水到渠成的事情。坡州新家的后山上种着密密麻麻的板栗树。这是见龙出生的那一年丈夫为了给他避灾解难种下的。如今它们已经长得颇为高大，到了秋天还能出产不少板栗。若是那位客栈女掌柜的猜测无误，那么这些板栗树将成为守护见龙的护身符，因此让我倍感心安。坡州离汉阳也不是很远，所以我并没有感受到被孤立。坡州紧挨着临津江，所以环境宁静优美、土地肥沃。另外，新家的附近还有德水李氏祖先建立的花石亭，丈夫比较喜欢去那里游玩。值得一提的是丈夫对见龙也极其宠爱。

随着农时渐近，我们夫妇再次返回到坡州。大儿子璿和二儿子璠由于要上书塾和准备科考，所以依旧留在了婆家。到了深秋，种在后山上的一千多棵板栗树上结满了栗子。见龙非常喜欢郁郁葱葱长满着板栗树的后山，甚至还给自己起了未来的号叫作“栗谷”。每天带着见龙到后山上捡栗子已经成了丈夫的日常。

我的第七胎仍旧是个儿子。由于在生下三女儿时受了太多的苦，所以我将这一胎当作自己最后的孩子，对于坐月子的事情也格外重视起来。

有一天，丈夫和见龙兴高采烈地回到家中。为了能够欣赏月圆之夜的风景，他们二人在傍晚时分前往花石亭，直到天黑才回到家中。

丈夫将见龙推到我前面，说道：

“快把那首诗吟一遍，好让你母亲也高兴高兴。”

见龙调整了一下嗓子，开始吟咏道：

林亭秋已晚，
骚客意无穷。
远水连天碧，
霜枫向日红。
山吐孤轮月，
江含万里风。
塞鸿何处去，
声断暮云中。

“怎么样？是不是很惊讶？你能相信这是一个八岁孩子之作吗？不愧是我儿子，简直太了不起了！今日我们抵达花石亭时正处于落日时分，西方是霞光万丈的夕阳，而东方则是冉冉升起的圆月，整个场面很是壮观。我见晚上风景美轮美奂，我们二人干坐在亭子里难免无趣，就叫见龙作诗一首。原本我也没怎么期待，毕竟他只是一个八岁的孩子，但没想到他张口就作出了如此引人入胜的诗词来。”

丈夫乐得哈哈大笑道。这孩子确实是天生的诗人。所作的诗词句句让人拍案叫绝，尤其那句“山吐孤轮月”，更是让我回味无穷。这种惟妙惟肖的句子是如何想出来的呢？儿子那小小的胸中竟然藏有如此流丽、悲壮的气质！在这一瞬间，我突然有种见龙不是我儿子的错觉。因为在我眼中，他的脸蛋渐渐与曾经在月圆之夜踏桥游玩时，吟咏姜希孟诗词的俊瑞的脸蛋重合在一起。尽管见龙是我生下的，但每次见到他时，我都感觉心潮澎湃。

后来有一天，读书时不小心睡着的丈夫，突然醒来后告诉我，自己做了一个奇怪的梦。

“我做了一个非常奇特的梦。梦中出现了一位白发白须、身着白袍的老人。他指着见龙说千万要照顾好他，还说他将来会成为东方著名的儒学家。不过，那位老人让我给见龙改名字。说完他就在一张白纸上写上左玉、右耳的珥字，接着就悄然消失了。重要的是这个梦太真实了，而且我当时看到的字也很清晰，不像是一个普通的梦。夫人，你觉得如何？既然我做了如此蹊跷的梦，不如就直接将见龙的名字改为珥吧？”

“那好吧。不过，这个珥字不是指耳环的意思吗？难道有什么特殊的缘由……既然梦中有了启示，那也没有道理置之不理。珥，珥……可能是刚刚接触的缘故，有点陌生也正常，而且我们家男孩子的名字都是单字，倒也算是井然有序。”

于是，见龙的小名改为珥。

情人啊，情人！
我的身体成为笔，
蘸上如涌泉般积聚的寂寞，
在空荡荡的心田里写字作画。
你的不在才是你的存在。
虽然你不在我的身边，

但你始终存在于我心中。

你的存在化为浓浓的墨香，

陪伴在我的身边……

第二十章 情人

再次从婆家亲戚那里接到制作六扇草书屏风的委托后，我因选诗的问题陷入幸福的苦恼当中。说起来，我已经有很长一段时间没有作画了。这几年，我一直在坡州和汉阳之间来回奔波。农时要管理田地，所以要居住在坡州；而到了冬天，所有家人则会一起住在寿进坊的婆家，在那里我偶尔会帮助婆婆做一些针线活儿，然后抽空享受一下书法的乐趣。可是我的精力和热情早已大不如从前。偶尔提起毛笔也是为了给梅窗纠正画错的部分。唯一让我感到欣慰的是梅窗的画技在我教导下有了显著的提高。

过了不惑之年，我看待事物的眼光变得更加淡然，甚至开始满足于绘画和书法在自己在世时所带来的乐趣。因为我知道自己的绘画水平和书法水平根本无法挤入圣贤的行列，而且也从未听闻有女人可以将自己的书法和画册流传于后世。然而在我困苦的人生中，书法和绘画是填补我心中空虚的情人和友人。而更重要的是我已经满足于现状，不再奢求更高的境界。因此，在看到梅窗时，我既担心又安心。我担心是因为无法确定她对“艺”的热情能否融入生活当中，而我感到安心是因为她不必像其他人家的女儿一样孤单一个人探索“艺”的境界。毕竟她的人生中至少还有我这个“同道中人”陪伴在左右。

说起来，三儿子珥的学识一点都不逊色于上面的两位哥哥。最让感到我惊讶的是珥居然通过了科考。看到哥哥去参加科考，珥对我说想要衡量一下自己的水平，于是我就答应他与两位哥哥一起参加科考。然而最终的结果却让人大感意外。因为期待中的璿和璠纷纷落榜，唯有最小的珥考上了状元。当时将三个孩子送入考场后，我和行动不便的婆婆摆上井水，求神拜佛乞求儿子能够榜上有名。尽管我很希望三个儿子都能考上，但若是只能选择一个，我其实更倾向于大儿子璿。因为在我看来璠尚差些火候，而珥则总有一天能够考上，只不过是早晚的问题。

然而我没能想到的是，早上与哥哥们一起出门的珥居然骑着白马，顶着遮阳伞，被乐工和舞童前呼后拥、游街而来。全村人都来参观状元郎的家。对于拥有“年龄最小的状元”头衔的珥，大家你一言我一语赞不绝口。相较于红光满面的珥，跟在他身后的璿和璠尽管装作若无其事的样子，但我知道他们内心肯定很不好受。珥从小才华横溢，即使不公然称赞他，兄弟俩也有可能生出自卑的情绪。曾经我的姐妹们从我身上感受过的那种情绪，我身为母亲自然再清楚不过。因此，我是先握住璿和璠的手，勉励了一番，这才盯着珥说了一句：

“辛苦了！”

我极力想要压下心中不断涌现的喜悦之情，但实在太难。我悄悄躲开璿和璠的眼睛，朝珥递出了欣慰的眼神。珥这才涨红着脸，垂下头，露出兴奋的微笑。到了夜深人静的晚上，我悄悄将珥叫到后院里，给了他一个温馨的拥抱。

“啊！真是太了不起了。不愧是我的好儿子……”

我激动得说不出话来。

珥一下子成为村子里家喻户晓的人物，连带着我也出名了。到了外面，我经常能够听到人们交头接耳的声音。“那位夫人就是师任堂申氏。”“她的儿子仅十三岁就状元及第了。”“俗话说有其母必有其子，那位夫人也是一位博学多才之人。”“据说，无论是经书，还是书法，又或是绘画，她都是信手拈来。只可惜她不是男儿身。不过，即便如此，也称得上是女中君子了。”

有一天，一台华丽的轿子停靠在大门前。我刚收回晾干的衣物，将其铺到廊檐地板上，打算跟梅窗一起缝补一番，没想到一个陌生的丫鬟迈着小碎步跑过来询问，是否是以针线活儿远近闻名的洪氏家。我虽然怀疑大夏天的怎么会有人委托裁缝活儿，但还是迅速地点头称是。只见那个丫鬟一溜烟跑回轿子旁，朝里喊道：

“夫人，我们找对了。”

闻言，轿子里便走出一位与我年纪相仿，但打扮华丽的女人。她先是嘱咐轿夫和丫鬟在屋外等候，接着迈着莲步款款走过来，推开大门露出了容颜。女人的表情很复杂。然而那副表情未能维持多久就被充满喜悦的表情代替了。我坐在檐廊下的地板上，总觉得对面的女人有些面熟。啊！我急忙跑下檐廊地板迎了过去。

“天啊，草笼！不，现在应该叫你芙蓉是吧？”

草笼点了点头。我高兴地一把抓住了她的手。如同丝绸般顺滑细腻的触感，通过手指传递过来，与我常做家务事的粗手形成了鲜明的对比。将草笼拉进屋子里，我吩咐梅窗给我们泡一杯五味子茶过来。屋子里弥漫着尴尬的气氛。毕竟是时隔几十年重逢，有些尴尬也在所难免。若是换作以前，多半是草笼在叽叽喳喳地说个不停，而我只是在一旁聆听；但是现在草笼居然一句话都不说，只是泪汪汪地看着我。我们二人就这样闪烁着泪光望着彼此，良久没有出声。

“你一定受了不少苦吧？”

草笼望着我粗糙不堪的手说道。看得出草笼过惯了那种养尊处优的生活，纤纤玉手与少女时一般无二。

“算不上吃苦……人活着不都是这样吗？看你脸色和穿着，想来过得很不错。”

“你们家如今真是无人不知无人不晓。以前是以裁缝手艺而闻名，而现在则是以状元郎儿子出名。对了，你现在有几个孩子了？”

“我是四男三女，你呢？”

“我只有一个女儿、一个儿子。你说一个人想要改个命，怎么就这么难呢？当初我家变得支离破碎，我也跟着被抓进官衙里当奴婢，后来机缘巧合成了妓生。总之，我最后还是走上了我母亲的老路。不过，也多亏从母亲那里遗传下来的跳舞天赋，如今我也算是一步登天了。我们家老爷是现任的右议政。尽管只是个妾室，但好歹不愁吃不愁穿，也算是不幸中的万幸吧。”

这时，我突然想起以前的事情，小心地问道：

“记得当初我刚刚嫁过来的时候，你们教坊妓生们的衣服都是由我家婆婆制作的。当时，我们家的丫鬟一眼认出你了，可惜你装作不认识的样子。你为什么要躲着我？我还给你写了信呢。可是你就是不与我相认。这到底是怎么回事？”

草笼叹了口气，道：

“说实话，我原本打算跟你老死不相往来。可是随着时间流逝，我越来越怀念以前的时光；另一方面，我又觉得过了这么些年，有什么事情是不能原谅的。再说，人生不如意事常八九，而我又有什么资格去埋怨别人呢？但是在那个时候，我是真心无法原谅你。”

“原谅我？我做错了什么事情……”

“当初你可是背叛了我哥哥。都制作定情信物约定终身了，怎么就背叛我哥哥，悄声无息地嫁给别人了？我在教坊的时候哥哥来找过我。当时，他双眼无神，如同行尸走肉一样。哥哥虽然对你们之间的事情三缄其口，但又怎么可能骗得了我？我哥哥为了你彷徨了很久，甚至很多次都差点送命。哪怕活着，他也一直过着疯子、乞丐般的生活，并以此来折磨自己。当时在我眼里，你与那些俗不可耐的两班渣滓没什么两样。”

“你这是误会我了。事实上，我等了他很久。没能守住约定的反而是你哥哥。可是你让我怎么办？如今想起俊瑞哥哥，我也很痛心。

但当时我真以为他死了，所以我才会那么想见你。”

我将整个事件的来龙去脉解释给草笼听。

“哦，原来如此。不过，往事都成了过眼烟云，如今再说这些也已经无济于事。谁叫人生就像流水一样，一去再也不复返呢！”

说着，草笼就拉过我的手，紧紧地抓在手心里。几十年不见，即使再养尊处优，草笼的脸上也难逃岁月的痕迹。

“遇到佳然,打听到与你有关的消息后,我也一度曾觉得很奇怪。”

然而一直以来，心中最想知道的事情，我始终没有勇气开口询问。

“那个……俊瑞哥哥……现在怎么样了？”

“我至今也就见过他三次而已。或许还活着吧，谁知道呢。毕竟对于哥哥来说，人生就如过耳秋风。由于长时间修行，他俨然就是一个僧人。我也有些记不清最后一次见他是什么时候的事情了。那时，他已经成为一个行脚僧……”

行脚僧……他终究还是没能走出红尘，始终徘徊在红尘之内。一想到他带着对我的误解，以被掠夺者的身份，过着愤世嫉俗的生活，我就感到一阵揪心。若是生前能够再见他一面，借此澄清我们之间的误会该有多好？不过，好在遇到了草笼，解开了她心中对我的误解。想及此处，我的心情又好受了许多。只希望日后他能够通过草笼，了解到整件事情的来龙去脉吧。澄清了误会后，草笼似乎恢复了以前的性格，一脸开朗地问道：

“对了，佳然现在怎么样了？我怎么连一点消息都打听不到？话说，当初我和她还是以情敌的身份相遇的呢。”

草笼调皮地笑着道：

“我差点被佳然抓住头发。不，我是还真被她抓住了头发。佳然现在还好吧？遇到那种丈夫，她的日子应该也不怎么好过。”

我犹豫了一下，回答道：

“佳然……死了。才三十岁就……生前活得也不尽如人意。”

我不禁想起佳然在太阳底下双眼无神地望着我的情景。当时，佳然背着脏兮兮的枕头，坐在破败的别堂檐廊地板上，恍恍惚惚地望着照在地面上的阳光。每当到了秋天，佳然当时的模样就会像候鸟一样飞入我的脑海。听了我的话，草笼不住地用衣带擦拭着流淌的眼泪。

“佳然那么有才华，怎么就这样死掉了呢？可怜的丫头！不过，幸好我们两个人都还活着。我们以后可要经常见面啊。对了，我就住在北村。你的婆家虽然名声显赫，但对你来说也不是良配。看看你的手多粗糙，再看看你的脸一点血色都没有！这么小的房子里住着那么多的人，你也是够辛苦的了。仁善啊，有些话我怕你听了不舒服……总之，有什么难处，你一定要跟我说。对了，你现在还在画画吗？那我托你制作一个八扇屏风好了。上面要画上漂亮的花鸟图。不然就在黑丝的贡缎上刺绣怎么样？酬劳就按市面上最贵的走好了！”

我认真地画完最后一笔，将毛笔放回到砚台上。我已经好久没有画过画了。不过，这并不是用于草笼委托的屏风上的花鸟图。看得出成为豪门妾室的草笼享受着荣华富贵，过着衣食无忧的生活。这是好事。也算得上是草笼一直以来梦寐以求的生活。然而当她以可怜的眼神看着我，像发善心一样抬高价位向我委托花鸟图屏风时，她刺伤了我的自尊心。记得草笼看到我粗糙的手咋舌不已。人往往会以自身的眼光看待人生，其中也包括别人的人生。说实话，我并不羡慕草笼的纤纤玉手。那十指不沾阳春水，只为自家老爷服务过的手，并不值得我羡慕。自从嫁入贫困的两班家，我的手一直在忙着制作糕点、做针线活儿、洗孩子们的尿布等，总之从未清闲过。可是我的手也从未放下过毛笔。我的手活得很艰辛，但却是一双无愧于心的手。我摊开双手，认真地打量起来。它长得并不好看，甚至，我的右手手背上还残留着淡淡的伤疤。回想当初，用凤仙花染完指甲后，我们三人当中，就属我的手最漂亮。然而到了现在，指甲磨损不堪，关节变得粗壮，上面还沾着许多漆黑的墨水。比荣华富贵更重要的是守住自己的本心，以及防止让挚爱之人伤心。一直以来，我都在为此而努力，并且心甘情愿、绝不后悔。甚至，这种融入生活当中的自尊感一度让我如获至宝。

我从未想过通过卖画来致富。正如打扮得花枝招展，并以此博得男人欢心的妓生一样，我从来没有为了金钱，特意粉饰过自己的画。因为绘画既是我的人生又是我的自尊心。我之所以摈弃看似华丽的花鸟图，反而选择画一些包含生物生命故事的草虫图，也是因为从中看到微小的生物们想要活下去的辛苦。哪怕一只蝈蝈或一只老鼠，我都不会画得一模一样。因为它们是这个世界独一无二的存在，而且每一

系得紧紧的红绸包袱，
是我的一颗红心。
藏有秘密的心，
我该如何解开？

个都是宇宙的中心。其实，这就是我对人生的见解和表达方式。哪怕画一只小小的水鸟，我也试图将自己的情感融进去。于是，水鸟就有了情感。在画山水画的时候，我同样会尝试往由阳光和月光组成的自然“表情”里融入我独有的情操和情趣。每一幅画都是我的人生在那个时候、那一瞬间的真实写照。因此，我从来不接受委托，而且也只有我自己想画的时候才会提笔作画。我练书法是为了修身养性，但画画是为了约束我的情感或释放心中的情绪。

草笼到访过后，我的心思又乱了起来。啊，看来人心根本无法做到像镜浦湖湖水一样波澜不惊。时而水静无波，时而波涛汹涌，方为人心。怪不得释迦牟尼将人生比作苦海。反过来，苦海中的波涛也是人心所致。在前往金刚山之前，俊瑞就曾告诉我自己想要修炼心境。如今，经历了如此多的痛苦，他的心境应该修炼有成了吧？听说他做了和尚，那他究竟有没有找到佛祖？有没有得道？有没有变得更加自由？

我回过神，重新打量着眼前刚刚完成的山水画。事实上，它并不是我看着奇山异水画出来的写生画，而是以山水为背景的幻想画。因为俊瑞及俊瑞在金刚山修道的画面始终徘徊在我的脑海里，所以我也不得不将其画出来。

事实上，我并没有去过金刚山。但在我的画中，金刚山是这样一幅情景：耸立的群山峰峦叠嶂，曲折的沟谷溪水潺潺，参天古树旁是蜿蜒崎岖的山路；杂树丛生的树林里烟云缭绕，一根船桅杆在云雾中时隐时现。傍晚，一位僧人正在经过独木桥，草棚里有一位老和尚在悠闲地下着围棋。传闻金刚山中隐居着许多身怀绝世神通的奇人和道士。我想象着俊瑞在一间破旧的庵中拜一位老僧人为师，然后跟着他修行的场景。庵位于一棵古松树下，破旧不堪的庵勉强能够挡风遮雨。傍晚时分，那个背着行囊，为了去化缘而过独木桥的和尚是否就是俊瑞本人呢？

我从立柜深处拿出红色的包袱，待墨水干透后，小心地将山水画放进了包袱里。这个红色包袱还是曾经我试图跟俊瑞私奔的时候用来装东西用的包裹。想及此处，我的手不由轻轻地抚上了它。等我再次将它放回立柜深处，正要给立柜上锁，突然全身发软、冷汗直冒，接着又是一阵天旋地转，而伴随眩晕的还有来自胸口一侧的阵阵绞痛。啊，又开始了！我绝不能再倒下！保持一动不动的姿势，缓了几口气，我顿时感觉好受了不少。

这时，推拉门缓缓打开，梅窗轻轻走了进来。

“母亲，您尝尝这柿子，可甜了！”

说着梅窗就将摆着红柿子的小饭桌放到了我面前。这会儿，那个男人废宅里的柿子也该熟透了吧？婚礼前，我孤身一人前往他家中看到的凄凉的场景犹在眼前。算起来，这还是几十年前的事情。我如梦初醒般摇了摇头，接着就看到一颗熟透的柿子伸到自己眼前。女儿摘下柿子把儿，推到我面前，示意我赶紧尝尝。如今，梅窗已经有二十岁，早就到了结婚的年龄。她的外貌和才华，简直跟我是一个模子里出来的。

正当此时，外面传来一阵“咚咚叮咚”的玄琴声。小儿子瑀特别喜欢玄琴，于是我就给他买了一架，后来就看到亲戚家的一个孩子经常过来演奏玄琴。他的弹奏水平非常了得，偶尔也会指点瑀弹奏玄琴。但不知为何，总觉得今天亲戚家孩子弹奏玄琴的声音比往日更加扣人心弦。我咬了一口柿子，甜腻的果汁涌入口中。我感觉眼睛有些酸酸的，胸口也仿佛被什么东西给堵住似的。推拉门的窗纸上晃着深秋的阳光。然而此刻，我的心中却下着绵绵阴雨，就如第一次俊瑞的玄琴声穿过雨幕响彻在我的心中的那天一般……眼泪盈出，迷住了我的眼。我看到窗棂像融化的麦芽糖一样流淌下来。如今回想起来，我发现自己的少女时光就像是乘坐在舒缓的玄琴声上一样缓缓淌过，但成为人妇之后的时间则像离弦之箭一样转眼即逝。我茫然地看着自己四十五岁的深秋就这样无可奈何地流去。

系得紧紧的红绸包袱，
是我的一颗红心。
藏有秘密的心，
我该如何解开？
但是我好想将它彻底解开。
花儿想要盛开……
那就让它盛开。
花儿盛开，
花蕊又岂会感到害羞？

即使我现在凋谢，

总有一天，

我也会再次盛开……

第二十一章 红绸包袱

从十九岁结婚、二十岁生下第一个孩子时算起，直至三十九岁生下最后一个孩子，将近二十年时间里，我不停歇地一连生下七个孩子，以至于过了不惑之年，我才有机会享受忙里偷闲的时光。然而好景不长，婆婆因年岁太高卧床不起。作为唯一的媳妇，我无微不至地服侍着她。作为婆婆，她是一位可敬之人；而同为女人，她又是一位可怜之人。婚后父亲去世时，她大度地容许我推迟新行；由于知道我在家里充当着儿子的角色，每当到了父亲的忌日，若无其他重要的事情，她都会主动提议我返回娘家，甚至担心我母亲一个人太过孤单，她还允许我多待一些时日。得益于此，我才不至于埋没自己的才华，能抽出时间来练习书法和绘画。然而她自己身为寡妇，能依靠的只有独生儿子一人，但哪怕如此，她也无愧于两班家女人的身份，整日为养家糊口而奔波操劳却从无怨言。哪怕经常为妓生和贵夫人们制作薄如蝉翼的美丽衣裳，她也从未想过为自己置办一套新的丝绸衣裳。撇开婆婆的身份不谈，只是单单同为女人，我对她有着深深的怜悯。而正是这种怜悯，使得我忽略了与她，或者说与婆婆之间的一些小摩擦和小怨念。若是没有这种怜悯之情，说不定处理大小便等应接不暇的照料，早就令我筋疲力尽。在我看来，婆婆离世前，我能报答她的只有细心照料卧病在床的她。可惜的是哪怕我再尽心尽力地服侍，婆婆洪氏最终都没能恢复过来。虽说她年过七旬，算得上是寿终正寝，但我心中难免感到些许惋惜。我们夫妇精诚之至地按照习俗举行了小祥和大祥[1]。对于母亲的去世，丈夫感到万分悲痛，始终认为自己未能在她生前尽孝。伤心之余，他又开始借酒消愁。渐渐地，他成了客栈的常客，几乎每天晚上都会醉醺醺地回到家中。原本我以为他这是受到失去至亲之人的打击，想要借酒麻痹自己，便没有过多在意。但过了一段时间，我就发现酗酒已经成了他的习惯。甚至，还有传闻说他与那家经常光顾的客栈的年轻寡妇老板之间有着不清不楚的关系。据说那位姓权的寡妇是某个落魄的两班家的女儿，虽然性格泼辣，但胜在酒量好，懂得如何讨好男人。莫非是多情的丈夫伤心之余轻易地向那个寡妇敞开了心扉？不过，奇怪的是我居然一点都不嫉妒她。在我眼中，丈夫更像是一个没有长大的儿子。难道是因为上了年纪的缘故？但不管如何，该讲清楚的还是得讲清楚为好。

不知为何，我最近越发觉得生老病死是人间常事。不时，我还会想起那些曾经伴我左右却离开人世的人们。外公、外婆、父亲及婆婆……她们最终都化为了一抔黄土。人的身体如此脆弱，人生又有什

1　小祥，指一周年祭。大祥，指两周年祭。——译者注

么意义可言？也不知年过七旬的老母亲是否安康？除了偶尔通过顺路的人捎去消息，我终究还是没能再翻过大关岭去看望母亲。自从婆婆去世后，我就异常想念远在娘家的母亲。婆婆至少还有个儿子侍奉左右，但母亲却只有五个女儿，甚至连五个女儿也都嫁作人妇。想起孤身一人的母亲，我就感到一阵揪心。母亲的一生太过孤单。小时候作为独生女，没有兄弟姐妹一起陪伴她长大；结婚之后又与丈夫分居生活；之后，年纪轻轻就失去丈夫成为寡妇；而到了如今，就连膝下的五个女儿都出嫁，只留下她一个人等待着死亡的来临。孤苦伶仃一个人，她该多么孤单、多么害怕？活到现在，我也渐渐预感到了死神的接近。不知何时起，我的身上就开始出现发烧、胸痛和眩晕等症状。尽管只要休息一阵就会缓和下来，不至于卧病不起，但还是隐隐让我有些担心。好在大夫告诉我，这只是肺部和心脏虚弱导致的正常反应，无须太过担心。事实上，哪怕现在马上死去，我也无怨无悔；唯独母亲临终时无法在一旁照料她的事实，很可能成为我终身的遗憾。若是母亲突然去世，我这个当作儿子养大的不孝女，说不定还真有可能没法赶过去给她送终。

不过，人活到四十七岁，人生当中也不尽是糟糕的事情。有暗有明、有悲有欢才是人生。刚刚为婆婆守完孝，年高五十岁的丈夫就被朝廷任命为从五品的水运判官。水运判官主要职责是用船为朝廷搬运征收的粮食。尽管姗姗来迟的幸运让我无比高兴，但想起刚刚去世的婆婆洪氏，我又不免感到一阵惋惜。因为婆婆才是最应该感到高兴之人。

朝廷的任命下来后，丈夫欣然接受了这个官职。尽管是直到晚年才得来的五品“芝麻官”，但丈夫却奉为天职。看来人都得有符合自己性情的事情可做。自从接任水运判官后，丈夫整个人都变得容光焕发起来。尽管差事很辛苦，常常出一趟船就是好几天，甚至是一个月之久，但好处也十分明显。那就是不会卷入党派纷争，不用看别人的脸色，更不需要使用头脑。因此，对于老好人、软心肠的丈夫来说，无疑是最合适不过的职位。自从有了丈夫的俸禄作为补贴，原本拮据的生活也渐渐变得宽裕起来。再加上，最近在三清洞找到一栋合适家人们居住的房子，乔迁在即，难得令我有种轻松的感觉。可惜朗朗晴空中不时地闪过一丝阴影。我时不时地会感到头晕，随后眼前变得一片漆黑。我总有种不好的预感。或许是身体虚弱的缘故，我总是打不起精神来。好不容易迎来好日子，身体却出现了异常。身体无力，就没了热情；没了热情，也就没有了欲望。无欲的心态给我带来了心灵的平和。

搬到三清洞后，丈夫和两个儿子就受命前往地区搬运粮食。寒食过后，移植的花苗和蔬菜苗都长得飞快。就连移植到院子里的牡丹花树上也结上了花骨朵，有些是甚至已经开了一半。新房的面积不大，但很干净，而且是朝南向的，所以我非常满意。家中的孩子们茁壮成长，最小的瑀也有十岁大了。二十三岁的梅窗贤良淑德，无论是家务事，还是照顾弟弟妹妹，都是得心应手。唯一令我担忧的是大儿子璿和梅窗到了结婚年龄，但仍然没有找到良配。

脱离生活的疾苦，难得迎来安逸的时光，我好几次想要重温书法和绘画，但奈何体力总是跟不上，所以最近也只能以修补或欣赏曾经的作品来打发时间。这些绘画作品对于梅窗也是一种很好的范本。除了梅窗之外，十岁大的瑀对“艺”也有着超乎寻常的敏锐嗅觉。尽管年幼，但他对玄琴有着极大的兴趣，甚至还能演奏得有模有样。除此之外，单单从他在一旁临摹姐姐的画的表现来看，就已经可以判断他身具艺术天赋的事实。也不知当这些孩子崭露头角时，我又会是一副什么模样……只恨岁月太匆匆！

早在掌管婆家生计的时候，我就将保存在娘家的作品全部带了过来，只是中途遗失了不少。虽说之前往返首尔和江陵很多次，但毕竟江陵的屋子大部分时间都没有人居住，所以少了几幅画也在所难免。要知道，就连这次搬到三清洞的过程中，我也遗失了好几幅画。每次欣赏自己的作品时，我就有种回顾自己人生的感觉。这些作品中，年代最久远的是一幅名为《西湖志》的练手之作，上面所画的是一些梅花。看着它，我就会不由想起娘家后院那棵最先报春的红梅花树。说起来这棵红梅花树还是一棵百年老树。也不知我死后，那棵红梅花树还能再活多少年。还有这幅画又能保存多少年？最令我感到惋惜的是我不幸遗失了小时候临摹安坚山水画的那幅作品。事实上，它才是我的作品中年代最久的一幅画。记得外公在世的时候，一直将它当作炫耀之物保管在内宅里，没想到一不留神就消失不见了。

每当望着眼前的草虫图、花鸟图、花草鱼竹、山水画等作品，我的脑海里就会浮现出当初自己画这幅画时的场景。到镜浦湖画绿头鸭时湖水的色彩、跟着父亲到海边时所画的《月下孤舟图》……啊，记得那天晚上，我第一次来了月事。当时不知道有多害怕。就连与佳然和草笼一起染指甲用的凤仙花也被我搬到了画中。那些可爱的老鼠们偷吃西瓜吃得心无旁骛，就连我靠近也没有察觉到。当时，只是望着落在树枝、果实、蔬菜上的阳光，我就感到幸福。然而越是观察漂亮的花儿，我越是能明白隐藏在其背后的黯然。虽然我可以将花儿原封不动地搬到画纸上，但我无法将花儿自带的悲哀画出来。从来没人告诉我这些，我更无法从小时候看到的画册中领悟出这些。我唯一能做的只有改变色彩的浓度及事物的形态。例如我将花茎画得弯曲一些，试图以此来表达自己丰富的情感；又比如使用违背常识的色彩，想要以此来表达自己与众不同的情感。正因如此，在画色彩画的时候，我也采用了不使用水墨画线条的无骨法。直到如今，我才有点明白应该怎样去画一幅画；而我也能通过画作来感受出画家的心理。这种感觉很玄妙，无法用语言来形容。或许，只有经历了足够多的事情，活到了一定的岁数，才能够明白其中的道理吧。从这些画中，我体会到了自己当时的喜怒哀乐。例如某一天画草虫图的时候伤心、某一天画花鸟图的时候心情低落，我都一清二楚。若是日后我还有足够的时间，将来我又能达到何种境界呢？也不知我的人生还剩下多少时间？唉，我怎么老想这些晦气的事情。我摇了摇头，又拿出了自己以前写的书法。

小时候练的书法，很多都找不到了。这些书法绝大部分是草书，其中掺杂着部分楷书和篆书。初次见到我所写的书法的人通常都会感到十分惊讶。因为在他们看来，这不像是一个女人能写出来的字。他们说我的字写得苍劲有力，从头到尾透着一股阳刚之气，所以若不是亲眼所见，很难相信是一个女人写出来的。我仔细一想，觉得确实很有道理。因为我本来就是一个外柔内刚的女人。尽管我很少与别人争执，但一旦下定决心，别人很难将我说服。不过，也得亏是我，若是换成其他柔弱的女人，说不定早就放弃了追求书法和绘画的道路。

另外，我还在包袱里发现了不少以黑色贡缎为底布的刺绣作品。不少年代久远的甚至有些微微发霉了。我有些担心还能否作为梅窗的嫁妆使用。由于大部分都作为结婚礼物送给了姐姐和妹妹们，所以剩下的刺绣作品并没有几件。

我将它们一一装入巨大的纸盒，再用蓝色的布包起来，放进了通风好的衣柜里。这个蓝色的包袱以后就交给梅窗好了。随后，我找出小心珍藏的钥匙，打开立柜，从里面拿出了装有红色丝绸包袱的盒子。我环顾了一下四周，又觉得不放心，打开推拉门，探查了一下屋外的情况。梅窗带着弟弟们参加了村子里的庆宴，现在家中只剩下我一个人。其实，这件红色包袱我很少打开。因为我害怕打开它之后，曾经那段痛苦的回忆像毒蛇一样蹿出来，死咬着我不放。很难相信自己也曾有过这样的岁月。从这种角度上来说，岁月确实是连蛇毒都能治愈的良药。不过前不久，我打开它时并没有感到多么痛苦。如今，它也不过是我逝去的人生当中的某个片段而已。

打开红色包袱后，里面露出了曾经与俊瑞和草笼一起游玩时所画的山水画和草虫图，以及无数个夜晚思念他时所画的肖像画和连理木画。此外，我还发现了荡双人秋千的少男少女的画。一段段清晰得可以指出具体日期的记忆随着画面一一闪现在我的脑海里。是啊，我也曾经历过这样的时光！其中，有几张画画得异常生疏。记得那时候，我因为不堪忍受爱情的折磨，发誓不再画画，甚至还打算用剪刀毁掉右手来明志。而这几幅画正是我在右手尚未痊愈时，心痒难耐随意画出来的。最后一幅画是我在三年前画的金刚山山水画。金刚山的风景中站着一位男子—— 一位傍晚时分穿过独木桥，前往某处的和尚。他的灵魂如今应该摆脱身份的牢笼，成为一只自由自在的野鸟，飞翔在天空中，俯瞰、嘲弄着世间的一切。我不禁想起我们第一次见面时，那只挂在紫竹上的可怜的喜鹊风筝。如今他是否挣脱掉绳子的束缚，成为一只翱翔于天际的喜鹊呢？

在红色丝绸包袱里，我还发现了冬至夜里为他所绣的福袋、枕顶、坐垫，以及一件破旧的翡翠色裙子。啊！这不就是我当初遇到野狼的那天穿过的裙子吗？在里面，我还发现了一些曾经思念他时所写的诗词。如今再次看到它们，我的脸颊不由变得一阵滚烫。说起来，这些东西是万万不能让别人瞧见的。除此之外，我还看到一张俊瑞写给我的信。尽管信纸都有些发黄，但上面所留的十六岁男子霸气的字迹，依旧让我感到震撼和亲切。啊！当时的他还只有十六岁，正好与我们家珥同岁。时隔多年，再次念着上面的诗句，我的心变得无比温馨。

曀曀其阴，

虺虺其雷。

寤言不寐，

愿言则怀。

我将最后一张信翻了出来。这张字迹被泪水晕开的信是俊瑞写给我的最后一封信。也不知俊瑞在写这封信的时候是何种心情？历经千辛万苦来找心爱的女人，却听到那个女人违背诺言，要与别的男人结婚时，不知他是何种感受？可怜的人儿……直到过了很多年，我才有些理解他当时的心情。或许，当时的他比我更加痛苦也说不定。自从有过那次命运的交错之后，我们二人或许永远没有机会再相见了。而当他知道我们的命运在人生的阴影中以连我们自己都不知道方式失之交臂时，他会是怎样一种心情？他是否也一直挂念着我？不知不觉间，一滴滴眼泪滴落在纸上。我连忙用手将上面的泪水擦去。

我一边重新将包袱打包，一边喃喃自语道：啊！这些就是我四十八岁人生的写照。我活得很认真。自从被人们捧为聪明伶俐、知书达理的申氏家门的二小姐，我就一直为了符合这一标准而挣扎和努力。一直以来，我从不违逆丈夫和婆婆的话，顺应作为女人的人生，还辛辛苦苦将七个儿女抚养长大。大家都羡慕我是最小状元的母亲，但他们又岂会明白我心中的苦。在他们看来，我的一生是一路平坦的、没有痛苦和矛盾的人生。然而他们不知道，每天我无数次埋怨自己的人生，不得不以“柔能克刚”四个字来说服自己。而柔确实能克刚。为了拥抱生活，我弯下了腰。于是，我就像刺楸树连理木一样变得弯弯曲曲。为了防止别人因我而受到伤害，我始终忍受着宛如刺楸树扎进我身体一般的痛苦而活。不过，若是没有这些痛苦，我也无法存活下来。事实上，我的画和字都是吃着这些痛苦长大的。越是痛苦，我就越渴望画画。它们成了我的情人。而正因为有了这些情人，我才能够活得更加端正。这听起来似乎很矛盾。但人生本身就是矛盾的存在。若不矛盾，或者说若不能包容矛盾，就不配称之为人生。而我并不后悔自己的选择。

只是这个包裹我该怎么处理？按理说，当我离开人世时，这些曾经源于我身体欲望的物品也要处理干净。既然如此，那就将它们烧掉好了。我一边思量着什么时候烧掉它们合适，一边重新将包袱放入了立柜。不过，若是能有机会对那个人说句谢谢该有多好……不然先写一封信叫草笼转交给他？毕竟是自己的亲妹妹，总会有过来探望的时候。我走到书桌前，摊开了纸。然而当我磨完墨，想要提笔写一些什么时，大脑突然变得一片空白，连带着提着笔的手也瑟瑟发抖起来。就算写下什么，又有什么意义？我突然觉得无论写什么话都是错误的。毛笔在虚空中颤了颤，终究还是没能落下来。几滴漆黑的墨水顺着颤抖的笔尖滴下来落到纸上，留下了三个漆黑的点。或许，它们比任何字都能清楚地表明我的心思。我重新将毛笔搁到砚台上。啊，任何言语都是多余的。我静静地点了点头。他是一个像鸟儿一样有着自由灵魂的人。即便我什么都不说，他也早为了拥抱生活，我弯下了腰。

于是，我就像刺楸树连理木一样变得弯弯曲曲。

就猜到了我的心思……

我再次提起了毛笔。不过，这次是给丈夫写信。

夫君谨启：

不知夫君玉体是否安康？

璿和珥是否也无恙？

我有些担心夫君会晕船。我们已迁入新房，正在适应新的环境。家里一下子少了三个人，气氛显得非常冷清。

这段时间我一直在新家中静静修养。因为在我看来，健康比任何东西都重要。只是修养的效果不是很好，但也没有到值得担忧的地步。我是说自己的身体似乎比不上年轻时候了。如今，我已经四十八岁，确实算不上年轻了。自从十九岁与夫君结婚，不知不觉与夫君一起携手走过三十年的岁月。回首望去，一路茫然，而夫君不在身旁的现在，我细细想来，感觉这些年能够活到这个份上似乎都是夫君的恩德。因此，夫君是我最珍贵的存在。

回想起来，自从嫁给比自己大三岁的、宛如哥哥般的夫君之后，我经常让夫君伤心，还对夫君异常狠心和冷漠。若不是夫君单纯、善良、直率的性格，我不知道自己能不能坚持到现在。很多事情，我都不知道有多么感激夫君。奈何我向来不善于表达，更不是一个和颜悦色之人，以至于冷落了夫君，让我深感内疚。

感谢夫君将我视为美丽、高贵、聪慧、纯情的女人，同时信任我、爱我。正因为有了夫君的信任，我才能够拥有这样的人生。或者说，为了成为这样的人，我不得不付出努力。然而我始终是一个缺点多多、不够完美的人和女人。当我无法倾心于夫君，整天以追求艺术的名义沉浸在其他世界时，您该有多么孤独？但即使如此，夫君也始终像一座巍峨的山一样默默守护着我。对此，我恨不得再三叩首表达心中的感激之情。

正是因为遇到了夫君，我才能够获得七个宝贵的儿女，同时也能对娘家尽孝。一个女人的人生能够如此幸福和自由，我不知道有多感激自己的人生。无缘无故给夫君写信，我也感到羞愧难当。虽然不知道我还能活多长时间，但只要我还活着，就一定会忠贞不渝地陪伴在夫君的身边。

望夫君玉体珍重，顺利归来。夫君归来时，我种在院子里的鲜花必然争相开放迎接夫君。届时，我同样会笑靥如花迎接夫君。我会幸福地等待和夫君和两位儿子的归来。

写信的途中，不知为何，眼泪总是止不住地流下来。尽管纸上的笔迹被眼泪晕开，但我并没有在意。这时，房门被推开，传来梅窗说话的声音：

“母亲，我回来了！”

看到正流着眼泪写信的我，梅窗缩了缩脑袋，轻轻关上了推拉门。

啊！越过天堑，

就是无何有之乡！[1]

1 无何有之乡：常见于《庄子》的《逍遥游》《鹰帝王》《知北游》等文章中的一句话。其释义指空无所有的地方，即无为自然之道下，没有生死、没有纠纷、没有知识、没有心灵、没有作为的无比幸福的地方或那种心态。——作者注

第二十二章 火焰

我抱着红绸包袱走进了内宅院子。五月春季的阳光异常明媚。院子里各种春花斗色争妍。种在墙角下的牡丹花也饱含温馨的微笑，娇艳盛开。我掐指算了算，若无意外，丈夫将在四天后归来。整整一个月逗留在异地他乡，应该想煞了家的味道吧？也不知第一次跟随父亲而去的璿和珥有没有开阔眼界？十六岁的珥，正处于好奇心重的时期，也不知他在这次旅行中，是否增长了见识？另外，璿回来之后，我必须得找来媒婆上门说亲了……媳妇快点进门，我也好将家中的事情交代清楚，安心地……可是我最近为何总会担心自己死后的事情呢？话说我还有很多事情没有做呢。记得母亲曾经说过，我很有可能会早逝。尽管我不尽信这些东西，但昨天晚上睡觉之前一直伴有咳嗽和胸痛的事情是做不了假的。晚上由于太暗，所以我没有看清，但早上起来一看，却发现手帕上渗着一摊血迹。与其长时间抱病在床，我宁愿自己在晚上闭上眼睛之后，就那么安详地离开人世。而且我有预感，这一天并不会太远。

我吩咐梅窗烧来一锅洗澡水。尽管过了端午节，但家里还剩下不少端午节没用完的菖蒲。我用熬制的菖蒲水洗了一下头，再认真地将身子擦拭了一遍。看到菖蒲，我不禁想起自己十五岁时候的那个端午节。我进入屋子，坐在梳妆台前，对着镜子仔细地梳着头发。我发现不知何时两鬓和额头又冒出不少白发。一直以来，我都对自己的头发很自信。乌黑亮丽，如同绸缎般浓密的青丝一直是我的骄傲……而到了如今，我的头发不仅变得稀疏起来，还爬上了白霜。眼角的鱼尾纹和嘴边的八字纹、无力下垂的眼帘……一个辛劳了四十八年的疲惫不堪的女人的样子投映在镜子里。曾经端午节那天梳着辫子头的俏丽少女去了哪里？那个差点被镜子里的自己给迷住的、自信满满的青春又去了哪里？我默默地换上了新衣。在举行烧纸仪式前，我希望自己是干净的。

两个儿子去了书塾，寒莲带着睡莲到朋友家里去玩，家中除了我，只有行廊老妈子和梅窗。我叫来梅窗，吩咐她带着行廊老妈子到集市，为三天后归来的父子三人采购一些东西。将梅窗二人打发走后，家中静谧得如同寺庙。我推开推拉门，让阳光倾泻到屋内。院子里的花草在阳光下显得更加娇艳，但覆盖的阴影同样变得更重了。我心中突然涌出想要画一画光和阴影共存的花朵和叶子的冲动。啊！也许这就是人生吧。阴影突出光的明亮，光则加重阴影的深度，但它们又不分彼此。或许，只能用“色即是空，空即是色”来形容它们吧。无数花草的影子在充满阳光的院子里晃来晃去。我不禁感到有些头晕，连忙闭上了眼睛。阳光调皮地照射在我紧闭的眼帘上，带着红色气息的黑暗在我的眼皮下如同红色的幕布一样摇晃着。

我提着红绸包袱走到炉子前。这个炉子是梅窗为了给我煎药，特意放到内宅里的。点上底火放在木炭下，再用扇子微微一扇，木炭轻易就被点燃，片刻就烧得通红。然而闻到木炭燃烧的刺鼻气味，我又感到一阵天旋地转。良久，我睁开眼睛，看到眼前盛开的牡丹花，是那么华丽、那么娇艳。炉子里的火焰也渐渐如花儿一样盛开了。我解开了红绸包袱。红绸包袱就像巨大的花瓣一样绽放开来。再次看到里面的东西，我的心中不免感到有些可惜。我将它们一件件拿出来放到地上。既然已经决定要烧掉，那就不能再后悔。

最先入眼的是放在最上面的俊瑞写的诗和信。火焰迫不及待地将它一口吞下。随后，我又将自己想念俊瑞时所作的诗一一烧掉。纸烧得很快，马上就成了灰烬。这些灰烬看起来就像是薄薄的灰色绸缎。接着，与俊瑞一起游玩时所画的山水画和他前往金刚山后，我思念着他所画的单身水鸟图和小鸟图也烧成了灰烬。之后，烧掉的是几幅人物肖像画。我将它们一张张全部放到炉子里。他的轮廓做着各种表情渐渐烧成了灰。那些表情有时像笑，有时像哭，有时又像是在生气。无数个夜晚，我因想念他而无心入眠，只能通过不停地画他的肖像画来化解心中的思念之情。我就这样将自己曾经的回忆一一烧掉。这时，突然一阵风刮来，吹起几幅肖像画飘到墙角下。我试图将它们捡回来，但一起身就有眩晕的感觉袭来，最终不得不放弃。这一次，我则拿起了那件翡翠色的裙子。我决定趁火焰还旺，优先将它烧毁。

这件破旧的翡翠色裙子是我遇到野狼的那一天穿过的。当天晚上回家之后，我就脱下这件沾染野狼血迹的裙子，在上面作了一幅画。因为沾染的血迹太大，所以我就用红色的颜料，在裙子上画了一朵娇艳欲滴的牡丹花。尽管过了三十年之久，但牡丹花除了发了点霉、颜色变黑了一点之外，与作画时别无二致。我先是望了一眼盛开在花坛中的、在微风中不停摇曳的牡丹花，接着又看向三十多年前画在裙摆上的牡丹花，心中难免感到诧异。莫非是当初为了让我在牡丹花前烧掉人生的痕迹，才让我在裙摆上画牡丹花的吗？我提起裙子凑到鼻子下闻了闻，似乎有一股依稀的血腥味传来。我犹豫了一下，一把将裙子扔进炉子里。火焰就像饥饿难耐的野兽一样一口一口将裙子吞噬。一股分不清是头发烧焦，还是肉烤焦的刺鼻气味传了过来。我刚觉得这股味道有点恶心，胸口处就有东西翻腾似的涌了上来。我连忙捞起正在燃烧的裙子捂住了嘴巴。一股暗红色的血液喷射在裙子上。我明白自己又咳血了。

我越发感到焦急。这时，又有一阵风刮来，吹走了铺在地上的纸张。这些纸张就像是逃离火魔爪牙的兔子一样，乘风逃得远远的。在这一刻，我突然有点后悔将它们烧掉。它们可是我人生的影子啊！啊！真不想将它们烧掉！好想让我的灵魂存放在自由的地方。半晌，我找回了神智。不，我得将它们都烧掉……烧掉这些欲望的碎片……我正要起身去捡那些纸张，但胸口处再次传来一阵燃烧般的疼痛。我屏住呼吸，闭上眼睛，等待着燃烧般的痛苦渐渐消退。此刻，我仿佛感觉自己的身体烧成灰烬，然后逐渐变得白皙、透明、轻盈。当我好不容易睁开眼睛，便看到眼前的牡丹花们不停地伸缩着脑袋朝我微笑。

第二十三章 真相

珥的身体日益消瘦。自从作为精神支柱的母亲离开人世，他能依赖的唯有书籍。但不知从何时起，即便看得再多，书中的内容也装不进珥的脑子里。内心如此荒凉，大科[1]及第又能如何？自从以十三岁的年纪在初试状元及第，人们都认为等待着珥的人生会是康庄大道。然而作为一个十六岁、上下都够不着的少年，珥从未像现在这样混乱过。母亲的去世，让他倍感无力和无奈，总感觉人的一生太过虚妄。若是母亲健在，他恨不得能够枕着母亲的膝盖痛哭一场。对于珥来说，母亲的存在是灌溉他干旱心田的甘甜泉水，是令他混乱的头脑镇定下来的清凉微风。珥不由想起去年秋天的情景来。

立秋过后，秋风萧瑟，就连空气也变得更加通透和清新。家中难得迎来清闲的时光。远在坡州的亲戚要举办花甲宴，父亲陪同奶奶和姨奶奶朴氏，带着哥哥和弟弟，凌晨时分就离开了家。珥前几天不小

1　大科：即文科。——译者注

心得了霍乱，上吐下泻，只能留在家中。此时，母亲正在灶房里熬着粥。房间里一片寂静，只剩下锅中的粥咕嘟咕嘟冒泡的声音。多亏母亲无微不至的照料，珥终于找回了一点力气。为了不让母亲担心，珥没有继续躺下去，而是坐起来后，抱着书朗声读了起来。这时，母亲端着粥，走了进来。“怎么不多躺一会儿……”话虽如此，但母亲看着珥的目光里透着一股欣慰。望着最近开始变声、鼻子下也开始长出漆黑绒毛的珥，母亲总有种恍惚的感觉。同样，珥望着母亲时也难掩心中的喜悦。即使对方一直待在身旁，他们望着彼此的目光中也会透着一股思念。如此看来，哪怕他们是母子关系，也无法否认二人之间有着美丽的不解之缘的事实。见家中只剩下两个人，珥更大胆地朝母亲递出了带有撒娇性质的喜悦目光。因为几个孩子在一起的时候，母亲从来都不会偏爱谁。尽管珥以十三岁的年纪在进士初试状元及第，向世人们崭露了锋芒，但他从未在兄弟姐妹面前装出骄傲自满的样子。他们二人就像是无法透露爱慕之意的恋人一般，相互用眼神和心灵传递着信息。

喝完粥后，珥随母亲一起坐在檐廊地板上，悠闲地望着门前的松树。

“怎么不再多休养一会儿就开始做功课了？”

“母亲，我现在身体好多了。想来应该差不多痊愈了。”

“虽说是这样，多躺一会儿总没有坏处。”

可能是热粥在身体里逐渐转化为体力，珥感觉全身都暖洋洋的。温暖的阳光照在珥的身上，让他昏昏欲睡。珥目不转睛地盯着门前的松树，不知道在想些什么。

“母亲，您看看那根树枝。是不是能察觉到风的存在？您说能让树枝不停摇曳的风到底是什么东西呢？而它又从何而来？”

母亲瞥了一眼珥，又望向被微风吹得不住摇曳的松树枝。

“谁知道呢。小时候听到竹叶被风儿吹起的声音，我同样对风的存在感到无比好奇。在画鲜花的时候，我也喜欢画一些被风吹得摇曳不已的花茎，所以我画的花茎都是被风吹得微微弯曲的模样。”

“天空不但无边无际，而且还无法被我们抓在手中……可是它为什么是蓝色的？为什么这个蓝色时时刻刻都在变化……这些现象太神奇、太玄妙了。我很好奇其中的原理是什么。”

“世间万物都在不停地与天地之气相互交融……所以那些应该是宇宙之气的造化，你说呢？”

“可惜科考所需的功课里没有讲解这些道理的内容。母亲，我很困惑。学问为什么一定要通过科考来验证，而我又该以什么为自己的目标呢？”

珥将一直以来埋藏在心底的烦恼一股脑向母亲吐露了出来。

“珥，你现在十四岁，虽然年幼，但身为男儿，正是树立人生抱负的年纪。母亲之前只是让你先以做学问为目的进行学习，并没有让你以科考为目的进行学习。做学问的目的不在于竞争，而是在于不断学习，令自己成为一个完整的‘人’。想必你也清楚。别看你曾在进士初试状元及第，知识是你一辈子都学不完的东西。无论做什么事情，求学之人必须先树立宏伟、坚定的志愿。孟子也曾多次提及过立志的重要性，还说既然都已经立志，那何不直接立志做圣人？孟子认为人心本善，所以任何人都能成为圣人。因此，你也要树立远大的志向，决不能让你自己有一丝一毫的懦弱。知道了吗？你要铭记任何人只要做到这一点都可以成为圣人。你母亲我活到现在才发现它是可以实现的。虽然人很难改变自己的容貌、身体、体力和气质，但心灵之力，即立志却可以让一个愚蠢的人变成一个聪明的人，让一个不肖之人变成一个宽厚之人。既然这是人的本性，你如何不学习、不进取，不愿抵达道的境界呢？其实，这才是一个人完整的人生。因此，你也一定要树立坚定的志向。”

“母亲，自从参加科考后，我的心就乱了。”

“你要记住求学是主流，科考是支流。你若立志于学问，无论光顾多少支流，都不会迷路。”

珥点了点头，随后小心地开口道：

“可是最近我的心里总是涌现别的欲望。”

“哦？何种欲望？”

“在承袭圣贤的学问时，突然就对里面的文章生出自己独有的欲求。我现在动笔是不是太过草率？”

“你是想动笔写文章？或者说，著书是吗？”

“是的，我最好奇的就是宇宙的原理。若是将这些东西纳入书中……”

“你还是得继续学习。昭明太子萧统曾说过，词句究竟末事，第一是立意要紧。等你能在宇宙中畅通无阻地遨游时，就是你能拥有自己的文章之时。”

“啊，母亲！听了您的一席话，我感觉自己的心不再迷茫了。”

珥龈然而笑道。

母亲欣慰地抓住了珥的手。母亲的手很粗糙，上面还残留着淡淡的伤疤。

“外柔内刚的母亲。若是有一天我能达到下笔如神的境界，我一定要书写母亲的一生。”然而在母亲健在时知晓红绸包袱的存在之后，以及母亲突然离世之后，珥就一直陷入地狱般的猜测中瑟瑟发抖。也许它是如梦遗一样令人感到羞愧和难堪的存在吧。对于白天读圣贤书，但晚上不时地弄脏被子的自己，珥曾一度感到羞愧不已。而珥最近经常对母亲产生类似的情绪。他的心中一团乱麻。他有些分不清自己这种情绪是羞耻，是愤怒，是嫉妒，还是伤心。

母亲的人生究竟发生过什么事情？如此端庄、高雅、严厉的母亲究竟经历了什么周折，居然会做出……是因为太过孤单吗？真相，人生的真相，人世的真相究竟是什么？按照现在的想法，还真想抛开一切，到金刚山一探究竟。母亲人生的背后究竟隐藏着何种内幕？

这时，珥突然想起曾经在红绸包袱里见过的那个男人的肖像画。如今回想起来，这个男人越发觉得面熟。究竟在哪里见过呢？莫非……想到这种可能性，珥勃然作色、不寒而栗。

第二十四章 遗物

梅雨过后，三伏酷暑消落，早上和晚上的气温变得凉爽宜人。母亲离世也有好几个月了。父亲为了完成朝廷指派的任务前往平安道。除了偶尔传来过季的知了声，家中一片寂静。原本以为家中空无一人，但偶尔传来的琅琅读书声表明珥确实在家。最近听到珥读书的声音，梅窗总会有种如释重负的感觉。原本大家都哭丧着脸，但随着时间的流逝，渐渐有了缓和的迹象。然而唯独珥是个例外。梅窗经常看到珥在半夜时分忧心忡忡地在院子里徘徊。月光下，他白玉般的脸庞上笼罩着深深的愁云，不禁让人悲从中来。对于珥的奇怪举动，梅窗也隐隐有些猜测，但她还是故意装作毫不知情的样子。甚至为了隐瞒自己的意图，在家中梅窗还有意躲着珥不见面。梅窗也想过跟珥开诚布公谈一谈，但她明白有些事情太归根究底不见得就是好事。

白天阳光正盛的时候，下人通报说有客人到访。这位乘坐轿子而来的客人是一位风韵犹存的贵夫人。然而不知为何，梅窗总觉得这位夫人有些面熟。屏退随身的丫鬟，那位夫人柔声说道：

“我来自右议政老爷家中。”

闻言，梅窗这才连忙从石阶上跑下来，将夫人迎进了内宅中。直到此时，她才想起这位夫人就是数年前找过母亲的那位儿时玩伴。梅窗之所以认得她是因为曾经给母亲和她上五味子茶的时候偷偷打量过这位夫人。另外，尽管没有对任何人讲过，但自从半月前收下那件右议政府邸送来的东西之后，她一直过着战战兢兢、寝食难安的生活。夫人环顾了一下四周，走进了内屋。梅窗也顾不得天热，赶紧关上了房门。就座之后，她们二人都陷入沉默当中。

“怎么没给我传信……怎么样？走得还安稳吗？”

“是的，夫人。就像睡了似的，走得非常安详，但也没留下什么遗言。”

夫人点了点头，随后认真地打量着梅窗，开口道：

“无论是姿态，还是声音，您都像极了您母亲。看着您，仿佛就像面对着您母亲……”

夫人的声音里透着浓浓的哀伤。梅窗不知所措地垂下了脑袋。

“夫人，您不必对我如此客气。”

“等我们熟悉了，自然就不会和您客套了。对了，那东西还在吗？”

“是的，我并没有销毁它。只是这件事情太过荒唐，以小女的凡才浅识，实在不知该如何处置。事实上，因为这件事情，我一直想过要拜访您。”

半个月前，有一个人给梅窗递过一个密封的信封，说是右议政小夫人特意交代交给母亲的。梅窗告诉那个人母亲早在过去的五月份不幸去世了。当时，她就觉得派人给母亲送东西的那个人并不知晓母亲去世的事情。当然，家里人又没有特意捎去消息，不知情也是情有可原。

“事实上，那东西我也是纠结了许久才决定送与您母亲。毕竟我并非它真正的主人……”

“我害怕自己无法原谅母亲……我母亲和那件东西……可是我真的很爱我母亲……”

一直压在心底的疑惑和难过的情绪一下子涌上心头，梅窗忍不住哽咽起来。密封在信封里的东西是一个黑色的结。她原本以为是由丝绸绳编制的，结果仔细观察之后才发现其实是用头发绾成的结。梅窗打开文件柜，拿出了那个信封。

“这东西我觉得应该归还给您……”

“失去主人的东西，我要之何用。”

夫人伤心地道。

“人的一生就这样轻易逝去，只留下两个人缔结百年佳约的同心结。人生还真是……”

夫人欲言又止，犹豫了半晌，最终还是保持了沉默。

“我母亲……是怎样的一个人？”

梅窗似是下定决心般、大胆地迎着夫人的目光询问道。

“她是一个自由的人，同时也是一个狠心肠的女人。”

闻言，梅窗顿时对母亲隐秘的人生有种拨云见日的感觉。梅窗站起来，从壁柜里拿出上了好几个锁的木盒。木盒打开后，露出了里面的红绸包袱。不顾夫人的惊讶，梅窗从容地解开了红绸包袱。里面装着的是一些字画和信件，以及一些有烧焦痕迹的裙子、山水画、连理木画、双人秋千画等。其中，保存最完整的是一对男女共乘一骑飞跃天堑的画作。

“好多画都是我年轻的时候看过的。别人，尤其是其他士大夫家里的人，通常只会画四君子等文人画，可您母亲却偏偏反其道而行之，天马行空地将女人的梦想和想象展现在画幅中。”

夫人的手在这堆东西中翻来翻去，最终停留在一幅人物肖像画上。她长长地叹了一口气，接着道：

“去年春天，我曾约与您母亲见过一面。现在算起来，您母亲去世离那个时候也没有多久。没想到那一次见面会成为永别。虽然我和您母亲每年都会见上几面，但事实上我们二人之间一直存在着隔阂。其实都怪我心眼太小……每当站在您母亲面前，我心中都会有一种自卑感。除了与生俱来的身份上的差距，最让我难以接受的是自己在任何方面都不及您母亲的事实。尽管我极力掩饰，但只要站在您母亲面前，我就感到自己无比卑微。您母亲和我始终没有舍弃自身的天赋，哪怕只是区区一介妇道人家的微末伎俩。我一直很庆幸自己能够通过舞技来改变自身的命运。可无论是我引以为傲的本事、姿色，还是如今穿在身上的罗绮，都不及您母亲粗糙的手和身上的粗布衣。而事实上，我之所以有底气在您母亲面前抖威风，全是因为您母亲与我哥哥之间的关系使然。我以前时常嘲讽您母亲，问她作为曾经在众多男人之间左右逢源的妓生妾室而活的我和心系他人却装作两班家端庄的贤妻良母而活的她，有什么不同？因为在内心深处，我始终觉得哥哥的不幸是由您母亲造成的。您母亲虽然嘴上没说什么，但我们的关系自然而然就疏远了。其实，这都怪我太小肚鸡肠。”

夫人用手背擦拭了一下额头的汗，又用衣带沾了沾眼泪。梅窗并没有怨恨她，反而很佩服她这种真诚直率的品性。

“直到去年春天，我因为哥哥的事情联系到您母亲。你们可能不清楚，我哥哥其实是一名被义禁府[1]通缉的逃犯。宫殿前和四大门[2]门前都贴着附有我哥哥头像的通缉令。他们一群没有出路的庶子，聚在山沟里，开垦荒地而活。他们平时也就吟诗作画，想要活得有涵养一点，可是朝廷却认为他们是在意图谋反。朝廷想要斩草除根以绝后患，所以不可避免与他们起了冲突。尽管这些人最终都四散而逃，但由于我哥哥是他们的首领，所以最终被朝廷通缉。您母亲对这件事情也一无所知，毕竟她也只是个不谙世事的女人。不过没过多久，我就收到哥哥被抓的消息及马上要斩首示众的噩耗。于是，我偷偷找人牵桥搭线，买通了狱卒。因为我想在哥哥临死之前见他最后一面。由于是能够见到哥哥的最后一次机会，所以我就想到了一直在心中挂念着哥哥的您母亲。跟狱卒约定好会面的时间后，我叫来了您母亲。听到我哥哥的事情，您母亲感到非常惊讶。可是对于见我哥哥的事情，她却一

1 义禁府：朝鲜时代特殊司法机构，主要负责缉盗及镇压叛乱。——译者注

2 四大门：汉城的四大城门，分别是崇礼门、肃清门、兴仁门、敦义门。——译者注

口回绝了。我没想到您母亲居然会如此狠心。约定的时间渐渐逼近，可是我始终无法说服您母亲。当时，您母亲是这么跟我说的：‘那个人认识的仁善早就死了。只不过我的心中有一汪“恨”的泉水，那是一汪聚积着思念的泉水。一直以来，我都用这汪泉水浸湿自己的毛笔。事到如今，他是死是活，对我都不重要，而我更不想见到他。若是没有那份“恨”，无法用毛笔蘸上它作画，我根本无法活出一个完整的人生。’说完这些，她就不顾我的挽留，在深更半夜，毅然离开了我们家。那是我最后一次见到您母亲的情景。”

梅窗不由想起去年春天，母亲在半夜里失魂落魄地回到家中的情景。自那天之后，母亲就开始疾病缠身，最终不治而亡。似乎是为了缓解情绪，夫人停下说话，摸了摸放在前面的信封，接着掏出了里面的东西。那是一个小巧精致的同心结。她将同心结拿在手中抚摸了一会儿，继续道：

“可是那天晚上我终究还是没能见到哥哥。尽管我按时赴约，但那时哥哥早就已经被处决了。一向重视谋反的陛下特意下旨斩立决，所以行刑的时间提前了。不过，我买通的那位狱卒告诉我，他偷偷转移了哥哥的遗物。所谓的遗物也不过是穿在他身上的破衣烂衫罢了。最悲惨的是由于他被冠上逆贼的罪名，所以不但没能留下遗言，死后连个下葬的地方都没有。我身为唯一的血亲，都不能给他举行葬礼。那天带回他的遗物后，我日夜思念着哥哥，天天以泪洗面。直到有一天，我偶然看到上衣袖子内侧，最不起眼的腋下，有一个补丁特别显眼……”

说着，夫人再次用衣带沾了沾眼泪。

“这个东西就是从那个补丁里面翻出来的。哥哥一直都将它贴身藏在身上。藏在那个破烂上衣的深处，一个最不起眼的地方。我可怜的哥哥呀！像风一样四处飘荡，却始终将一个女人藏在心中。他的一生实在是太可悲了。我之所以没有马上将这东西交给您母亲，是因为那天夜里您母亲的狠心惹恼了我。当时，我恨不得一辈子不再与您母亲相见。不过，这东西终究不是我的，所以我留下来也没有意义。另一方面，我觉得把它交给您母亲，会有一种报复的快感。我以为自己看到您母亲见到它后流泪的情景，心中会痛快一些，或许还能让死于非命的哥哥在九泉之下瞑目。可是我没想到会从下人那里听到您母亲去世的消息。后来，随着时间的流逝，我越发为他们二人的事情感到惋惜，而且感觉似乎也能理解您母亲当时的心情。毕竟就算撇开她与我哥哥之间的关系不谈，她也是我唯一的好友……”

一串串眼泪犹如断了线的珠子一样，从夫人的双眼中滴落下来。她一把抱住重新包起来的红绸包袱，号啕大哭起来：

“仁善啊，你怎么就……”

看到这一幕，梅窗也感到心里堵得慌。锁得紧紧的房门外，依稀传来清脆的知了声。在梅窗朦胧的眼中，门窗被碾成了一团。房间里的空气也被炙热的天气煨得更加黏稠。地板上只剩下孤零零的同心结。看了一眼仍旧低声抽泣的夫人，梅窗这才想起应该拿出冰在井水里的西瓜招待客人。梅窗打开房门，正打算踏上檐廊，却不由愣了一下。因为她看到珥站在门外，泪眼婆娑地望着自己。

第二十五章 黎明

自从右议政家的小夫人到访过后，梅窗一直在思考母亲的事情。同为女人，想到母亲，她们同病相怜。另外，作为一个艺人，她同样能够理解藏有母亲人生种种隐秘的红绸包袱。不过，她也明白从家门或女德的角度上来说，母亲的行径肯定会被认定是耻辱，受到人们的谴责。因此，这件事情她决不能让其他人知晓。母亲将她的欲望、恨及梦想展示在纸上。母亲将现实中任何女人都不敢透露的事情搬到了画幅中。正是因为有了红绸包袱中的那些画，所以蓝绸包袱中的画才得以诞生。母亲将装有画盒的蓝绸包袱留给了梅窗。画盒中装的都是一些极度克制的、古雅质朴的画。这是母亲以师父的身份留给梅窗的遗物。而红绸包袱中那些烧了一半的画则是母亲的“丹心”。或者说，是她成为母亲之前的一个女人的心。每当欣赏红绸包袱中的画，梅窗就会感受到无限的自由。红绸包袱中的画给了梅窗一种安慰和希望。因此，哪怕无法摆脱身为女人的人生，她也可以在纸上无限展开属于自己的人生。她发现不拘泥于形式，画自己心中的风景也能成为美丽的画。当然，这只是梅窗自己的立场。毕竟她要走的是母亲走过的那条“艺”之路。但若是换成父亲或深爱着母亲的儿子的立场，它又是另一种问题了。比如将家门或脸面视为最重要的因素，那就只能另当别论了。珥感到痛苦的原因也在于这一点。从这种角度上来说，红绸包袱实在是太危险了。能知道红绸包袱的存在，梅窗已经很知足了。于是，梅窗下定了决心。

不久前，梅窗提着红绸包袱来到弟弟珥的房间。看到眼前的红绸包袱，珥的眼神中闪过一丝慌乱。

“珥，我实在不知道该怎么处理这个东西。我原本打算将它的存在隐瞒下来，谁都不告诉，但想了想，觉得还是得告诉你。想必你也心中有数。没错，这确实是母亲遗留下来的东西。”

珥用颤抖不已的手解开了包袱。看到从里面漏出来的烧到一半的画，他的脸上充满了疑惑。

“母亲晕倒的那一天，我去了集市，但不知为何，半路上总感觉不安。我惶惶不安，总感觉母亲要出事。于是，我就吩咐坡州老妈去买东西，自己则先行回到家中。可是回到家后，我却发现母亲咳血晕倒在牡丹花树下。另外，院子里的炉子周边都是灰烬，四周还散落着各种书画和信件。当时，炉子里的火都快熄灭了。一旁的地上还扔着一件烧了一部分的丝绸裙子。当时的情况太诡异了。我不禁感到害怕。我看了一下，母亲虽然失去意识，但呼吸很平稳，就像是睡着了一样。我先将母亲平躺到地上，然后慌慌张张地将烧了一部分的书画和散落在四处的纸张捡回来，重新放回红绸包袱里。之后，我又将红绸包袱藏在一个无人知晓的地方。不要问我为什么这么做。我只是觉得自己必须这么做。这时，行廊老爹正好赶过来，将母亲抬进了里屋。我原本打算母亲醒来之后，向她询问怎么处理这件红绸包袱，但母亲直到去世都没能醒过来。我不知道自己该怎么办，也不知道母亲当初是否真想要将里面的东西烧掉。她的意图我至今都弄不明白。你也看看吧。我需要你帮我做出正确的判断。蓝绸包袱我会保管好，但这件红绸包袱是不是应该烧掉？”

珥冷静地翻看着包袱里的东西。

他看起来似乎并不需要姐姐的帮助。最先翻出来的是烧了一半的丝绸裙子。事实上，烧掉的只是裙子的下摆，中间画着的牡丹花依旧完好无损。接着，珥翻出了几张烧毁的书法、信件和一些完好无损的画。或许是时间过得太久的关系，纸张有些泛黄。只有压在包袱最下面的山水画看起来比较新，应该是母亲在近几年的作品。山水画的下面露出了一张烧焦的纸，上面记着一首诗，但只剩下下半句，上半句似乎已经被烧掉。珥随意扫了一眼，随后整个人陷入了呆滞状态。不可能！珥难以置信地摇了摇头。想到自己正在窥探母亲心中的隐秘，珥握着纸张的手指不由微微颤抖起来。纸张末端的灰烬飘下来，落在珥洁白的衣服上。

夜夜祈向月，

愿得见生前。

珥闭上了眼睛。母亲生前看过的那几张画及其中一张男人的肖像画；当想起那个肖像画的主人与贴在街道上的通缉令中的逃犯是同一个人时，心中涌现的恐惧；仿佛被母亲背叛般的感受；虚妄的人生和对真相的疑惑等种种，曾一度困扰着他。直到去年夏天，偶然听到母亲的旧友右议政家的小夫人与梅窗的谈话，珥才解开心中的疑惑。尽管知道红绸包袱就在梅窗手里，但珥并没有执着于此。作为知情人，他们二人曾用眼神隐晦地交流过几次，但从未将这件事情放到明面上讨论过。梅窗轻轻叹了口气，说道：

“你说过想要书写母亲的一生，是吧？尽管我接下来的话对母亲或许是一种冒犯，而且没有记录下来的必要，但我还是觉得这才是母亲真正的人生。”

对此，珥并没有说出自己的见解，而是自顾自地说道：

“我想去金刚山。”

梅窗一脸惊愕地看向他。

“我想从根源上了解这一切，所以我希望姐姐能够将它好好保管一段时间。现在，现在烧掉为时尚早。等我理解了母亲的用意，届时再烧掉也不迟。至于母亲的行状，还要等我的笔能够自由地周游宇宙，等我彻底解开心结之后，我才会正式动笔。若不然我没有理由记录母亲的一生，而且就算记录了，也没有任何意义。”

梅窗小心地将红绸包袱重新包了起来。

最终，梅窗还是决定由自己将母亲的红绸包袱保管起来。真不知道是该烧掉，还是该留下……母亲的用意究竟是什么呢？十六岁的珥觉得自己总有一天能明白母亲的用意。直到那一刻，或者说现在，珥和梅窗并不想那么早将母亲送走。

梅窗怔怔地望着弟弟的身影消失在村口。早上天刚蒙蒙亮的时候，珥就与家中的兄弟姐妹们道别，在给父亲行了跪拜礼之后，整理行囊，走出了家门。在大门口处，姐弟二人相顾无言，然而千言万语都化作沉默，只剩下二人的眼神在虚空中交织在一起。半晌后，珥率先败下阵来，露出了羞涩的微笑。梅窗将前不久从画具商那里买来的顶级黄毛笔塞进了珥的行囊里。哪怕在金刚山修行，也总有用到毛笔的时候。梅窗不知道自己为什么要送弟弟毛笔。或许是知道他想要记录母亲行状的缘故吧。即便不是如此，哪怕心情烦躁的时候，动动笔也是挺不错的。无论那是画画，还是写字。

珥的背影在梅窗的视野中越来越小。珥离去的东方天际出现了一道红霞，接着越来越大、越来越亮。珥的身影就这样渐渐消失在黎明中。

作者感言

曾经，我一度沉迷于影子不可自拔。我记不清那是几岁时候，只知道那是一个无聊的夏日下午发生的事情。当时，年幼的我看到自己的影子吓得哇哇大叫。或许是出于对自身分裂的恐惧。总之，我感到十分害怕。我试图追赶它、躲避它，但都无济于事。后来，我才渐渐明白，原来世上所有的事物都拥有影子。于是，从那时候开始，我就彻底喜欢上了影子游戏。

直到现在，我偶尔也会通过影子，感受自己的存在。尤其，站在空无一人的广场或走在没有尽头的墙角下的时候，这种感觉尤为强烈。与我“同根生”的影子有着比我更高的体型，因此显得比我更加孤单。在阳光透明的冬天，我经常会先看到垂在建筑墙壁上的绿化树影子。而我若是盯着那个影子前行，往往会在最后才看到绿化树的实体。单从这种角度上来说，影子或许就是覆盖在“存在”上面的、“存在”之前的命运也说不定。其实，这本小说就是讲述影子的故事。

小时候我之所以看到影子后受到惊吓，是否是自我意识开始在身体中形成的缘故呢？为何我的存在始终被困在框架里，但影子却无关乎我的意志，能够摆脱框架的束缚，时时刻刻改变自己呢？尽管我学到“影子都是光学现象”的科学知识后，再回想自己小时候的举动会感到非常好笑，但当时那种梦幻般的感觉始终让我难以忘怀。虽说世人都觉得自己是按照自身的意识而活，但谁知道我们人生的背后会不会垂着像黑色面纱一样长长的影子？

不知何时起，我的心中便生出想要写一写拥有艺术自我的女性艺术家故事的念头。但是现代小说中到处都是艺术家的典型，我若再写难免就成了老生常谈。当然，他们刻画的大都是拥有暴风一般的热情和执着，因而陷入悲惨生活中的女性艺术家，而且还都是一些在生活中已经具备了艺术家觉悟的“职业艺术家”。而我想要刻画的则是像先一步垂下的影子一样，在“女性艺术家”的现代概念尚未存在之前，就已经具备艺术家命运的女人。她们是一群出生在连“我”或者“自我”的概念都无法容忍的中世纪朝鲜时代儒教社会的、天生就拥有一“技”之长的女人。而直到进入现代，这种艺术性的“技”才被赋予“才华”的名字。要知道，那个时代女性连身为现代艺术家的基本意识都欠缺，只当成是妓生的才艺或士大夫家女性的教养。想来超过限度的艺术魂多半会当成桃花煞或花心的表现，就连她们自己也会视作洪水猛兽。很多女性艺术家都因害怕自己的身上形成这种存在的影子，所以只能忍痛扼杀自己的本来面目，最终沦落为默默无闻的人物。而我想要刻画的正是这种“被诅咒的灵魂”。

我的小说《师任堂的红绸包袱》是以朝鲜时代典型女艺术家师任堂的表面人生为主旋律，但小说中的女主人公恒我则是诞生于我想象中的一个截然不同的灵魂。想必大家也从小说中作为同时期好友登场的佳然和草笼身上见到了许兰雪轩和黄真伊的影子。她们同样是经过我的手诞生的虚构人物。

由于担心引起不必要的误会，所以我在这里事先声明：上述的两位都是我们历史上首屈一指的典型女性艺术家。巧的是，她们都是朝鲜李期时期出现过的人物，而且前后相隔只有短短五十年。她们天生才华横溢，各自的命运也大相径庭。但身为小说家，我关注的并不是如何复原她们的历史人生。出于写小说的必然性，我将她们三个女人设置为同时期的好友，因此这本小说算不上历史小说，更不是评传。我要声明的是我从未想过要歪曲她们的伟绩或历史事实。小说中为了增添乐趣而加入的爱情故事同样是虚构的。我希望大家只当它是作者以现代的角度撰写的单纯的女性艺术家的故事。

我想要体现的是一个承受着错误的爱情带来的伤痛，并将其升华为艺术，想要以自由的灵魂与现实和解共生的两班家女人的故事。古时候的女性如何能成为后世人们心中的艺术家，这正是我想要探究的。一个像艺术家的艺术家和一个好的艺术家并非同一种概念。其他作者往往喜欢以华丽的人生或悲剧的人生来给人物塑造光环，但我想刻画的是一种不落俗套的与众不同的人物：一个极度现实，但懂得反省；一个性格分裂，但懂得妥协；一个过于精明，但又有人情味的艺术家。

恒我、佳然、草笼是天生拥有各自不同艺术天赋的三位少女。她们三人中,有一位少女在九岁的时候就给自己起名叫“恒我”,意为“永恒的我”。恒我经历的四十八年的人生非常坎坷曲折。而我的小说正是以恒我命运般的爱情和艺术故事为主干。在写这篇小说的时候,我曾认真思索过,如果存在睿智的艺术家,那真正意义上的艺术家又会是什么样的一个人?一个能与现实维持均衡,不会被日常所阻挠,能够自由地燃烧艺术之魂的艺术家的境界,究竟是什么样的?莫非古拙适中的美的极致才是艺术的最高峰吗?能够自由奔放地表达不停涌现的表现欲望才是原本的艺术吗?在我看来,那种痛苦是类似天鹅之舞的东西。或许,我想要窥视的正是水中天鹅那痛苦的挣扎。

总之,我觉得所谓的艺术家就是以作品的方式留在人们心中的人。艺术家不能陷落于生活,还要千方百计留下作品。说不定所谓的永远的艺术家,本身就是被困在自身的“红绸包袱”里的。因此,在小说中是否解开我扔出的“红绸包袱”确认她的生死,就由读者自己来判断吧。

对于不满足于现代,甚至经常渴望后现代的我来说,这本小说有着非常特殊的意义。因为这是我首次尝试以古代的女性为素材写小说。在写这本小说的过程中,我切实地体会到了自己的不足之处,但同样陷入古人的魅力当中无法自拔。尤其,我要感激审阅我的初稿,给予我资料上的帮助和建议的金泰完先生。若是发现文中有缺少出处或有待考证的部分,皆因我的无知所致,希望大家能够给予谅解。

在写这本小说的时候,我们家刚好搬到一个带有院子的房子里,我还特意将小说中出现的花草和蔬菜种过一遍。在培养它们的过程中，我发现自己爱上了阳光，还与这地上生长的所有植物成为好朋友。坐在阳光下，静静地凝视着它们，我感觉自己仿佛身处五百年前的温暖阳光中，恍惚间又觉得少女时代的恒我、佳然、草笼就在我的身边。我从阳光、大地等亘古不变的自然中体会到了深深的信任，进而发现这种连绵不断的力量就是我与古时候的女艺术家产生共鸣的力量。在我看来，它或许就是令“被诅咒的灵魂”变得热爱自我的源头。同样，它也是我得到的最珍贵的礼物。

于四十八岁，与现在的我同龄的恒我的灵魂在无何有之乡获得重生的五月份，得以出版这本书，让我不禁感到心潮澎湃，难以平静。这本书厚颜献给葬在这方土地下的、天资卓绝但历尽沧桑未能善终的灵魂们。

权志羿

2008 年 5 月

修订版感想

时隔八年，再回头看一眼《师任堂的红绸包袱》中的作者感言，的确像是啰里啰唆、苍白牵强的辩解。这也许是无法将她称之为“她”的惋惜和遗憾使然。

她是韩国贤妻良母的典范，是历史中的偶像人物。同时，她是韩国史上寥寥无几的女性艺术家。作为一个对女性和艺术抱有极大兴趣的作者，我一直很想将身为艺术家的她搬到自己的小说中。

直到十年前，一个偶然的机会，拜读她所留的一首诗词的落句后，我斗胆开始幻想她的爱情。

夜夜祈向月，
愿得见生前。

众人皆知，她写的两首诗《踰大关岭望亲庭》和《思亲》皆为怀念母亲的思亲诗。然而当我读完这首残缺不全、只剩下落句的诗句后，一个大胆的猜想始终在我脑海里挥之不去。若是她在诗中思念的那个人并非母亲呢？这个猜想的种子，在我的小说中被刻画为终生埋藏在心中，但最终升华的、她与俊瑞的爱情。我像是着了魔一般，热情高涨地完成草稿，并将稿子投到出版社。可是出版社却给出了“为时尚早”的回复。毕竟她是韩国历史中的偶像人物，有这样的担忧和顾虑也是情有可原。总之，我的那份投稿就这样被出版社驳回了。

不得已之下，我只能将她设定为一个不知名的朝鲜女性艺术家来出版。事实上，我一直对这件事情耿耿于怀，感觉这样很对不起她，也对不起我。好在这次能够出版修订版，得以将原版草稿原封不动地发布出来。最令我感到高兴的是我给她找回了自己的名字——师任堂。一个有血有肉、一个不再是作为偶像的人，这才是我想要呼唤的人。

师任堂，一个优秀的母亲、妻子、女儿，一个默默守护自己的艺术世界的女人。我真心期待日后能出现更多以各种角度刻画师任堂的人生、艺术及内心世界的作品。

赞美师任堂的艺术之魂！

权志羿

2016 年 8 月于青松客主文化馆